Dictionnaire amoureux de Jean d'Ormesson

Jean-Marie Rouart
de l'Académie française

Dictionnaire amoureux de Jean d'Ormesson

Dessins d'Alain Bouldouyre

PLON
www.plon.fr

COLLECTION FONDÉE
PAR JEAN-CLAUDE SIMOËN

La liste des ouvrages du même auteur figure en fin de volume

12, avenue d'Italie
75013 Paris
Tél : 01 44 16 09 00
Fax : 01 44 16 09 01
www.plon.fr
www.lisez.com

Dépôt légal : avril 2019
ISBN : 978-2-259-27677-1
Mise en pages : Nord Compo (Villeneuve-d'Ascq)

MIXTE Papier issu de sources responsables FSC® C003309

Plon est un éditeur qui s'engage pour la préservation de son environnement et qui utilise du papier fabriqué à partir de bois provenant de forêts gérées de manière responsable.

Préface

Pour heureuse et même délicieuse qu'elle fut, mon amitié avec Jean d'Ormesson n'a pas toujours été exempte d'orages. Beaucoup de sentiments y ont eu leur part : l'admiration pour un homme qui incarnait exactement l'amour que je portais à la littérature, l'estime sans réserve pour la hauteur d'un esprit qui ignorait la bassesse et refusait de pactiser avec les vilenies de la vie. De ces sentiments je n'omets pas non plus la désillusion que j'ai pu éprouver devant une certaine faiblesse de caractère quand il fut l'éphémère directeur du *Figaro*. Épisode funeste qui s'est conclu par une brouille de trois années. Nous nous étions mutuellement déçus durant cette période, chacun s'accusant à part soi de griefs que le temps a vite effacés. Ce qui nous portait l'un vers l'autre, cette passion folle pour la littérature et les écrivains, a vite rendu cette querelle dérisoire. Elle appartenait à ces événements du monde réel qui, parfois cruels, ne sont qu'à la surface des choses, alors que ce qui nous importait réellement, à l'un comme à l'autre, était de l'ordre des créations de l'imaginaire.

Quand on m'a demandé d'écrire ce *Dictionnaire amoureux*, j'ai d'abord hésité. J'avais déjà beaucoup écrit sur lui. Non seulement des articles mais des souvenirs. Très vite pourtant, ce projet s'est imposé à moi. Je me suis dit que ce livre serait une façon de poursuivre un dialogue, une communion quasiment journalière, interrompue par la mort, mais que je continuais dans mon for intérieur.

Et cette relation intense, passionnée, qui pourrait constituer la matière d'un roman, était une façon de revivre et de clarifier bien des événements de ma propre vie à l'éclairage de ce compagnonnage avec un personnage exceptionnel. Ce roman, je l'ai d'ailleurs en partie écrit avec *Les Feux du pouvoir*, orchestration romanesque autour de Jean d'O, qui apparaît sous le nom transparent de Dorsac. En l'occurrence, il s'agissait de transfigurer de manière parcellaire une crise de trois années, alors que cette amitié a duré pendant plusieurs lustres.

Si j'ai une chance dans la vie, c'est bien d'avoir rencontré des hommes et des femmes remarquables, parfois trop brièvement, et d'avoir pu nouer avec eux une relation d'amitié profonde. Mais les deux piliers qui ont soutenu ce que je n'ose appeler mon destin, ma vie, pour ne pas employer l'affreux mot de carrière qui blesse l'idée que je me fais d'une aventure littéraire, sont des hommes à la fois très proches et mystérieusement opposés : Philippe Tesson a été pour moi le complément de Jean d'O. Ce qui manquait à Jean, je le trouvais chez Tesson : celui-ci témoignait de la parfaite adaptation d'une sensibilité artistique et littéraire à un mode d'expression journalistique. Il a hissé le journalisme à un niveau d'excellence littéraire qu'il aura très rarement atteint, ce qu'ont réussi Bernanos, Camus ou Mauriac, sans pour autant être lui-même un écrivain. Pourtant si Jean d'O et Tesson s'estimaient à distance, ils ne s'entendaient pas vraiment.

Ils s'observaient comme deux monarques mystérieusement rivaux, régnant chacun sur son territoire, qui se jaugent sans se fréquenter.

Il y a une grande différence entre le Jean d'Ormesson que j'ai connu à dix-huit ans et le vieil écrivain auréolé de gloire mort nonagénaire. Une métamorphose a transfiguré le jeune auteur, dressé sur ses ergots, qui réagissait par l'arrogance à l'insuccès de ses livres, et à la condescendance de ses amis Hussards, et le vieux sage pétulant et débonnaire, adolescent tardif, éclairé par une célébrité qu'il savourait sans en être dupe. Ce qui n'a pas changé chez lui, c'est l'amour de la vie, la curiosité pétillante, cette distance amusée qu'il introduisait en tout, comme pour relativiser ce sérieux que nous plaçons trop gravement dans les péripéties de nos vies. Il allégeait l'instant, le fructifiait de fantaisie, pour l'arracher à la banalité et le rendre délectable. Aussi il a pu agacer, irriter par ses prises de position, mais jamais il n'a été ni ennuyeux ni sentencieux.

Comment aurais-je pu imaginer quand, à peine sorti d'une adolescence pleine de désastres sentimentaux et de déboires littéraires, je l'apercevais au volant de son coupé Mercedes 350 SL, auréolé du prestige d'être un auteur sinon reconnu du moins publié, que bien des années plus tard je deviendrais son ami et que, ô vertige, je le rejoindrais à l'Académie ? Entre ces deux images, que de péripéties, que d'histoires allait nous ménager le destin ! En proie au mal d'écrire, rebuté par les éditeurs, je devais trouver près de lui les encouragements d'un aîné qui n'était pas loin d'avoir connu les mêmes difficultés. Pourtant c'était un homme qui, à l'inverse des philosophes du Portique qui faisait ses délices, ne prodiguait pas de conseils. Et plus tard, si j'ai beaucoup appris de lui dans l'apprentissage de la société, d'une forme d'éducation du bonheur, ce n'est pas en suivant des préceptes qu'il ne donnait pas, mais en le regardant vivre. Je l'observais et, de cette observation de son comportement en toutes occasions, j'induisais des réponses. Car il maîtrisait à la perfection l'art de vivre, pas seulement le code glacé, rigide et endimanché des usages, mais un véritable art d'adapter à la perfection son comportement aux circonstances. C'était son côté prince de Ligne. Car comme lui, plus que les convenances qui lui importaient, il plaçait au plus haut le cœur.

Par son caractère, son tempérament, il avait sous la surface chaleureuse une réserve propre à la classe aristocratique parcimonieuse de ses effusions. Et une indifférence certaine sous la chatoyance des manières et un abord affable qui faisait illusion. Émotif plus que sentimental, il réservait son affection à un petit nombre qui le choyait. Vis-à-vis des autres, sorti de la scène médiatique où il se montrait le meilleur ami de chacun, il se raidissait et se réfugiait dans une solitude protectrice. Quant à ses amours, même s'il était capable d'attachements durables, c'est à Chateaubriand qu'il ressemble le plus, surtout dans l'explication que donne Sainte-Beuve de son cœur multiple, ce qu'il cherchait avant tout, c'était « l'occasion du trouble et du rêve ».

Les amitiés littéraires se nouent la plupart du temps sur une connivence de goûts et une même conception esthétique. Si Jean d'O était pour moi sur bien des points un incomparable alter ego, un modèle, une image fraternelle, je divergeais avec lui sur la question du roman. Romancier par raccroc, sans véritable attrait pour le genre qu'il jugeait à bout de souffle, sclérosé, il a inventé un modèle romanesque à part qui tient beaucoup du conte philosophique à la Voltaire avec des orchestrations biographiques. Il est venu au roman par l'intelligence, avec un regard analytique et froid, et s'y adonnant plus brillamment qu'il n'y impliquait tout son être. Jamais pour aucun de ses personnages – et au fond il y en a peu – il n'aurait pu dire comme Flaubert : « Madame Bovary, c'est moi. » Ni comme Balzac appeler Bianchon à son chevet, ni s'exclamer comme Oscar Wilde : « Le suicide de Rubempré est le plus grand malheur de ma vie. » Je ne crois pas qu'il se soit identifié jamais à un personnage de roman, pas plus ceux des écrivains qu'il aimait que les siens. Il s'est maintenu à distance par une forme de retenue intellectuelle. Certes, il communiait avec Chateaubriand, avec Saint-Simon, avec Proust, mais parce qu'il ne considérait pas la *Recherche* comme une œuvre de fiction. Pour lui, les personnages étaient des êtres de raison porteurs d'idées. Il s'intéressait peu à leur psychologie, pas plus qu'à la psychologie en général. Les seuls romans qui l'intéressaient étaient ceux qui s'apparentaient à une expérimentation ou qui brisaient le moule du genre comme ceux de Perec, de Borges. Je me suis beaucoup interrogé sur les raisons de cette distorsion entre sa folle passion pour la littérature et sa relative inappétence pour le genre romanesque. L'une des raisons me semble tenir à lui-même, à sa complexion d'homme à qui les souffrances sont épargnées. Il était heureux. Comme Montesquieu ou La Fontaine, tout l'enchantait, la lumière du jour, et il ne connaissait aucun « malheur qu'une heure de lecture n'ait dissipé ». Heureux avec lui-même, insensible à la mélancolie, il était de plus en accord avec le monde qui l'entourait et la société dans laquelle il vivait. Aucune amorce de révolte chez lui, ni sociale, ni politique, il partageait le point de vue du *Mondain* de Voltaire : « Ah ! le bon temps que ce siècle de fer ! »

Or d'où naît la création romanesque telle qu'elle nous apparaît chez Balzac, Stendhal, Maupassant et ceux qui l'ont illustrée ? Du malheur ! Du sentiment insupportable de vivre dans un monde qu'on ne comprend pas et qui ne vous comprend pas. Le roman surgit d'une révolte initiale et d'une protestation. Et chaque personnage semble porter non pas une idée, un symbole, mais une angoisse et une souffrance. Le Ivan Ilitch de Tolstoï porte l'angoisse terrifiante de la mort qui approche, tout comme son autre héros, le violoniste de *La Sonate à Kreutzer*, est hanté, ravagé par la jalousie. Dans *Boule de suif*, Maupassant place toute sa compassion vibrante pour la femme doublement humiliée, comme courtisane et comme patriote. On pourrait aligner sans fin les exemples. C'est le malheur qui nourrit le roman, l'humiliation qui l'irrigue. « Les sources d'un écrivain, ce sont ses hontes », écrit Cioran. D'où le malheur des écrivains ignorés ou maltraités par la critique : ce n'est pas leur style qu'on critique, c'est leur sang qu'on insulte.

C'est ce thème de la souffrance, du malheur, qui nous rendait, Jean et moi, pourtant si proches, littérairement si dissemblables.

Je me souviens d'un épisode de la fin des années 1970 qui illustre cette conception : Éric Neuhoff, alors jeune homme plein de promesses, était allé voir Jean pour lui parler de Drieu la Rochelle. Prétextant son incompétence, il l'avait adressé à moi. Ce qui ne l'intéressait pas chez Drieu, ce qui l'irritait même, c'était cette forme de confession impudique de ses drames intimes, de son impuissance, de ses misères sentimentales et sexuelles. Ce caractère d'introspection psychologique l'agaçait. Il aimait qu'un écrivain soit du côté de la lumière et non de ses hontes. D'où la place de choix qu'il accordait à Chateaubriand et son peu de goût pour Rousseau.

Enfin reste la question à laquelle il est difficile de donner une réponse : comment un jeune écrivain, hédoniste, jouisseur, épris de soleil, d'Italie et de jolies femmes, qui s'auscultait et, à la manière de Narcisse, s'admirait non pas dans l'eau d'une fontaine mais dans ses prouesses intellectuelles, a-t-il pu devenir la figure de proue médiatique d'une époque qui s'identifie tantôt aux films dans le genre de Claude Sautet, ancrés dans la plus plate et banale réalité quotidienne, tantôt aux errances philosophico-pornographiques de Houellebecq ? Comment celle-ci pouvait-elle se retrouver dans cette figure d'écrivain élitiste, d'aristocrate à château et de normalien hyperdiplômé, d'écrivain du bonheur, défendant dans ses livres une vision païenne, égocentrique, littéraire, très peu familiale, de l'existence, ou dans les prêches de ce grand prêtre des messes de la droite prononcée de sa chaire du *Figaro* ? Est-ce la nostalgie d'un monde englouti, aussi englouti que la ville d'Ys, que notre époque a aimée à travers ses livres ? Ou bien au contraire était-il vu comme un antidote littéraire à cette société fracassée, sociale, matérialiste, technologique, uniformisée autant qu'informatisée, syndicale, où l'on ne parle que de points de retraite, de chômage, d'acquis sociaux, de revenu minimum ? Ses livres étaient-ils lus comme des contes de fées pour adultes faisant rêver une société qui sent qu'elle est à son crépuscule ? Qui d'autre que lui aurait pu accomplir le miracle de devenir populaire en faisant de Chateaubriand le centre de l'univers ?

A

Académie

Pierre Loti, élu triomphalement à trente-cinq ans à l'Académie, fit cette confidence morose : « L'Académie m'éloigne de tout ce que j'aime : le soleil et la jeunesse. » Jean d'Ormesson allait prouver en y entrant le plus jeune, en 1973, à quarante-huit ans, et en y devenant le doyen d'élection, qu'il était possible de concilier l'un et l'autre. Ni confit en dévotion devant la vieille dame du quai Conti, ni insoumis, raisonnablement assidu aux séances, il s'est gardé des écueils du sérieux qui statufie à bout portant les grandeurs d'établissement en sauvant toujours et les apparences et sa liberté.

Tout a commencé de manière facile, romanesque et expéditive, par un coup de téléphone de Paul Morand. Celui-ci demandait de manière pressante et presque impérative de présenter sa candidature à un Jean d'Ormesson encore très vert dont le principal mérite littéraire était, hormis quelques romans qui n'avaient connu qu'un succès d'estime, d'avoir reçu quelques mois plus tôt le Grand

Prix du Roman de l'Académie pour *La Gloire de l'Empire*. « Nous étions en juin. Les vacances approchaient. Je quittais Paris en juillet. J'allais au Brésil en septembre. J'envoyai ma lettre. Je fus élu en octobre. L'affaire n'avait pas traîné. C'était Morand. » Il l'emporte facilement, bien qu'ayant eu en face de lui un candidat non négligeable, Paul Guth, auteur d'un livre qui a connu un très grand succès, *Le Naïf aux quarante enfants,* et surtout d'une passionnante histoire de la littérature française. Un an plus tard, après avoir reçu son épée des mains de Gaston Palewski au château d'Ormesson, le voilà admis sous la Coupole. C'est un grand escogriffe, normalien et maurrassien, ami de Brasillach, pétillant d'intelligence, auteur d'un magnifique livre sur Racine, Thierry Maulnier, qui le reçoit avec humour : « Vous savez si bien prendre au piège et dérober votre sincérité sous vos artifices. Est-ce bien vous qui êtes là ? » Jean prononce, lui, l'éloge de Jules Romains, un autre normalien, romancier des *Hommes de bonne volonté,* également journaliste : un discours dans lequel il décortique très savamment l'œuvre d'un auteur qui le séduit intellectuellement, mais qu'il a eu l'occasion d'égratigner dans *Arts* quelques années plus tôt.

Que représentait pour lui cette vénérable institution qui risquait de glacer son esprit libre et fantaisiste ? Comme une autre institution, *Le Figaro*, c'était peut-être – outre le pied de nez adressé à Bernard Frank et à ses amis qui le traitaient avec désinvolture – une manière de montrer à son père disparu, l'ambassadeur, qu'il s'était assagi et qu'il se résignait à rompre avec les errements de sa jeunesse pour embrasser des rôles et des responsabilités sérieuses. Car, l'Académie, c'est souvent un hommage rendu aux parents toujours inquiets de voir leurs rejetons entreprendre des carrières littéraires aléatoires, aux fréquentations douteuses et aux mœurs discutables, menacées par les spectres de l'absinthe, de la mansarde, de la prison pour dettes. Il aurait pu reprendre à son compte la réponse de Malraux à qui on demandait en quoi consistait sa fonction comme ministre et qui, citant la phrase célèbre de Mallarmé à propos de son chat qu'un confrère chat interrogeait sur la nature exacte de son rôle auprès du grand poète : « Je feins d'être chat chez Mallarmé. »

Certes, Jean d'Ormesson n'a pas fait semblant d'être académicien à l'Académie. Mais comme en tout il a pris son rôle au sérieux en le dépouillant de tout esprit de sérieux. De la même manière qu'il avouait que rien ne lui était plus désagréable que les ambitions insatisfaites, il reconnaissait qu'il s'était « débarrassé du problème en y entrant ». Et, en ayant accepté l'honneur, il en a aussi accepté les devoirs et les servitudes sans se dissimuler que cette institution, malgré tout son prestige, ne suffit pas à donner à ses élus, ni un brevet d'immortalité, ni un certificat de gloire, ni même un brevet de talent. Aussi a-t-il parfaitement joué le jeu : participant au *Dictionnaire*, agrémentant les séances de son érudition autant que de son humour, il a été un membre toujours très actif de la commission du roman. Ses discours de réception, le sien où il a prononcé l'éloge de Jules Romains, mais aussi ceux de Marguerite Yourcenar, de Michel Mohrt ou de Simone Veil n'étaient en rien des discours de circonstance ; c'étaient souvent des œuvres de combat : Yourcenar, pour ouvrir la porte de l'Académie récalcitrante à une femme et à un grand écrivain ; à travers Michel Mohrt, s'incarnaient l'amitié et l'art romanesque ; et avec Simone Veil, une grande figure française qui illustrait un combat courageux en faveur des femmes, tout en réparant la grande injustice commise par Vichy vis-à-vis de la communauté juive si odieusement sacrifiée.

Là où a également excellé Jean d'O, c'est dans la remise des épées à ses confrères. Il y montrait autant d'esprit que dans ses éloges funèbres, eux aussi exceptionnels : on retiendra celles de Maurice Rheims, de Valéry Giscard d'Estaing au musée d'Orsay, d'Amin Maalouf, de Marc Lambron, de Dany Laferrière. Je n'aurais garde d'oublier ma propre remise d'épée brillante et affectueuse à la mairie de Paris. Dans toutes ces célébrations auxquelles il faudrait ajouter les remises de Légion d'honneur, il avait l'art de les dépouiller de toute solennité, de rhétorique, des platitudes cérémonieuses, qui rendent si pesants d'ennui tant d'épisodes obligés de la vie sociale. Ami de Maurice Druon, puis très proche d'Hélène Carrère d'Encausse pour laquelle il éprouvait autant d'admiration que d'affection, il restait un homme d'influence sans vraiment chercher à l'être.

Là était le paradoxe : cet homme chargé d'honneurs (que d'ailleurs il ne détestait pas) gardait une grande lucidité sur la légitimité de ces hochets sociaux. C'est pourquoi il en désamorçait le poids par l'humour. Le fond des choses tient peut-être à ce qui était son unique passion, la littérature, qui rendait – souvent – illusoires les satisfecit de la société. Être un écrivain était son ambition première, celle qui supplantait toutes les autres, sa hantise, son obsession. Et il savait, il était trop cultivé pour l'ignorer, à quel point les honneurs et le talent ne font pas forcément bon ménage. Souvent du haut de sa brillante réussite sociale, il pensait à la misère d'un Verlaine, à l'incompréhension qui avait été le salaire de Baudelaire, de Stendhal, de Balzac. Souvent il me demandait de lui répéter la sentence d'Henry James que lui, pourtant doué d'une mémoire éléphantesque, avait du mal à retenir : « Nous vivons dans l'obscurité. Nous faisons ce que nous pouvons. Le reste est la folie de l'art. »

Académie française

Admiration

Il a toujours aimé admirer. Une myriade de morts, mais aussi une foule de vivants. Il ne lésine pas sur les hyperboles quand il parle de Ronald Syme, grand historien anglais de la Rome antique, successeur de Gibbon, avec lequel il parcourt les ruines de la Ville éternelle, « qu'il connaît comme nous le métro ». Il vante « le compagnon inoubliable, le plus attachant des cyniques, un égoïste irrésistible, un anarchiste paradoxal et hautement civilisé ». Mais j'aurais du mal à citer tous ceux dont il chante les mérites. En dehors des écrivains, il a toujours eu un faible pour les hautes intelligences universitaires. Jean Delumeau, qu'il a soutenu en vain à l'Académie et donc l'échec l'a peiné, mais aussi Jeanne Hersch qui, avec son amie Jacqueline de Romilly, comptait parmi ces grands universitaires dont le savoir le grisait. De la même manière, il admirait la formidable culture de Georges Dumézil, ou celle anticonformiste de Roger Caillois, Raymond Aron, Marc Fumaroli, Jacques Julliard ou Hélène Carrère d'Encausse.

Voir : Professeurs.

Adolescence

Il n'a pas eu d'adolescence à l'âge habituel. Encore dans son cocon familial puis dans celui des études, de Normale sup, de l'agrégation, il a tardé à s'ouvrir à la vraie vie. Il ne la voyait qu'à travers le prisme des livres. C'est à l'âge où les jeunes hommes commencent leur vie d'adulte que l'adolescence est enfin apparue chez lui dans une fringale de vivre. Ce printemps perpétuel ne l'a pas quitté. L'âge adulte, celui où l'on prend conscience de ses responsabilités sociales, conjugales, lui a été étrangement épargné. Et quand il s'est trouvé face à des responsabilités d'adulte, notamment quand il a pris la direction du *Figaro*, les choses se sont plutôt mal passées. Son corps a pu vieillir, son âme a gardé la fraîcheur scintillante de l'adolescence. Mais c'est peut-être aussi pourquoi il s'est montré si attaché aux manifestations de cet esprit adolescent chez les autres : l'esprit qui gambade, l'absence de sérieux, la fantaisie, l'enthousiasme, les coups de foudre, tout ce qu'il admirait chez des hommes aussi différents que Borges, Cioran, Ionesco, Jean François Deniau.

Il a avoué dans *Du côté de chez Jean* que cette adolescence, à l'écart des préoccupations sérieuses, des ambitions raisonnables que nourrissait pour lui sa famille, lui semblait parfois annonciatrice d'une vraie vocation littéraire : « De temps en temps je lisais avec délice dans Proust ou dans Thomas Mann que ces adolescences sans but s'ouvraient brutalement sur le génie. La passion des grandes choses ne m'avait pas abandonné. Mon attente, mes détours, mes refus, mes sommeils, mes dégoûts, mes amours folles, c'étaient des sacrifices que j'offrais secrètement à cette divinité inconnue qui s'appelait gloire et ambition, mais dont les buts encore, dont la fin, dont les esprits restaient mystérieusement cachés. »

Adultère

C'est le terme le moins dormessonien qui soit. Avec ses relents de petite-bourgeoisie, de théâtre de boulevard, de culpabilité, d'amants dans le placard ; cela marque pour lui une conception du mariage étriquée, jalouse et avaricieuse, qui n'est pas la sienne. Libéral en politique, il l'est aussi en amour. Hostile au protectionnisme, il est favorable au libre-échange des cœurs. Il n'a qu'indulgence pour les coups de canif dans le contrat. Pour lui, le mariage est un pacte de durée, d'assistance mutuelle, d'assurance sociale, qui doit résister aux guerres, aux révolutions, aux séismes sociaux, aux revers de fortune, il ne peut en aucun cas être remis en cause par les emballements et les coups de foudre. Mais son risque le plus grand reste de devenir une prison. La fidélité obligatoire derrière des barreaux de convention lui semble le comble de la mesquinerie. Un péché contre la vie qui est variété, élans, désir, plaisir, folie. Nul doute qu'il n'ait savouré cet adage des tabellions en matière de contrat de mariage : « Trompe qui peut. »

Dans ses livres, hormis ses parents, on ne trouve guère de héros et d'héroïnes qui ne soient d'incurables volages, à commencer par Chateaubriand ; celui-ci trompe sa femme quasiment dès le premier jour et, loin de s'amender, le succès du *Génie du christianisme* va multiplier les tentations de fornication : ses conquêtes, pour ne pas dire ses victimes, sont toujours des femmes mariées : Delphine de Custine, Natalie de Noailles, Juliette Récamier. Pour les personnages de fiction, la fidélité ne règne ni du côté des hommes ni de celui des femmes : les trois sœurs de la trilogie *Le Vent du soir* sont loin d'être des prix de vertu. Sitôt mariées, elles accumulent les amants.

Quant au principal personnage de ses livres, lui-même, il n'a pas dissimulé que la fidélité conjugale n'était pas son fort et que, par ailleurs, il n'attachait pas beaucoup d'importance dans ses désirs de conquêtes aux liens sacrés du mariage. Sa philosophie en la matière est tout à fait celle du XVIIIe siècle, où les maris jaloux étaient considérés comme des fâcheux, où une pièce de théâtre de La Chaussée prenait pour personnages deux jeunes mariés qui avaient décidé de s'être fidèles, et les tournait en ridicule.

Agnelli, Gianni

S'il n'avait pas eu l'ambition chevillée au cœur d'être un écrivain, si le destin l'avait placé à la tête d'une dynastie industrielle de première grandeur, s'il était né italien, Jean d'O aurait certainement aimé être Gianni Agnelli : avoir sa beauté, son amoralité, sa désinvolture princière, son succès ravageur auprès des dames. Il le regardait comme un de ces princes de la Renaissance qui mêlaient de belles origines, une grande fortune, les arts et les femmes à foison. Il aimait le voir vivre, assister au spectacle de ses courtisans. Mais entre eux existait un fossé qui les empêchait d'être vraiment amis. Agnelli considérait les écrivains comme de charmants fantaisistes qui n'avaient pas tout à fait atteint l'âge adulte (parfois même, il les détestait, comme Malaparte qu'il avait connu trop empressé auprès de sa mère). Un mot de lui, superbe de condescendance, courait sur Jean : « C'est un philosophe de nursery. » Mais cette légère incompréhension de nature ne les empêchait nullement de se voir et d'aimer se fréquenter à skis sur les pentes neigeuses de Saint-Moritz, sur des yachts. L'un et l'autre vouaient un culte au soleil, à la Méditerranée et aux sirènes qui l'enchantent.

Agrégé

Jean se plaisait à se faire passer pour un paresseux, voire un dilettante. C'était sans doute vrai puisqu'il le disait. Il aimait en effet la flânerie, les promenades buissonnières, les délices du sommeil et les rêveries en plein soleil. Mais alors un paresseux qui travaillait beaucoup – travaillait-il ou s'adonnait-il furieusement à sa dévorante curiosité ? La philosophie, comme le latin, comme le grec, c'était son plaisir. Il s'immergeait avec délice dans les eaux profondes de la connaissance. Je le soupçonne de n'avoir jamais travaillé au sens où on l'entend. La passion de connaître et d'apprendre lui a toujours rendu les études faciles. C'était un jeu. L'agrégation de philo fut donc aussi un jeu.

Mais ce qui était pour lui un rêve ne se réalisa pas facilement. Comme à son habitude, il hésitait. D'abord, il s'inscrivit à l'agrégation d'histoire, puis à celle de lettres, dont le programme lui déplut fortement. Enfin, il se décida pour ce qui était sa passion, mais, avoue-t-il, une passion malheureuse : la philosophie. Son caïman, à

Normale sup – élève à mi-chemin entre le condisciple et le professeur –, le philosophe Louis Althusser, qui devait plus tard défrayer la chronique pour avoir étranglé son épouse – et qui bien que communiste lui manifestait de l'amitié –, fit tout pour le décourager : « Écoute. Il faut que je te dise. Je te connais un peu. Je t'aime bien. Tu peux passer l'agrégation que tu veux. Histoire, lettres, allemand, tu seras reçu partout. Il n'y a qu'une agrégation où tu seras refusé à coup sûr : la philosophie. C'est comme si tu te présentais à l'agrégation de droit public ou de mathématiques. Tu n'y connais rien. Maintenant c'est toi qui décides. — La philosophie, lui dis-je. » Cette amitié avec Althusser, étant donné leurs divergences politiques, était déjà circonspecte : celui-ci lui disait avec un bon sourire : « L'un de nous deux finira bien par mettre l'autre en prison ou par le faire fusiller. En attendant, je t'aiderai autant que je pourrai. »

Déjà, Jean suivait les cours de Gaston Bachelard, autodidacte à la broussailleuse barbe blanche, spécialiste de la psychanalyse de l'eau et du feu, de Ferdinand Alquié, qui tentait de bâtir un pont entre Descartes et le surréalisme, de Vladimir Jankélévitch, l'auteur de *Le Je-ne-sais-quoi et le Presque-rien*, de Jean Beaufret, l'introducteur et le traducteur de Heiddegger en France. Il ne détestait pas les problèmes complexes à résoudre, la quadrature du cercle, la théorie quantique, le théorème de Poincaré, les questions philosophiques ardues. Son professeur Jean Hyppolite l'initie « aux splendeurs obscures de Hegel ». Recalé une première fois, il a comme président du jury, un philosophe et biologiste appelé Georges Canguilhem. Au tirage au sort, il a comme sujet « la promesse ». Le président du jury l'écoute parler de l'espérance et du temps qui passe – déjà ! –, mais après lui avoir annoncé qu'il est reçu, il assortit ses compliments d'une remarque : « Ce n'était pas mal du tout, votre dégagement sur la lutte entre le temps et le langage. Mais vous donniez un peu trop l'impression d'avoir une tasse de thé devant vous. » Jean retint la leçon. Son ami Philippe Baer lui dira à propos de son brillant succès : « On ne peut pas dire que tu as été reçu par faveur. Mais par erreur. »

Cette entrée en fanfare dans l'ordre de la méritocratie réjouit ses parents, mais elle ne fut pas appréciée autant qu'elle aurait dû l'être par certains membres du gratin qui entourait sa famille. Une amie de sa mère craignit même pour lui de le voir entreprendre une carrière de « maître d'école ».

Ambassadeur

L'antique, immarcescible et merveilleuse Jenny de Margerie me disait, parlant à sa parution en 1995 de la trilogie romanesque *Le Vent du soir*, qui promenait ses très chics héros et ses non moins aristocratiques héroïnes à travers le monde, de Rome à Londres, de Venise à Berlin, de Saint-Pétersbourg à Vienne, de New York à Rio de Janeiro : « C'est un livre de fils d'ambassadeur. » Et elle s'y connaissait : femme de l'ambassadeur Roland de Margerie, mère d'ambassadeur, passionnée de littérature et de diplomatie, elle avait bien sûr fréquenté à tous les carrefours du monde le père et l'oncle de Jean d'O, Wladimir, ambassadeur au Vatican. Ce poids d'un lourd héritage diplomatique ne prédisposait pas vraiment ni à la légèreté ni à l'aventure littéraire. Même si la diplomatie a compté beaucoup d'écrivains en son sein : Gobineau, Morand, Giraudoux, Claudel. Des différents pays où fut nommé son père qui fut en poste en Allemagne avant la guerre, puis au Brésil, Jean d'O a gardé le goût des voyages et des paysages nouveaux, la passion des visages, une curiosité toujours aiguisée pour des civilisations et des mœurs différentes. Ce grand livre du monde qui s'est ouvert pour lui très jeune l'a fasciné. Français jusqu'au bout des ongles, il a aimé toutes les sociétés qui lui offraient des coutumes et des visages exotiques. Il aurait pu reprendre à son compte le mot d'André Suarès : « Aimer la France, c'est aussi aimer tout ce qui n'est pas la France. » Ni nationaliste, ni cocardier, la littérature lui avait appris, autant que les pérégrinations diplomatiques de son père, à être un citoyen du monde. D'ailleurs on voyage toujours beaucoup dans ses livres : l'Italie, la Grèce, l'Inde, la Turquie, le Brésil, la Russie forment le décor où évoluent la plupart de ses personnages. Y compris le principal : lui-même.

Les usages diplomatiques lui ont appris également le sens du monde, le liant des relations sociales, les usages policés, et aussi peut-être une forme de politesse dans la discussion et le débat d'idées. C'est en effet un monde dans lequel la persuasion compte plus que les opinions tranchées. Il évitera toujours les propos à l'emporte-pièce. Si son père pacifiste détestait la guerre, Jean a bien hérité de lui : il détestait les affrontements et les combats.

Ambition

Pendant très longtemps, il n'en a eu aucune. Pour la bonne raison qu'il ne savait pas très bien quoi faire de lui-même. C'est curieusement quand il s'est mis à écrire et à publier que l'ambition lui est venue. Pourtant je ne lui ai jamais vu exprimer un souhait touchant un rêve à atteindre : s'il y pensait, jamais il n'a évoqué ni la Pléiade ni le Nobel. Il manifestait une forme de fatalisme amusé. Il avait obtenu beaucoup sans le chercher. Il faisait confiance à la chance et à son destin pour que les choses continuent ainsi.

Amitié

Jean a eu des amis. Mais beaucoup moins qu'il n'a pu en donner l'impression. Car s'il ouvrait grands ses bras au nouveau venu, s'il manifestait une grande chaleur à chacun, petit ou grand, étudiant ou ministre, jeune fille ou vieille dame hors d'âge, il gardait sous les apparences de la plus cordiale convivialité un fond d'indifférence. Sous le pétillement de ses yeux bleus et de son sourire médiatique aussi convenu que les bras levés de Chirac, ses protestations d'affection et ses airs complices, il y avait une certaine froideur. Il semblait l'ami de tout le monde, et comme acteur public il était sincère dans ce rôle. Il n'était pas non plus l'ami de personne, mais seulement de quelques-uns, dont il était sûr qu'ils ne franchiraient pas la barrière de corail derrière laquelle il préservait son domaine privé accessible à lui seul. Ce monde personnel consacré à l'amour et à la création littéraire, il était hors de question que quiconque puisse empiéter sur lui. Lévi-Strauss évoque chez Montherlant « cette opposition entre son mépris des hommes et sa dilection pour les êtres ». Jean n'éprouvait pas de mépris pour les hommes. Mais un intérêt passionné pour l'Homme et une grande indifférence pour les hommes. Indifférence insoupçonnable sous le délicieux miel de sa courtoisie et ses démonstrations de franche camaraderie. Il fuyait les importuns, mais il mettait dans cette fuite tant d'égards et de ménagements que les intéressés n'ont jamais soupçonné à quel point ils le dérangeaient. Je ne m'exclus nullement du nombre. Si grande que fût notre connivence, il me fallait beaucoup de tact pour apprécier les moments où il était disponible à la conversation et ceux où, enfermé en lui-même, il avait placé un écriteau invisible : *Do not disturb*.

Néanmoins il eut de vrais amis : Philippe Baer, conseiller à la Cour des comptes et père de l'acteur Édouard Baer, le délicieux Pierre Celeyron qui l'amusait par son snobisme et son art de mettre la vie en scène, Roger Caillois, son mentor à la revue *Diogène*, Michel Mohrt qui l'introduisit chez Gallimard, François Nourissier, le fantasque aventurier Jean François Deniau, ou de grands professeurs érudits comme Marc Fumaroli, Pierre Nora ou Jacques Julliard.

Amour

Voilà un chapitre passionnant mais pas facile à aborder chez un homme qui s'est toujours méfié des épanchements romantiques. Que de fois l'ai-je entendu parler d'amour ! Mais c'était surtout avec les mots des autres : avec ceux de Proust : « L'amour, c'est l'espace et le temps rendus sensibles au cœur », « J'appelle ici amour une torture réciproque », « On n'aime plus personne quand on aime ». Ou ceux du Barrès d'*Un jardin sur l'Oronte* : « Qu'importe au véritable amour l'écume injuste de la vie. » Et bien sûr avec ceux de Chateaubriand : « Il ne manque à l'amour que la durée pour être à la fois l'Éden avant la chute et l'Hosanna sans fin. Faites que la beauté reste, que la jeunesse demeure, que l'amour ne se puisse lasser, et vous reproduirez le ciel », et aussi : « L'amour, il est toujours trompé, fugitif ou coupable. » Ou bien sûr Aragon : « Le silence assourdissant d'aimer. » Jean, qui aimait résoudre les problèmes insolubles, a compris qu'il aurait du mal à éclaircir cette question. Comme Dieu. Comme le Big Bang. Le seul recours, prendre la tangente : suivre les poètes, qui, comme leurs ancêtres troubadours, ont inventé l'amour, et chercher du côté de Tristan et Iseult aux blanches mains les secrets de ce philtre à l'origine d'autant de bonheurs que de malheurs, d'autant d'espoirs que de déceptions, de rêves que de cauchemars.

La littérature, qu'est-ce d'autre que cette longue et vibrante interrogation sur l'amour, sa naissance, son cours tantôt paisible tantôt tragique, et sa mort mystérieuse. D'Homère qui narre la colère d'Achille quand on lui enlève la captive Briséis ou Ulysse aux prises avec la nymphe Calypso ou la magicienne Circé jusqu'à la cristallisation du rameau de Salzbourg chez Stendhal, en passant par Ronsard, Racine, Corneille, c'est toujours la même question sans réponse. Jean, qui n'a jamais voulu comme Rousseau livrer son cœur – à peine le dessus de son cœur – en nous avouant des histoires de rubans volés ou en nous confessant des fiascos avec Zulietta, la courtisane de Venise, a préféré parler de son cœur en l'attribuant à un autre. Et pas n'importe quel autre ! À Chateaubriand. À travers lui, nous avons droit à une planche anatomique de toutes les sortes d'amour : l'amour tendresse avec Pauline de Beaumont, l'amour impossible avec Charlotte Ives, l'amour folie des sens avec Natalie de Noailles, puis la grande passion raisonnable avec Mme Récamier qui unit deux Narcisse se mirant dans les yeux l'un de l'autre avec la postérité comme chandelier ; enfin le démon de midi avec Hortense Allart sous le soleil brûlant de Rome. Et bien sûr l'amour conjugal avec son austère, pieuse, et compréhensive épouse. C'est entre les lignes qu'il faut chercher la biographie amoureuse de Jean d'O. Souvent sceptique, il aimait citer cette phrase de sainte Thérèse d'Avila : « Que de larmes suivront les prières exaucées. » L'amour lui semblait illustrer tout ce qui caractérise les passions humaines : leur folie, leur inconstance et leur fragilité.

De ces femmes dont il nous parle dans ses livres, combien en a-t-il aimé ? Dans *Le vagabond qui passe sous une ombrelle trouée*, il s'abandonne aux confidences : « Il me semble, dans mon existence, avoir aimé cinq ou six femmes. Je ne parle naturellement que de celles qui ont compté pour moi un peu plus qu'une fin de semaine dans les sables ou la neige. Je ne sais pas si c'est peu, je ne sais pas si c'est beaucoup. Je sais que tout le reste de ma vie, avec ses fanfares et ses cymbales, ne m'est que silence et cendres. Je m'en irai de ce monde avec la seule mémoire de ces jours et de ces nuits illuminés du soleil noir du délire et de la passion… Je garde le souvenir le plus délicieux des femmes que je n'ai pas aimées. Et un souvenir terrifié de celles que j'ai aimées. »

Beaucoup d'eau a coulé sous les ponts, et beaucoup d'années depuis *Du côté de chez Jean* pour qu'il en arrive à ce genre de confidence dans ses derniers livres : « Il n'y a rien d'autre que l'amour. J'ai surtout aimé l'amour. Du plus bas au plus haut. Le plaisir, la tendresse, la passion, la folie. Et leurs épuisables combinaisons. Quand l'amour, le vrai amour, se combine à l'amour, il n'y a rien de plus fort, le plus grand, de plus beau. Je comprends très bien qu'il tourne la tête et les cœurs. Ce que quelques-uns cherchent dans les livres, dans la musique, dans le spectacle de la nature, dans le pouvoir ou dans l'argent, dans la drogue ou la mystique, l'amour le donne à chacun d'entre nous. Dans le sexe et hors du sexe, il offre à chacun le plus fort et le plus beau sentiment d'éternité qu'il nous soit permis de connaître. Il nous transporte au-dessus de nous-mêmes, il nous fait comme rois et possesseurs du monde, il frappe tout ce qui n'est pas lui d'insignifiance et de nullité… Il nous fournit un des seuls motifs de mettre fin à notre vie. »

Et sur l'amour il se montre aussi pessimiste que pour l'avenir de la littérature : disparaîtra-t-il lui aussi, comme elle, avec la dissolution de la bourgeoisie, avec les progrès infernaux de la science qui, avec le clonage et les manipulations génétiques, rendront inutile, obsolète, ce prodigieux miracle : l'étreinte des corps des amants.

Anne-Marie

Elle était belle, belle à se damner. Peut-être la plus belle femme que j'aie connue. Tous les hommes en étaient fous, pour reprendre un titre de Jean. Elle traînait les cœurs après soi. Car en plus d'un beau visage de madone de la Renaissance, elle était douée d'un corps magnifique, d'un esprit caustique et d'un léger grain de folie qui agrémentait de poivre des manières et une éducation parfaites. Cette goélette hautaine et rieuse à la belle chevelure brune évoluait dans le meilleur des mondes entre les Agnelli de la Villa Leopolda, Paul-Louis Weiller, et bien sûr les fêtes de Marie-Hélène de Rothschild au château de Ferrières. Elle appartenait à une famille délicieusement snob, les Deschodt, qui habitaient un bel appartement rue de la Pompe où j'avais mes entrées comme amoureux de Solange, la jeune sœur. Quand je dis entrée, c'était plutôt d'ailleurs de la porte de service qu'il s'agissait, car mon pedigree roturier et un bac en dangereux suspens ne plaidaient pas en ma faveur dans cette charmante famille plutôt collet monté.

L'issue était fatale entre un jeune premier du monde littéraire éminemment inflammable et cette fascinante créature. Jean tomba sous le charme. Éperdument. Lui fut-elle cruelle ? Ne franchissons pas le mur de la vie privée. Il la rejoignit au château de Donzère, magnifique demeure de la famille Deschodt au cœur de la Drôme, non loin de Saint-Paul-Trois-Châteaux et Grignan. Il lui dédiera un livre, *Un amour pour rien*, qui en dit long sur cette brève passion qui lui inspirera quelques brûlants regrets et beaucoup de nostalgie. Nul doute qu'elle n'ait donné quelques traits – avec le « Bleuet » et peut-être quelques autres – à la fameuse Sylphide dénommée Marie. J'ai longuement évoqué sa personnalité fantasque et fascinante dans mon essai autobiographique : *Ne pars pas avant moi*.

Elle se maria ensuite avec Louis Malle qui lui donna un rôle au Mexique dans son film *Viva Maria !* avec Brigitte Bardot et Jeanne Moreau. Elle apparaît aussi plus longuement dans *Une balle au cœur*, un film d'Alain Cavalier, et dans *Le Charme discret de la bourgeoisie*, de Luis Buñuel. Après s'être séparée de Louis Malle, elle retrouva son premier amour, le peintre Guy de Rougemont, qu'elle épousa. Elle a écrit un livre sur le peintre vénitien, génial touche-à-tout, Fortuny. Elle était la sœur de l'écrivain Éric Deschodt.

Aragon, Louis

L'une des grandes passions littéraires de Jean d'O. Aragon est au cœur des contradictions dormessonniennes. En dehors d'une sincère admiration, Jean d'O, homme de droite, ne détestait pas donner à la droite des leçons de littérature, de tolérance, voire de subtilité. Tout comme Mitterrand avait ses écrivains de droite, il avait ses écrivains de gauche. Et, au premier rang, Aragon. Il aimait follement l'écrivain du *Paysan de Paris*, du *Traité du style*, d'*Aurélien*, mais il révérait particulièrement le poète du *Fou d'Elsa*. Combien de ses poèmes connaissait-il par cœur ? Des dizaines. Ces poèmes vers la fin donneront plusieurs titres à ses livres : *Je dirai malgré tout que cette vie fut belle*, *Et toi mon cœur pourquoi bats-tu ?*, *Garçon de quoi écrire*. C'était sa façon de montrer qu'il plaçait la littérature au-dessus de tout, et surtout de la politique. Bien sûr il y avait de la pose aristocratique à s'afficher au-dessus de la mêlée, à être à la fois directeur du *Figaro* et déjeuner avec Aragon, René Andrieu ou le directeur de *L'Humanité*, Roland Leroy, comme plus tard avec Mélenchon ou Claude Lanzmann.

Mais c'est le poète qu'admirait Jean. Il le portait aux nues. Du poème que peut-être il préférait, « Que la vie en vaut la peine », il a tiré quatre titres de ses livres :

C'est une chose étrange à la fin que le monde
Un jour je m'en irai sans en avoir tout dit
Ces moments de bonheur ces midis d'incendie
La nuit immense et noire aux déchirures blondes

[...]
Il y aura toujours un couple frémissant
Pour qui ce matin-là sera l'aube première
Il y aura toujours l'eau le vent la lumière
Rien ne passe après tout si ce n'est le passant

[...]
Malgré tout je vous dis que cette vie fut telle
Qu'à qui voudra m'entendre à qui je parle ici
N'ayant plus sur la lèvre un seul mot que merci
Je dirai malgré tout que cette vie fut belle

Ce qui le fascine en plus chez Aragon, c'est la multiplicité des dons et des vies. Le jeune homme blessé par ses origines – il était le fils naturel du préfet de police, puis ambassadeur à Madrid, Andrieux –, le carabin ami de Breton entraîné dans la guerre de 14, qui, à l'issue de la grande boucherie, est l'un des piliers du surréalisme. Que d'avatars divers dans ce début de vie. Aragon semble déjà se chercher dans des masques. Puis sa révolte s'oriente, après plusieurs crises de désespoir amoureux, vers ce refuge qui va être tout à la fois sa famille, son bagne, son espérance : le communisme. Et comme pour mieux éviter toute dispersion, cette dispersion où son génie aurait pu se déliter ou se perdre dans les sables, il épouse une Russe, une communiste, Elsa, la sœur de Lili Brik. Jean d'O ne cesse de s'interroger sur cette existence si aventureuse et si pleine de contradictions, à la fois patriote et communiste, libertaire et défenseur du totalitarisme, dont l'unité et la cohérence n'existent que par la littérature. De ces fidélités et de ses parjures, de ses trahisons, de ses renoncements et de ses errances, il avait conscience. « Il disait de lui-même qu'il était le dernier à se faire confiance », écrit Jean d'O qui, étrangement, par des voies différentes et inconscientes, s'identifie à lui. La dispersion a été pour lui aussi une angoisse : tant de talents, d'intellectuels brillants – il en a connu beaucoup à Normale sup –, accablés de dons, écrasés de promesses, qui ont fini, paralysés par des tentations contradictoires, faute de caractère et de détermination, par rater leur vie en passant à côté de leur œuvre.

Très intéressante est la position de Jean par rapport aux romans d'Aragon. Il dit avoir aimé à la folie *Le Paysan de Paris*, puis *Aurélien*, ce roman qui est une réponse au *Gilles* de son ami Drieu la Rochelle avec lequel il s'est brouillé, mais dont le souvenir le trouble toujours. Dans *Arts*, Jean d'O décrit son émerveillement devant ce roman qu'il lit à Londres au cours d'un séjour linguistique : « Je ne garde de mon séjour à Londres que le souvenir d'une chambre assez infecte qui sentait un peu le bacon, et l'image de ce visage de Bérénice qui ressemblait à une noyée. J'appris ainsi à aimer Aragon au lieu d'apprendre l'anglais. »

Mais dans ce même curieux article, il évoque *La Semaine Sainte* qui vient de paraître et qui le laisse perplexe. Bien sûr, la virtuosité du romancier l'éblouit dans ce livre qu'il définit curieusement comme « un roman historique », expression à mon sens impropre, qui lui vaudra une très intéressante mise au point d'Aragon. « C'est un foisonnement de silhouettes, une galerie de portraits, une accumulation de détails, les uns vrais, les autres inventés, et, en 600 pages serrées, une véritable encyclopédie pointilliste et épique. » Puis viennent les compliments : « Il fallait un talent énorme pour réussir une telle gageure. Il éclate à chaque page ; et il s'y mêle parfois comme un souffle de génie à la fois épique, méticuleux et poétique. » Jusque-là, on dirait que Jean nous parle avec une extraordinaire prescience d'un de ses futurs romans de la maturité, *Histoire du Juif errant*, ou *Le Vent du soir*, ce qui rend, avec le recul, le jugement final assez cocasse : « Je me demande si la structure même du livre ne se retourne pas contre lui… le fil solide d'un destin individuel fait défaut… nous restons un peu sur notre faim pour le roman dans son ensemble : l'absence de centre s'y fait sentir. » Et le couperet tombe : « Ni *La Semaine Sainte* ni *Un balcon en forêt* ne procureront ce choc des œuvres nouvelles qui sont une révélation […] L'un et l'autre (Aragon et Gracq) sont dans l'âge académique de la littérature d'avant-garde. »

Aragon répondra dans la préface d'une réédition : « *La Semaine Sainte* n'est pas un roman historique, c'est un roman tout court. Tous mes romans sont historiques bien qu'ils ne soient pas en costume. » Puis il en vient au fond : « Les gens lisent chacun suivant leur propre pensée. Jean d'Ormesson a écrit un article que j'ai lu avec beaucoup d'intérêt : c'est celui d'un homme sincère et passionné qui préfère *Aurélien* à *La Semaine Sainte* – ce qui est loin de me vexer – et pour qui il ne subsiste rien dans *La Semaine Sainte* du surréalisme ni du communisme, pas même à l'état de trace. » Ce dernier reproche était en effet le plus étonnant, car il semblait mettre en doute l'authenticité, la sincérité d'Aragon, en lui reprochant quasiment de s'être trahi, d'avoir abjuré ses deux religions et de s'être en outre débarrassé du réalisme socialiste. Aragon, sur ce dernier point, aura beau jeu de lui rétorquer qu'il n'est nullement contraire au réalisme socialiste « de parler de Berthier, La Rochefoucauld-Liancourt, ou

Richelieu, d'une façon si compréhensive, sans en faire des caricatures ». Malgré la protestation d'Aragon, Jean ne démordra pas de son idée. Dans *Une autre histoire de la littérature française*, il écrira : « Malgré ses dénégations *La Semaine Sainte*, récit de la fuite vers le nord de la cour de Louis XVIII au début des Cents-Jours, est un roman historique, éclairé par la silhouette du peintre Géricault, et où se retrouve un souffle épique nourri d'une connaissance approfondie d'un passé annonciateur de l'avenir. »

C'est dans les années 1960 que, par l'entremise de François Nourissier, avec qui il est lié, Jean a fait la connaissance d'Aragon. Ils se verront à de nombreuses reprises par la suite. Jean évoque un épisode au cours d'un dîner avec lui dans un restaurant qui avait fini assez tard. Le chauffeur d'Aragon était venu lui demander s'il avait encore besoin de ses services, et celui-ci lui avait sèchement répondu : « Pourquoi croyez-vous qu'on vous paie. » Jean ne peut s'empêcher d'y aller de son commentaire ironique en comparant cette attitude sévère et la bonhomie de sa famille vis-à-vis des domestiques.

Mais leur amitié se situe à un bien autre niveau et c'est en cela qu'elle est belle et réconfortante. Il l'écrira : « J'ai beaucoup admiré Aragon, qui est si plein de défauts. Parce que nous n'étions d'accord sur rien, il m'a appris que la littérature est plus forte que tout. »

Argent

L'argent, dans sa famille chrétienne et aristocratique, était un sujet tabou. On n'en parlait pas. Certes, il y avait des châteaux aux hectares de toitures chancelantes qu'il fallait bien rafistoler. Les mariages y pourvoyaient. Ces mariages de raison se faisaient sans aucun souci d'enrichissement personnel ni esprit de lucre, mais pour une bonne cause qui dépassait l'intérêt individuel : maintenir le patrimoine historique, c'était prolonger son nom et son histoire dans l'avenir. Un devoir, non un plaisir. D'ailleurs, le mot même sonnait mal aux oreilles de ces familles qui mettaient une certaine coquetterie à vivre sans luxe, dans des chambres glaciales dépourvues d'eau courante, se contentant du strict nécessaire, sans ostentation, surtout pour abolir la frontière entre ceux qui n'en avaient pas et ceux qui disposaient de larges moyens. Cet argent avait un arrière-goût de trahison – Judas et ses quarante deniers –, de malhonnêteté – les fortunes s'acquièrent rarement sans quelques petites crapuleries collatérales –, de roture commerçante – les riches sentaient la fraîche boutique, le trafic, les épices, la traite. L'argent qui était pour le bourgeois une occasion de manifester son orgueil était ressenti comme une secrète honte pour l'aristocrate, arc-bouté sur ses valeurs chevaleresques.

Aussi cette question a-t-elle été le premier *casus belli* entre Jean et sa famille, surtout son père. L'argent est vite apparu pour Jean comme le synonyme de la liberté : liberté de fuir en s'achetant une torpédo, de voyager, de ne plus dépendre de sa famille. L'argent clé de la liberté, c'est le leitmotiv qui parcourt ses premiers livres. Un dada, une obsession. Première provocation : ce mot « argent » dont il était proscrit de parler dans sa famille, non seulement il en parle, mais il en fait l'éloge avec la bonne conscience d'un yankee.

Du côté de chez Jean est le premier livre dans lequel il jette dans le cercle de famille effaré cette grenade dégoupillée : « Le seul problème philosophique sérieux, c'est l'argent, le suicide ne vient qu'après. Il faut bien vivre jusqu'à ce que l'on se tue », écrit-il en ironisant du même coup sur la bien-pensance endimanchée de Camus. Et pour que toutes les douairières de Saint-Fargeau s'effondrent dans leur bergère en demandant des sels, il proclame avec insolence : « J'aime l'argent comme un vice. » Et, fier de lui, il développe cette conception ploutocratique : « Ce qu'il y a d'exquis dans l'argent, c'est précisément qu'il termine les discussions et met un point final aux divagations de l'esprit. Il procure tout – ou presque ; il achète tout – ou presque ; c'est l'argument dernier, celui qui force les portes, brise les résistances, fait tomber les villes, les femmes, les barrières sociales. » Combien ? « Et tout est dit. »

Et, pire, il condescend à flirter avec les valeurs de la bourgeoisie pour qui la seule chose sérieuse n'est ni l'art, ni la mystique, ni l'amour, mais bel et bien l'argent. Cette profession de foi ne le satisfait pas complètement. Esthétiquement, il n'y trouve pas son compte. Alors il s'emmêle les pédales : « Je tâcherai d'expliquer plus loin comment je peux trouver abject le fétichisme bourgeois de l'argent tout en aimant tant l'argent. » Pris dans ses contradictions, il frise l'anarchie : « L'affreux de la vie, c'est faire de l'argent. La malédiction, c'est le travail. »

Et dans ce qui devient presque une méditation baudelairienne, voire coluchienne, sur la malédiction de la pauvreté, il s'exclame : « Pauvre, vous êtes laid, méprisé, ignoré. Pauvre, vous êtes bête, inculte, mal rasé, mal nourri ; pauvre, vous êtes méchant ; pauvre, vous serez heureux mais dans l'autre monde seulement, et si vous n'y croyez pas, tant pis pour vous. »

Ce qu'on voit clairement dans cette provocation adolescente, c'est la rébellion contre l'enfermement auquel le condamnent les valeurs familiales. De cette révolte qu'il a eue le temps de mûrir intellectuellement et littérairement sortira *Au plaisir de Dieu.* La création littéraire lui apparaîtra comme la vraie réponse à ses contradictions. Il ne se posera plus la question de son appartenance sociale, regardée comme un point de départ hasardeux, et sur laquelle il posera un diagnostic affectueux et intelligent. Mais, pour en arriver là, il aura fallu la mort de ses parents qui l'empêchaient d'entrer non dans l'âge adulte qu'il n'atteindra – Dieu soit loué ! – jamais, mais dans la maturité du jugement.

Ce couplet sur l'argent, qui faisait fulminer son janséniste de père, trouve un étrange écho chez Chateaubriand, déjà ! Dans ses *Mémoires d'outre-tombe,* le vieil écrivain, contraint de vendre sa chère Vallée-aux-Loups, et qui en démissionnant de la Chambre des pairs a été obligé d'abandonner sa pension, se désole d'être en butte à la nécessité : « Oh, argent que j'ai tant méprisé et que je ne puis aimer quoi que je fasse, je suis forcé d'avouer pourtant ton mérite : source de la liberté, tu arranges mille choses dans notre existence ; où tout est difficile sans toi. Excepté la gloire, que ne peux-tu pas procurer ? Avec toi on est beau, jeune, adoré ; on a considération, honneurs, qualités, vertus. Vous me direz qu'avec l'argent on n'a que l'apparence de tout cela : qu'importe, si je crois vrai ce qui est faux ? Trompez-moi bien et je vous tiens quitte du reste. La vie est-elle autre chose qu'un mensonge ? »

Cette question de l'argent fut l'occasion de discussions orageuses avec son père l'ambassadeur. Son rigorisme sur ce sujet l'exaspérait. Il s'en voudra plus tard et ne cessera au fond de regretter sa conduite. Ces provocations, il le reconnaîtra, étaient une façon de se libérer « coûte que coûte du poids que sa douceur écrasante faisait peser sur moi ».

Aristocratie

On connaît l'un des grands préceptes de la gnose inspiré d'une parole de Jésus à ses disciples : « Je suis au monde, mais je ne suis pas du monde. » Jean d'O appartient par la naissance à une très ancienne famille de parlementaires qui s'était notamment illustrée dans la défense de Nicolas Fouquet. Par sa mère, née Anisson du Perron, il descend du régicide Lepeletier de Saint-Fargeau, riche propriétaire du château de Saint-Fargeau, assassiné pour avoir voté la mort du roi. Il n'était pas mécontent d'appartenir à une famille prestigieuse tout en s'efforçant de ne pas être dupe d'une situation hasardeuse dans laquelle n'entrait aucun mérite. Aussi va-t-il tenter cette gageure d'apparaître comme le comte aux pieds nus, échangeant le talon rouge contre l'espadrille. Autant par bonne éducation que par sa conversion à la méritocratie, il se garde de se prévaloir de son appartenance à une classe sociale huppée. Tout comme d'ailleurs il ne porte pas à la boutonnière ses titres universitaires (les marques de l'aristocratie républicaine). Dans l'annuaire qu'il rédige pour l'Académie, s'il note ses études à Normale sup et son agrégation de philo, il ajoute avec désinvolture à son brillant curriculum : « Études, voyages, amours. Essais et erreurs. Travaux et postes divers. Académies et distinctions. » Suprême coquetterie, puisqu'il ne manque pas de signaler qu'il est grand-croix de la Légion d'honneur. Ce n'est pas facile de maintenir une distance exacte entre une fierté familiale et le ridicule des prétentions nobiliaires, entre la légitime satisfaction qu'on éprouve pour les flatteuses récompenses sociales et le doute philosophique qu'on ressent envers leur légitimité voire leur dérision. C'est ce que Jean d'O fera, particulièrement dans *Au plaisir de Dieu*, un livre où éclatent ses contradictions. Comment vivre dans un château historique avec une cuillère dorée dans la bouche, entouré de portraits d'ancêtres, de fantômes, de domestiques, sans se couper du monde moderne et des passionnants débats qu'il suscite ? Seul le messager Mercure est chargé d'apporter l'air et des nouvelles du monde de la vraie vie, celle des pauvres, des roturiers. Un de ses films préférés était d'ailleurs *La Grande Illusion* de Jean Renoir, notamment le dialogue entre Pierre Fresnay et Erich von Stroheim, qui évoquent avec nostalgie la fin d'un ancien ordre aristocratique dominé par l'honneur. Jean d'O donne l'exemple d'un aristocrate ayant reconquis son statut et ses privilèges qui ont sombré dans la nuit du 4 août par la grâce du mérite et du talent. Comme Louis de Broglie, prix Nobel. Comme Tocqueville. Et bien sûr, Chateaubriand.

Aron, Raymond

Quand les émissaires – bientôt honnis – de la Société des rédacteurs du *Figaro* vinrent devant l'assemblée des journalistes décrire le futur directeur qu'ils proposaient à leurs suffrages, ils le décrivirent ainsi : « Il a les yeux de Michel Morgan et le nez de Raymond Aron. » Jean d'O a toujours été subjugué par l'intelligence de Raymond Aron. Toute sa vie a été accompagnée par une grande figure de la pensée. D'abord à Normale sup, Jean Hyppolite et Althusser, puis Roger Caillois. Marc Fumaroli leur succédera. Tous illustraient une part de lui-même, une virtualité, l'érudit, le professeur au Collège de France, qu'il aurait pu devenir sans son goût pour la littérature. Avec Raymond Aron, les choses ne furent pas toujours simples : la conscience qu'Aron avait de sa supériorité et le mépris plus qu'apparent dans lequel il tenait les journalistes ne l'avaient pas rendu populaire au *Figaro* auquel il aurait volontiers fait don de sa personne pour en être élu directeur. Jean d'O, qu'il regardait avec une condescendance amusée, ironisant sur son ignorance encyclopédique, lui avait damé le pion. Leurs relations étaient donc parfois un peu crispées. D'autant que Jean avait expliqué à Aron, avec tous les ménagements possibles, pourquoi une candidature de sa part à l'Académie, en dépit de ses éminents mérites, serait immanquablement vouée à l'échec. « Vous avez contre vous cinq groupes différents : les antisémites, les Juifs, les antigaullistes, les gaullistes. Ces quatre catégories-là, on pourrait encore s'en arranger ; mais la cinquième est mortelle : ceux à qui vous avez fait comprendre, un jour ou l'autre, que vous étiez plus intelligent qu'eux. » Leur divergence allait éclater au moment de l'arrivée de Robert Hersant dont l'un et l'autre soutenaient la candidature pour la reprise du *Figaro*. Ils avaient conclu un pacte. Au premier manquement du papivore à une charte signée, ils donneraient leur démission. Le patron de presse ne manqua pas de déchirer rapidement cet accord. Rigide et certain que son départ tuerait *Le Figaro* dont il se considérait comme la figure de proue, Aron quitta le journal. Jean d'O, plus pragmatique, décida d'y demeurer comme grand chroniqueur. Ce fut probablement la fin de leur amitié barbelée.

Pour Jean, Aron est le modèle et le type même de l'intellectuel français. De l'amitié avec Sartre à Normale sup jusqu'à son engagement dans la France libre et ses relations difficiles avec de Gaulle, puis ses liens avec

Kissinger, il a été au cœur de tous les grands débats qui ont agité l'après-guerre. « Sachant plus de choses que les autres, plus capable de concentration intellectuelle que le commun des mortels, d'une rigueur à nulle autre pareille, conscient pourtant que la vérité est une tâche infinie, Raymond Aron est, à mes yeux, une des incarnations les plus pures de ce type d'homme moderne qui a succédé aux sages antiques, à l'érudit de la Renaissance, à l'honnête homme des temps classiques, au prophète du romantisme : l'intellectuel. »

Mais cette admiration pour le disciple de Max Weber s'accompagne de quelques réserves sur son caractère difficile, à la fois mégalomane et paranoïaque : « Aron s'imagine qu'il a vu plus juste que Sartre, qu'il a eu raison contre le général de Gaulle ou contre François Mitterrand, qu'il est supérieur à moi-même et qu'il est plus intelligent que tous les autres – et je suis porté à croire qu'il a raison. » En réalité le Gémeaux qui sommeille en Jean est partagé : intellectuel lui-même, il ne pouvait être insensible à une des plus brillantes intelligences du siècle, mais, en tant qu'écrivain et artiste, il était lucide sur les limites de cette intelligence qui prétendait détenir, sur tous les sujets à propos desquels elle s'exerçait, la vérité. « Ce n'était pas un écrivain, confie-t-il à François Sureau. Il le savait et, à la différence de Berl, montrait un certain dédain pour la littérature. Sartre, au contraire, ne cessait de proférer des conneries, mais c'était un écrivain, accédant comme tel à un univers dans lequel Aron, malgré toute sa science, ne pénétrait jamais. Peut-être même en souffrait-il sans se l'avouer. »

Aron brosse dans ses *Mémoires* un portrait tout aussi contrasté de Jean comme directeur du *Figaro* : « Bien dans sa peau, gaiement extraverti, conscient de ses origines et capable de les faire oublier face à ceux que son illustre famille irriterait, heureux d'être et heureux d'avoir, comblé par une série de succès retentissants (*La Gloire de l'Empire*, l'Académie française, *Le Figaro* !) il dirigea *Le Figaro* dans le style de Robinet [première pique, car ce malheureux et délicieux directeur avait une injuste réputation d'insuffisance] plutôt que dans celui de Brisson. Il ne lisait pas le journal [deuxième pique]. Il écrivait de temps en temps des éditoriaux politiques qui souffraient, à mes yeux, d'abondance verbale, mais qui témoignaient de son talent d'écriture. Il affichait une modestie apparemment authentique [troisième pique]. » Après avoir énuméré tous les avantages de Jean dus à « l'histoire et à la nature » (c'est-à-dire, quatrième pique, au hasard mais non au mérite), il n'hésite pas à prétendre que Jean ne s'offusquait pas « de la supériorité que je m'attribuais en effet par rapport à lui, en tant que philosophe ou écrivain politique ». Le terrain ainsi déblayé, le philosophe en vient à la minutieuse comptabilité de tous les coups d'épingle, manœuvres tordues et autres petites blessures d'amour-propre dont Jean se serait rendu coupable à son égard. Étrange autopsie d'une amitié ! Aron était certainement génial, mais, malgré de beaux passages, ses *Mémoires*, embrouillées de mesquineries, hérissées de rancœurs, ne rendent pas justice à son génie. Son intelligence, si grande pour dégager les lignes de force des idées qui mènent le monde, s'égare dans les petitesses dont est tissée toute vie, et qui l'ulcèrent démesurément, comme s'il s'étonnait avec un agacement non dissimulé que le Tout-Puissant dans sa justice n'ait pas songé à les lui épargner.

J'ai été durant cette période, à mon corps défendant, un grain de sable perturbateur dans le rouage déjà compliqué de leurs relations. J'avais mené une enquête sur les agissements frauduleux des compagnies pétrolières. Celle-ci avait souverainement déplu à Aron et il voulait empêcher sa parution. Il avait du mal à concevoir les journalistes comme des entités également pensantes et autonomes et avait tendance à les enrégimenter comme de dociles serviteurs de sa pensée. Cela ne pouvait qu'être à l'origine de beaucoup de tensions et de malentendus. D'autant que Jean, qui vouait à l'intelligence en général, et à celle d'Aron en particulier, un véritable culte, avait des doutes – parfois justifiés –, mais il avait peu réfléchi sur le fond de la question – sur les capacités intellectuelles de la gent journalistique. Des esprits journalistiques éclairés comme Jean Daniel, Claude Imbert, Pierre Viansson-Ponté auraient pu lui expliquer qu'il posait mal la question : que l'intelligence d'un professeur au Collège de France et celle d'un enquêteur ne sont pas de même nature. Dans l'absolu on peut préférer l'une à l'autre. Quand on se trouve dans la position d'être un directeur de journal, on est obligé de croire, pas forcément à l'intelligence – qui est variable –, mais au professionnalisme des journalistes. La formation de Jean lui faisait privilégier invinciblement l'intelligence universitaire spéculative. J'avais beau expliquer à Jean que ni Kessel, ni Jack London, ni Albert Londres n'étaient non plus des imbéciles et que, Aron avait beau être un génie, il s'était mis obstinément le doigt dans l'œil dans ses jugements sur de Gaulle, il me regardait avec un sourire plein d'indulgence qui faisait scintiller ses yeux bleus, l'air incrédule, me soupçonnant d'argumenter un plaidoyer *pro domo* en faveur des cancres. Muré dans sa certitude, je n'avais pas plus de chances de le convaincre que de déplacer un tank avec des passes magnétiques. Il avait beau être un adepte du doute méthodique, Normale sup introduisait entre nous une muraille infranchissable.

Bien des années plus tard, le temps ayant apaisé les passions et effacé le différend qui nous avait opposés à propos des compagnies pétrolières, je retrouvai Raymond Aron au Salon du livre. Une scène prodigieuse se présenta à moi. Aron était présent sur une tribune du journal *L'Express* pour signer ses *Mémoires* : il était totalement seul. Personne ne venait lui demander une dédicace. Mais, à quelques mètres de lui, un groupe compact de spectateurs était assis, dans une attitude respectueuse et recueillie, devant un poste de télévision qui rediffusait des entretiens d'Aron. L'auteur de *L'Opium des intellectuels* observait cette scène d'un air un peu absent, triste et désabusé. Comme il venait de m'adresser son livre « avec sa sympathie », j'allai le saluer pour le remercier. Un large sourire effaça sur son visage les traces de tristesse. Après quelques politesses, il me demanda d'un ton où perçait l'angoisse : « Pourquoi croyez-vous que tous ces gens ne viennent pas me voir ? Pourtant ils me regardent dans le téléviseur… » Je tentai de le rassurer : « Ils ne viennent pas parce que vous leur faites peur : ils craignent en vous parlant que vous les preniez pour des idiots. » Son visage douloureux de tout le poids des drames du monde, buriné par les rides de la pensée, s'éclaira devant mon explication : « Ah bon, vous croyez, c'est la peur. » Ainsi je donnai à ce génial mégalomane un dernier petit plaisir d'orgueil. Pourtant ce doute sur lui-même auquel il était si peu accessible, comment aurais-je pu lui dire qu'il m'émouvait, car c'était là que résidait pour moi la grandeur d'un penseur. C'est le dernier souvenir que je garde de cet homme qui allait bientôt mourir.

Voir : *Figaro, Le* ; Hersant, Robert ; Dorsac ; Pétroliers.

Arts

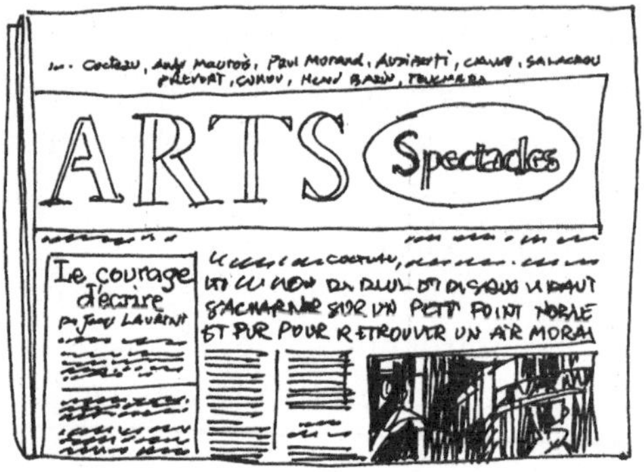

Cet hebdomadaire aujourd'hui oublié exprimait toute la fantaisie rescapée d'une époque sur laquelle pesaient les lourds oukases de Sartre et du Nouveau Roman. Le talent y foisonnait. L'irrévérence brillait de mille feux. Les plumes les plus brillantes et les plus opposées coexistaient. On se contredisait, on s'attaquait d'une page à l'autre sans souci de cohérence. Rarement, sinon dans *Le Quotidien de Paris* de Philippe Tesson, dont ce journal fut une sorte de brouillon préparatoire, on s'est ébroué avec plus de liberté. Les Hussards sonnaient la charge : Jacques Laurent, Nimier, Blondin, Déon, Bernard Frank, Félicien Marceau, Paul Guimard sabraient Robbe-Grillet et ses séides des Éditions de Minuit, ou leur bête noire, *Les Temps modernes* de Sartre. Jean d'O, qui n'était alors qu'un romancier débutant et hésitant, se vit confier deux ans durant le feuilleton du journal. Il excellait dans des articles débridés, sans précautions d'usage, rivalisant dans l'ironie et la descente en flammes avec ses collègues de plume. Jetant sa gourme dans une sorte d'ébriété mentale, il s'exprimait avec une jubilation et un art de la polémique que l'on ne retrouvera plus guère chez lui par la suite. Il s'assagira. *Le Figaro* et l'Académie l'inciteront à la prudence. Ou peut-être au sens des responsabilités. Car il n'est pas de polémique qui ne laisse des blessures. Quel que soit le plaisir de se moquer, c'est l'inconscience et l'irresponsabilité de la jeunesse de ne pas en avoir conscience. Jean d'O, très doué pour lancer des flèches affûtées sur les donneurs de leçons du Nouveau Roman, va entamer une reconversion pacifique : il gardera la légèreté mais se gardera des charges offensives. Il va gravir ce chemin pavé de roses de la consécration qui l'auréolera bientôt d'un délicieux consensus. Dès lors il ne sera plus attaqué par personne. Il voguera dans des eaux calmes et parfumées vers la Pléiade et des obsèques quasi nationales. C'est dans ce journal que, dans un moment d'ébriété libertaire, il écrira une phrase qui lui coûtera cher à propos d'un roman de Pierre Brisson : « On ne peut pas être directeur du *Figaro* et avoir du talent. » Un jugement risqué qui hypothéquait l'avenir. Quelques années plus tard, il sera l'arroseur arrosé.

Au plaisir de Dieu

Avec ce roman, il va rencontrer le grand public. De la publication de ce grand livre date son succès. Mille questions peuvent se poser à propos de cette fresque familiale : est-ce le livre le plus caractéristique de Jean ou celui par lequel il va rompre définitivement ses attaches avec un monde qui l'attire mais aussi l'enferme dans ses traditions et ses principes ? Si on peut définir son œuvre romanesque comme un effort constant pour ne pas remettre ses pas dans le moule habituel du roman, *Au plaisir de Dieu* fait exception. C'est un roman familial on ne peut plus classique, même si, à bien des égards, il apparaît comme une œuvre de mémorialiste à peine transposée.

Le début qui exprime la nature et l'ambition du livre est célèbre : « Je suis né dans un monde qui regardait en arrière. Le passé comptait plus que l'avenir. Mon grand-père était un beau vieillard très droit qui vivait dans le souvenir. » C'est autour de ce grand-père que va s'articuler le livre qui est à la fois une description de ce vieux monde aristocratique qui s'accroche à ses souvenirs et à ses vanités, une analyse des poisons et des ferments de dissolution que le monde moderne introduit dans cette paix précaire, et bien sûr, comme toujours chez Jean d'Ormesson, une réflexion sur le temps, ce temps qui est le créateur et le destructeur de tout. Si le narrateur doit beaucoup à l'auteur lui-même, on s'est beaucoup interrogé sur le modèle du grand-père. Jean d'Ormesson finira par avouer qu'en réalité, sans en avoir été d'abord conscient, il s'est très largement inspiré de la personnalité de sa mère pour laquelle il nourrissait une véritable passion, d'ailleurs réciproque. Dans ce roman, il exprime tout à la fois son regret et sa nostalgie de voir disparaître à jamais une demeure historique qui non seulement appartenait à la famille de sa mère depuis plusieurs siècles, mais aussi était la dépositaire de sa mémoire, de ses us et coutumes aristocratiques et d'une certaine façon de vivre et d'envisager la vie. « La seule solution était de remplacer l'ouvrage de pierres perdu par un ouvrage de mots. » À ce sentiment de dépossession se mêle une sorte de soulagement de se libérer du poids d'une tradition et d'être enfin libre de vivre une vie dans laquelle il n'aurait de comptes à rendre qu'à lui-même.

C'est la vente du château de Saint-Fargeau-en-Puisaye, *alias* Plessis-lez-Vaudreuil, qui a déclenché en lui le désir de composer cette fresque en même temps que le choix du titre lui est venu d'une devise inscrite sur le fronton d'une église romaine, San Giovanni in Oleo, *Au plaisir de Dieu*. Devise qui pourrait être aussi celle de Jean qui a toujours fait confiance sinon à la providence du moins au destin. Ce sont des mémoires imaginaires qu'il a entrepris d'écrire, mêlant le vrai et le faux, l'autobiographie et la fiction, les souvenirs et les rêves. Le succès est au rendez-vous. Beaucoup de lecteurs se retrouvent dans l'histoire de ce château, la description de sa faune et de sa flore. Jean d'Ormesson a touché là à un archétype de tragédie familiale, qui en l'occurrence est particulière à l'aristocratie, mais trouve un écho chez tous les héritiers d'une maison de famille. C'est ce que notera très finement la romancière Christiane Baroche : « Le propos va plus loin en effet que dénoncer objectivement la fin d'une classe sociale, il nous atteint individuellement par la comparaison, en demi-teinte, que le narrateur établit inexorablement entre la dégringolade de la famille et son propre vieillissement. Qui ressemble tellement au nôtre. » Toute la presse, sans quasiment aucune fausse note, considère qu'il s'agit là d'un grand livre, presque un chef-d'œuvre, estime Paul Morand qui a pourtant la dent dure avec les productions de la jeune génération. Même le critique de *L'Humanité*, le terrible André Wurmser, y va de son dithyrambe. Ce succès va s'amplifier considérablement avec l'adaptation pour la télévision de Robert Mazoyer avec Jacques Dumesnil dans le rôle du grand-père. Il ne sera pas seulement français mais européen et même mondial.

Ayyam

Belle personne d'origine égyptienne, philosophe, organisatrice d'un colloque de l'Unesco, « Ce qu'on ne sait pas », collaboratrice de Jean à la revue *Diogène*. Celui-ci lui vouera des sentiments qu'il n'a pas dissimulés dans un de ses derniers livres. Elle épousera l'avocat écrivain François Sureau.

Voir : Sureau, François.

B

Baer, Philippe

Conseiller à la Cour des comptes, esprit à la fois cultivé, fantasque et drôle, c'était un des plus anciens amis de Jean. L'un et l'autre ont été amoureux de la fameuse Nine de Montesquiou. Atteint d'une grave maladie, il meurt dans les années 1970. Son fils, l'humoriste Édouard Baer, restera très lié avec Jean.

Bains de mer

Paul Morand a écrit un recueil d'articles sous ce titre. Il y évoque ses baignades à Estoril, à Malaga, au cap Sounion. Jean d'O était un rival sérieux en matière de bains de mer. Il les a adorés. Peu de gens ont manifesté autant de volupté à se plonger dans les eaux turquoise ou bleu marine de la Méditerranée. Les bains de mer et leur plaisir collatéral, les bains de soleil, ont enchanté sa vie. Les souvenirs des lieux où il aimait se baigner étaient aussi chers à son cœur que des souvenirs d'amour : que ce soit à l'ombre d'une tour génoise en Corse, dans celle des oliviers de la baie de Fethiye en Turquie ou dans l'eau limpide du port de Kastelorizo, ou à Symi, il goûtait là des plaisirs inoubliables. Non content de les vivre, il lui fallait aussi les citer dans de longues litanies panthéistes : « J'ai nagé sous le Pain de Sucre, à Rio de Janeiro, à l'ombre du Corcovado et de son christ géant, et le long des plages de Copacabana et d'Ipanema, encore vierges en ce temps-là de toute habitation. À Bahia de tous les saints, cher au grand Jorge Amado, à Recife, à Carthagène. J'ai nagé au Mexique, à Cancún, à Acapulco, à Careyes. En Floride, en Californie, à Big Sur, hanté par Miller, Hemingway et Kerouac et à Santa Barbara. À Tahiti et à Bora Bora, à Phuket et à Bali. J'ai surtout nagé en Méditerranée. » Et comme s'il ne se lassait pas de se réciter à lui-même ces lieux qui ont enchanté sa peau, il reprend : « J'ai nagé à Venise, au Lido, à Dubrovnik, à Hvar, à Korčula, à Mljet, qui est une île avec un lac et une île dans le lac, à Capri, à Sant'Agata sui Due Golfi, à Amalfi, dans les eaux d'Ithaque et de Corfou, dans les Sporades du Nord et du Sud, à Rhodes et à Chypre, à Saint-Jean-d'Acre et à Carthage. J'ai nagé en Corse qui est la plus belle île de la Méditerranée, à Porto, à Girolata, au milieu des îles Lavezzi et dans la baie de Saint-Florent. »

Baiser volé

C'était un matin d'été en Corse, à Fornali, un de ces matins clairs et silencieux qui annoncent une belle journée avant que la maisonnée s'éveille. Je paressais dans mon lit, le visage recouvert d'un drap pour me protéger de la lumière du jour, observant d'un œil à travers la porte-fenêtre ouverte le lent éveil de la nature. La jeune fille qui partageait mon lit, matinale, elle, courageuse, profitant de cet instant béni où l'air semble si pur et lavé par la fraîcheur de la nuit, était allée se baigner dans la mer toute proche. Cette jeune fille particulièrement jolie avec ses yeux verts, son intense appétit de la vie, montrait une juvénilité à la fois enthousiaste et mélancolique. J'étais plongé dans une douce torpeur, zone intermédiaire entre le demi-sommeil et l'éveil, lorsque je vis à travers une échancrure des draps se glisser dans la chambre une silhouette familière ; Jean d'Ormesson, dont la chambre était voisine de la mienne, s'approchait à pas de loup, torse nu, vêtu d'un pagne, croyant la jeune fille seule, abusé par la touffe de cheveux qui sortait des draps. Avec la fausse nonchalance de ceux qui ont une arrière-pensée coupable, il s'approcha du lit, souleva délicatement le drap pour poser ses lèvres sur la bouche qu'il imaginait s'y trouver : je vis ses yeux bleus apparaître à dix centimètres de mon visage qui aussitôt lui inspira un haut-le-corps. Il se redressa vivement : « Ah, c'est toi », s'exclama-t-il, visiblement dépité, plus dépité d'ailleurs que confus de sa méprise. Et il disparut tel un elfe aspiré par la porte-fenêtre.

Je demeurai un instant frappé de stupeur. Pourtant je n'avais pas rêvé. Ces yeux bleus, cette tranquille audace, cette insouciance dans l'interdit, ce sentiment de n'être assujetti à aucune règle, fût-ce celle de l'amitié, portaient une marque à nulle autre pareille. Qui d'autre eût pu agir avec un tel sentiment de royale impunité ? Passé le moment de surprise, je me demandai comment le coupable allait se comporter après un acte certes inabouti, mais qui n'atténuait en rien le péché d'intention qui, lui, était patent. L'idée ne me vint même pas de lui en demander raison, comme on disait autrefois dans les romans de chevalerie lorsqu'il s'agissait de défendre l'honneur d'une dame : j'avais admis une fois pour toutes ses faiblesses, au rang desquelles la première était dans le domaine amoureux un affranchissement de toutes les règles. Il avait dans ce domaine une conception très peu sentimentale mais hautement darwinienne : tout était permis puisque tout n'était qu'une question de force dans la lutte pour la vie. Restait la question, bien en arrière de la morale, de la contenance à adopter en pareilles circonstances. La baronne Staffe n'était sur ce point sensible d'aucun secours. Je voyais donc avec appréhension approcher un déjeuner qui allait me confronter avec la possible gêne du coupable. Sinon la gêne, du moins le sentiment d'un manquement aux lois usuelles de l'hospitalité.

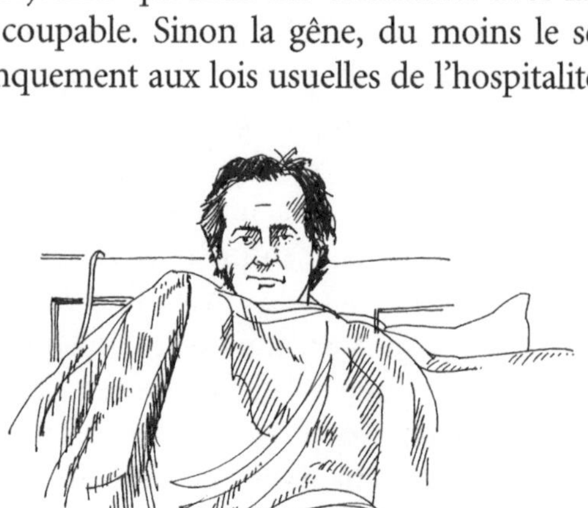

Ce fut lui qui le premier, dès le début du repas, mit, si je peux dire, les pieds dans le plat. Il raconta du ton le plus dégagé, le plus naturel, et encore moins coupable, la scène qui s'était déroulée le matin même, avouant sa méprise et sa déception de n'avoir pu assouvir son désir avec la jeune fille espérée et d'avoir dû se contenter de « la sale tête de Jean-Marie ». Les convives autour de la table s'esclaffèrent. Un peu bluffé par la performance de l'acteur, j'en conclus que, dans la vie, les actes eux-mêmes comptent au fond assez peu : ce qui importe, c'est leur représentation. Et sur ce chapitre, quel que soit le domaine, il n'avait pas son pareil pour transformer la vie en comédie. Évidemment, quand on le fréquentait, mieux valait laisser sa jalousie au vestiaire. Si progressiste que se considérât Jean sur bien des points, il ne semblait pas avoir été jusqu'à abolir – à son strict usage – le droit de cuissage.

Baronne Putbus, femme de chambre de la

Entre nous, ce fut un signe cabalistique. Seuls quelques proustiens connaissent ce petit personnage de la *Recherche* qui incarne pour le narrateur toute la sensualité des femmes qu'on rêve de rencontrer. Jean d'O, dans les années 1970, alors qu'il n'était encore qu'un romancier aux maigres tirages, avait donné une chronique au *Figaro* sur cette séduisante femme de chambre. Un sujet mince, certes, et qui avait provoqué l'ironie de ceux qui, n'étant ni des amateurs de curiosités littéraires ni des proustiens, le considéraient comme particulièrement futile. On était loin évidemment de l'éthique du capitalisme et des grands thèmes sociaux chers à Max Weber qu'affectionnait Raymond Aron. Je trouvais la chronique pleine de charme, car la baronne Putbus représentait pour moi l'archétype de ces femmes entrevues en rêve dont on caresse la lancinante séduction. Mais Jean d'O en élargissait le thème puisque, se référant aux travaux des universitaires qui se sont penchés sur les manuscrits inédits de la *Recherche*, il s'apercevait, légèrement déçu, que, d'après les variantes et brouillons mis au jour, Proust avait hésité entre plusieurs suites possibles : dans l'une le narrateur retrouvait la fameuse femme de chambre à Venise, qui cessait donc d'être cette Arlésienne mystérieuse pour devenir une femme très réelle et très quelconque, et qui, après avoir tenu des propos d'une grande vulgarité, se donnait au narrateur dans une chambre d'hôtel de Padoue. Et il concluait : « Il me semble que "la grande fille blonde, follement Giorgione", me faisait mieux rêver lorsqu'elle n'était que l'ombre d'une ombre, aux fugitives évocations. » Cette désillusion, c'est le risque qu'on court également en voulant confronter les créations de l'imagination aux êtres réels qui les ont inspirées.

Jean n'en avait pas fini avec la fameuse femme de chambre : elle lui inspira une nouvelle délirante, c'est le cas de le dire, puisque son héros atteint de paludisme mêle réalité et fantasmes. C'est au cours d'un voyage en Italie, à Vallombrosa près de Florence, qu'il passe la nuit dans une auberge en pleine forêt, la Taverna di Ricavo. L'hôtesse, une superbe femme nommée Livia, lui montre sa chambre et sans autre forme de procès se met nue et se donne à lui. Quel bonheur ! « Elle était bonne. Elle était bonne à voir, elle était bonne à saisir, elle était bonne à prendre entre ses bras et à serrer contre soi. C'est ce que je fis sous le baldaquin rouge puisqu'elle était entrée dans le lit et qu'elle se glissait contre moi. Le désir est le sel de la terre. J'avais envie de quelque chose : c'était elle. » Cette belle et peu farouche inconnue n'est autre que la femme de chambre de la baronne Putbus. Le rêve délirant du narrateur ne s'arrête pas là : il va descendre dîner dans l'auberge et se trouver en compagnie d'Aramis, le mousquetaire devenu général des Jésuites. La suite est du même tonneau de fantasmagories. On y voit Vautrin dérober les ferrets de la reine Anne d'Autriche et Sherlock Holmes se mettre à sa poursuite. Une nouvelle typiquement dormessonnienne.

Plus tard, beaucoup plus tard, quand, devenu directeur du *Figaro littéraire*, je fis dans un livre de souvenirs le récit de mon départ houleux du *Figaro* en 1975, auquel Jean d'O n'avait pas été étranger, j'évoquai le possible sentiment de culpabilité – très faible, car la culpabilité n'a jamais été son fort – qu'il avait dû ressentir en me poussant délicatement vers la sortie. Je l'imaginais surmontant ses scrupules pour me sacrifier à je ne sais quelle raison d'État figaresque et je concluais en disant que son seul regret en me perdant était qu'il n'aurait plus personne parmi les journalistes du *Figaro* pour parler avec lui de la femme de chambre de la baronne Putbus. Soudain, je vis surgir dans mon bureau Max Clos, l'ancien directeur de la rédaction du *Figaro*, personnage sec, glacial, plein de fureur rentrée et d'acrimonie visible, qui m'avait pour d'obscures raisons poursuivi de sa vindicte et que j'avais passablement étrillé au passage. Il montrait des signes d'agitation, et j'imaginais qu'il allait m'exprimer son mécontentement d'avoir été mal traité. Je voyais luire une lueur vengeresse derrière ses petites lunettes cerclées de fer. « Qui est donc cette baronne Putbus dont vous parlez ? Je n'ai jamais rencontré une femme de ce nom au *Figaro*. Quelle influence avait-elle ? » Un peu rassuré sur la raison de son inquiétante intrusion, je lui expliquai avec ménagement pour ne pas paraître pédant qui était cette mystérieuse jeune femme. Cela incita peut-être Max Clos à lire Proust, mais je doute que cela l'ait réconcilié avec cette engeance des « littéraires » qu'il considérait comme des songe-creux, à la virilité douteuse et à la plume incertaine, qui introduisaient un très nuisible état d'esprit dans les rédactions.

Barrès, Maurice

C'est son ultime roman, *Un jardin sur l'Oronte*, que Jean aimait le plus citer. Il se plaisait à relire ce livre au faux air de conte oriental qui commence en Syrie à Hamah, sur le fleuve Oronte, où de magnifiques roues, les norias, alimentent les jardins suspendus. « C'est un beau conte à conter sur l'Oronte. » Il en répétait d'un air mélancolique certains passages : « Au bourdonnement d'une mouche qui vole, le soufi éperdu prend sa tête entre ses mains ; L'ineffable concert ne se tait jamais dans le monde. » Ou encore la dernière phrase : « Qu'importe au véritable amour l'écume injuste de la vie. » Il ne se formalisait nullement de la mauvaise réputation de l'écrivain en raison de ses prises de position contre Dreyfus. De Barrès il aimait le style parfois aussi mélodieux que celui de Chateaubriand. Il me disait que ce qui faisait la différence entre les deux écrivains, c'était que, chez Chateaubriand, le bon, les *Mémoires d'outre-tombe*, la *Vie de Rancé*, était séparé du moins bon, *Moïse*, *Les Martyrs*, tandis que, chez Barrès, le bon et le mauvais étaient mêlés.

Il admirait l'écrivain, le styliste tellement marqué par Chateaubriand, et le voyageur passionné par les mystères de l'Orient. Mais aussi l'homme complet, journaliste, député, publiciste, qui ne se contentait pas d'écrire de beaux livres, mais se mêlait à la vie de son siècle, palpitait avec lui, partageant ses engouements, ses enthousiasmes. Barrès lui inspirait aussi de la méfiance : l'auteur d'*Un homme libre* montrait les dangers des passions collectives et des engagements politiques. Son faux pas dans l'affaire Dreyfus, que son passé un peu anarchiste et cosmopolite ne laissait pas prévoir, lui révélait le risque de dérapage qui guette l'intellectuel quand il se mêle aux débats publics. Il reconnaissait aussi les erreurs de son zèle nationaliste qu'il devait payer si cher après la guerre. Enfin le destin de Barrès, porté au pinacle de son vivant, admiré par la jeunesse, encensé par ses contemporains comme le modèle du grand écrivain, mais quasiment oublié aujourd'hui, ne laissait pas de l'inquiéter sur les injustices de la postérité. Il y a sûrement pensé en entrant dans la fameuse collection de la Pléiade dans laquelle Barrès ne figure pas.

Béghin, Ferdinand

Le beau-père de Jean. Grand industriel du sucre et de la presse. Personnalité forte, autoritaire, péremptoire, incarnation du patron de choc, il était sûrement rassuré que sa fille, Françoise, épouse un fils d'ambassadeur, normalien, agrégé de philosophie. Mais un écrivain ? Il voyait plus cette engeance comme un ramassis de songe-creux, de plumitifs au chômage et de rêveurs inadaptables dans l'industrie sucrière. J'ai eu l'occasion de déjeuner avec lui, en Corse, à Fornali. Très intimidé, j'ai commis l'erreur de vouloir l'impressionner en citant sans vergogne, hors de propos, avec l'inconscience de la jeunesse, les écrivains que j'aimais. Il m'a écrasé d'un : « Jeune homme, est-ce qu'il y a par hasard un écrivain que vous n'ayez pas lu ? » Jean raconte un épisode cocasse survenu à quelque temps de son mariage. Son frère aîné, l'énarque, était allé voir le grand patron pour le dissuader de donner sa fille à son frère. Étonné, l'industriel avait demandé pourquoi le mariage ne devait pas se faire : « Est-il malhonnête ? — Pas du tout, avait répondu le frère. — Alors, il a des vices cachés, il boit, il joue ? — Non, mais il est trop léger. » Ferdinand Béghin, rassuré, avait jugé que cette légèreté n'était nullement une condition dirimante pour faire annuler le mariage.

Voir : Françoise ; Fornali

Berl, Emmanuel

On voit très vite ce que Jean aimait chez Berl : les qualités en quoi il lui ressemblait, une intelligence brillante, curieuse de tout et de tous, avide de comprendre le monde moderne, mais aussi des abîmes de contradictions dignes d'un Benjamin Constant. Kessel est frappé par son intelligence « singulièrement complexe, anxieuse, subtile en détours, en démarche, en scrupule, féconde en associations imprévues, éclatante de sève, traversée d'ombres et de lumières précieuses ». Juif, ami de Bergson, porté vers Blum et la gauche, Berl a écrit les deux premiers discours du maréchal Pétain à Vichy : « La terre qui ne ment pas » et « Les mensonges qui nous ont fait tant de mal ». Le plus bizarre, c'est que ses contradictions ne le troublent pas : « Il m'a paru tout simple de penser que de Gaulle faisait très bien d'agir comme il agissait et de travailler moi-même au discours du Maréchal dans la mesure où on me le demandait. Je ne voyais là rien de contradictoire, mais je me demande si aucun lecteur, aujourd'hui, pourrait ne pas croire à mon imbécillité, s'il ne met pas en doute ma sincérité. » Voilà jusqu'où pouvait le mener son esprit aussi séduisant qu'alambiqué.

Lié à Aragon, à Malraux, à Barrès, à Drieu la Rochelle, sur lequel il a écrit un très bel hommage dans son livre *Présence des morts*, Berl est autant un écrivain – *Le Bonheur à Barbezieux* – qu'un grand témoin. Il habitait un petit appartement sur le jardin du Palais-Royal avec son épouse, la chanteuse Mireille. C'est là que Jean lui rendait visite chaque semaine. Celui-ci l'accueillait en pyjama. Ils ont écrit un livre d'entretiens ensemble, *Tant que vous penserez à moi*, qui est en réalité la reprise d'un dialogue réalisé par France Culture. Berl et Jean d'O, dans ce livre, font assaut d'esprit. Ça crépite à toutes les pages. La conversation est pétillante de mots savoureux, d'aperçus paradoxaux. On ne s'ennuie pas avec ces deux séducteurs, amoureux de littérature, d'idées, de politique et de créatures vivantes : sceptiques passionnés tous les deux, mais l'un est compliqué, tortueux, déchiré par les démons de la nuit, tandis que l'autre file à cent à l'heure vers le soleil. Ils donnent un merveilleux festival d'intelligence et d'humour. Ensemble ils apportent un témoignage sur ce qu'a pu être la liberté de l'esprit, cet espace infini et vivant, qui se rétrécit et meurt sous les coups conjugués de la barbarie technocratique et des professeurs de morale. Comme cette liberté de l'esprit, véritable âme de la civilisation, a reculé depuis cinquante ans. En comparaison de ces deux écrivains pleins de fantaisie, s'abandonnant aux caprices et aux cabrioles de la pensée vivante, nos esprits d'aujourd'hui paraissent bien lourds. Ils se sont mis à ressembler à nos villes, à du béton.

Jean aimait en Berl une intelligence tous azimuts, souple, rebelle aux idéologies, qui faisait de lui un esprit libre. De plus, à travers lui, il retrouvait dans son pacifisme l'image de son père avec lequel il avait été si souvent en délicatesse. Un pacifisme qui lui faisait encore défendre les accords de Munich, pourtant considérés comme une insigne faiblesse devant Hitler.

Bête noire

Jean d'O aimait tout de la vie : bien sûr le soleil et la mer, les paysages et tous les êtres souvent bizarres qui peuplent ce monde et participent à sa beauté, notamment les douces créatures qui l'enchantent. Il n'avait pas d'ennemis, très peu de contempteurs de son talent. Morand le signalait à Chardonne : « Des ennemis, Jean n'en a pas. Mais ce qui est plus étonnant, c'est qu'il dissuade la médisance. » Le monde faisait souvent figure d'idylle. La politique où il s'engageait aurait pu lui valoir des haines. Son œcuménisme désarmait ses adversaires. Alors aimait-il tout le monde sans exception ? Non, cette exception existe. Ce qu'il a haï par-dessus tout au point d'en avoir des cauchemars, c'est cette entité qui le portait au plus haut degré d'exaspération : la Société des rédacteurs du *Figaro*. C'est peu dire qu'il exécrait ces journalistes qui l'avaient pourtant choisi, puis élu, comme directeur, mais qui avaient la prétention de contester son pouvoir et certaines de ses décisions. Jamais le malentendu n'a été aussi grand. Démocrate de raison sinon dans l'âme, cette opposition avait le don de réveiller chez lui des réactions d'autocrate. Resurgissaient du fond des âges un ancêtre claquemuré dans son château et ses prérogatives de classe, qui regardait les revendications de ses serfs comme une provocation et un défi.

Plus personne ne reconnaissait dans cet autocrate de mauvaise humeur le Jean habituel, libéral, consensuel, plein d'humour, ouvert à toutes les opinions. Sa tête de Turc était le président de cette Société des rédacteurs, Denis Périer-Daville, homme désintéressé, qui défendait en juriste pointilleux et entêté les prérogatives légales de la rédaction. Une sourde haine se mit à opposer les deux hommes, au point qu'à un moment de tension extrême il fut même question d'un duel à l'épée entre eux. Le ridicule les arrêta plus que l'envie d'en découdre. Ambiance ! J'étais déchiré ; en moi, l'ami et l'écrivain était sans conteste du côté de Jean ; le journaliste, élu à la Société des rédacteurs, ne pouvait que trouver légitimes les revendications des journalistes. Ce qui rendait la situation plus cornélienne encore, c'était ma part, certes petite, dans le choix de Jean d'O : Denis Périer-Daville, alors qu'il était à la recherche de l'oiseau rare que la rédaction devait soumettre à Jean Prouvost, le propriétaire – il le raconte dans son livre de souvenirs, *Main basse sur Le Figaro* (Téma, 1976) –, m'avait demandé conseil et j'avais sans hésiter proposé Jean d'O : « Le nom du jeune académicien était loin de nous être inconnu. Il avait même été évoqué au cours de notre recherche de "l'oiseau rare". Jean-Marie Rouart, journaliste au *Figaro* et jeune écrivain prometteur, qui était un de ses amis, m'en avait parlé avec éloges. » J'étais dans la position inconfortable d'être suspect à tous les protagonistes. Situation intenable qui, l'orage venant, allait se muer en drame. Surtout pour moi.

Car si Jean comprenait tout, si son intelligence appréhendait les questions les plus subtiles, certains domaines lui étaient étrangement fermés. La passion submergeait son entendement. Une forme d'esprit de caste obscurcissait sa réflexion. Aussi la question si importante de l'indépendance intellectuelle et morale du *Figaro*, conquête historique obtenue de haute lutte par Pierre Brisson au lendemain de la Libération, lui semblait non seulement absurde mais en contradiction avec les droits légitimes du propriétaire, en l'occurrence Jean Prouvost, puis Robert Hersant. Il ne lui est pas venu une seconde à l'esprit que les journalistes qui luttaient courageusement pour ce droit étaient autre chose qu'un parti de soviet ou d'ambitieux voulant s'arroger des prérogatives qui serviraient leur carrière.

C'est peu dire que j'ai souffert de voir Jean fermé à ce débat intellectuel et moral si important qui, quelques années plus tôt, avait mobilisé le vieux François Mauriac dont ce fut le dernier combat. Mes arguments butaient contre un mur. Jean restait claquemuré dans sa position de soutien du capitalisme sans frein, renforcé dans sa position par Raymond Aron, qui, parce qu'il était très intelligent, ne pouvait avoir tort. Clé de voûte de cette indépendance comme détenteur du droit moral de la rédaction, Jean n'hésita pas à la jeter aux orties quand son pouvoir fut en cause. Au double bénéfice de Robert Hersant et de lui-même, mais au prix d'une terrible désillusion des journalistes qui avaient cru en lui pour défendre leur indépendance.

J'étais triste, déçu, désemparé par son attitude si peu résistante. Lui m'en voulait de faire chorus avec ceux qu'il regardait comme ses ennemis. Il ne manifesta pas la moindre émotion devant le départ d'une soixantaine de grandes signatures contraintes de faire jouer la clause de conscience, ni devant le licenciement d'une centaine de journalistes qui faisaient partie de la liste noire de Raymond Aron, épurés pour leur mauvais esprit, leur gauchisme, leur antiaméricanisme. Ces journalistes meurtris, déçus, quittaient un journal auquel ils étaient attachés, où ils avaient passé de longues années, sans parvenir à comprendre le comportement de leur directeur : pourquoi celui-ci se montrait-il si peu attaché à ce principe d'indépendance de ce grand journal, alors qu'eux-mêmes, qui ne disposaient ni de sa célébrité ni de ses moyens financiers, n'hésitaient pas à s'immoler pour cette cause ?

Dans ses mémoires, Jean n'en manifeste aucun remords, pas même de l'attrition. Denis Périer-Daville, à la parution du *Vagabond qui passe sous une ombrelle trouée*, livre qui évoque de manière transfigurée et quasiment surréaliste cette période noire, publia dans *Témoignage chrétien* une sévère mise au point : « Jean d'Ormesson est peut-être un grand écrivain, mais il a été un bien mauvais directeur. Il a tort de s'en vanter. Quand un funambule tombe de son fil, il est seul à en souffrir. Lui a fait le malheur du *Figaro*. »

Le miracle, c'est que, appartenant sans ambiguïté à ce clan qu'il exécrait, notre amitié ait pu refleurir après ce qu'il faut bien appeler, pour beaucoup de ceux qui le vécurent, une tragédie.

Voir : Dorsac ; *Figaro, Le.*

Bibliothèque

Sa bibliothèque était aussi désordonnée que son esprit était clair et ses idées impeccablement rangées. Bien que ma propre bibliothèque laissât aussi à désirer, elle n'atteignait pas l'embrouillamini de son capharnaüm. Aussi souvent m'appelait-il pour vérifier une citation dans des ouvrages que manifestement il possédait mais qu'il ne parvenait pas à retrouver dans son désordre. Il se passionna pour la Bibliothèque que *Le Figaro* désirait offrir à ses lecteurs. Cette entreprise comblait chez lui son amour de la littérature et sa passion de la partager avec un grand nombre de lecteurs. Il eut à cœur de choisir les meilleurs ouvrages. Étienne de Montety, patron du *Figaro littéraire*, raconte que Jean d'O rechignait à introduire les romans de Zola. Il fallut toute la persuasion de Montety pour le convaincre.

Bidault, Georges

Professeur d'histoire au lycée Louis-le-Grand avant la guerre, il est le premier de ces professeurs qui vont avoir sur lui une influence marquante. Alors complètement inconnu, c'est un petit homme toujours tiré à quatre épingles, habillé d'une manière stricte. Il s'exprime d'une voix métallique, décochant des aphorismes qui, plus tard à la Chambre des députés, deviendront fameux. Ne tenant pas l'alcool, ce qui pour un député est un grave inconvénient, ses ennemis et les caricaturistes lui feront une réputation d'alcoolique. Il donne des éditoriaux d'inspiration démocrate chrétienne dans le journal *L'Aube*. Jean est son élève préféré.

Engagé dans la Résistance, Georges Bidault va remplacer Jean Moulin comme président du Conseil national de la Résistance. Jean va le retrouver dans des conditions bizarres à la libération de Paris alors qu'on l'a chargé de distribuer des tracts. Lui qui, âgé de dix-neuf ans, n'a pas jusqu'alors marqué un grand intérêt pour la France libre, va s'acquitter de manière farfelue de cette mission au moment où les troupes allemandes sont sur le départ : transportant ses tracts à bicyclette, il va les laisser choir à quelques mètres d'un détachement allemand. Il aura la surprise de retrouver Georges Bidault qui, quelques années plus tard, devenu ministre, le fera entrer dans son cabinet. Une expérience ministérielle peu concluante et qui n'aura pas de suite.

Big bang

Le big bang est avec Dieu, le temps, Chateaubriand, Marie, un des thèmes de prédilection de Jean d'O. Presque un personnage. Que de fois, le soir, en Corse sous les étoiles, sur une terrasse odorante que parfumait un antique figuier, j'ai entendu Jean monologuer sur ce mystère de l'origine du monde et des mondes. Cette question rejoignait bien sûr celle du temps, de Dieu, et partant de tout ce qui existe. J'aurais dû noter ses réflexions qu'interrompait l'apparition d'une étoile filante. Mais, outre que ces propos ont largement nourri ses livres, je me laissais bercer par son talent de conteur, par la douceur de la brise du soir au goût de miel qui transportait les odeurs du maquis. Ce grand roman de l'univers était exaltant. Je me sentais subitement bien petit sous la voûte céleste. Et comme tous nos soucis, nos drames et même nos rêves étaient soudain devenus dérisoires. Et puis pourquoi tout dire : ces moments d'exception ont rejoint tous ces instants dont on gâterait le charme en les racontant : ils tiennent de l'ineffable. Un des ouvrages qui passionnaient Jean sur le big bang, c'est, avec *Une brève histoire du temps* de Stephen Hawking, celui de l'astrophysicien Trinh Xuan Thuan, *La Mélodie secrète*. Le mot « big bang » inventé par le physicien anglais Fred Hoyle montre que l'univers a une histoire, un début et une fin. Il citait souvent la phrase de Niels Bohr : « Si vous croyez que vous avez compris la théorie quantique, c'est que vous ne l'avez pas comprise. »

De ces perspectives infinies, il retirait une sorte de poésie. « On sait maintenant que l'univers observable, c'est environ 100 milliards de galaxies. Vraiment, nous sommes réduits à rien. » Avec le big bang que l'on situe il y a 13,7 milliards d'années, l'univers devient à la fois fini et infiniment grand. « Il est aussi infiniment petit. Au vertige des étoiles répond le vertige des atomes. Un monde immense tourne au-dessus de nous, un monde immense tourne en dessous de nous. » Mais le big bang reste une hypothèse. « Peut-être un mythe, comme l'affirmait un physicien suédois, qui mérite une place d'honneur dans un zoo, qui abriterait déjà le mythe hindou de l'univers cyclique, l'œuf cosmique chinois, le mythe biblique de la Création en six jours, le mythe cosmologique de Ptolémée et beaucoup d'autres encore. » Mais Jean d'O se grise d'une idée qui remet tout cela en cause, une idée de Werner Heisenberg, « le principe d'incertitude », qui se développe à partir de la découverte de la mécanique quantique et à laquelle s'oppose Einstein, qui n'admet pas que l'univers puisse être gouverné par le hasard et l'indétermination. D'où cet échange épistolaire avec le physicien Max Born. « Il faut prêter beaucoup d'attention à la mécanique des quanta. Mais je suis persuadé que le Vieux ne joue pas aux dés. » Ce « Vieux », *alias* Dieu, *alias* le Créateur, *alias* le grand architecte de l'univers, est le personnage central de *C'est une chose étrange à la fin que le monde*.

Dans un passionnant entretien réalisé par Thomas Malher pour *Le Point*, l'astronome Trinh Xuan Thuan commente la vision scientifique de Jean d'O : « À la fin du XIXe siècle, on pensait que l'univers se réduisait à la Voie lactée, jusqu'à ce que "Hubble" montre qu'il y a d'autres nébuleuses au-delà de notre Voie lactée. » C'est la conclusion pessimiste que Jacques Monod. L'univers se soucie comme d'une guigne de nous, et tout est hasard pour lui. Steven Weinberg, prix Nobel de physique, dit également que, plus on comprend l'univers, plus il nous apparaît dépourvu de sens. Mais je ne partage pas ces avis. » Et l'astrophysicien de conclure : « Je suis très heureux de voir que Jean a aussi l'espérance comme réponse plutôt que le désespoir. Je pense aussi que la cosmologie moderne a réenchanté le monde, parce qu'elle a redécouvert l'ancienne alliance entre l'homme et le cosmos. »

Bleu

Ses yeux étaient bleus, comme sa chemise, la mer et le ciel. Donc comme beaucoup de ses rêves.

Blixen, Karen

Il adorait *Le Festin de Babette*. Autant le livre que le film. L'œuvre de Blixen l'enchantait, car d'une certaine façon elle torpillait le roman classique par le recours à la légende à la manière des Grecs. Le contraire de Zola pour lequel il avait peu de goût et qui lui semblait la caricature du roman traditionnel en voie de ronronnement et d'épuisement.

Bonheur

S'il fut jamais un écrivain doué pour le bonheur, incontestablement ce fut lui. Chance, tempérament, volonté ? Un peu tout à la fois. Il demeure une exception dans l'histoire de la littérature où les écrivains semblent poursuivis par un destin douloureux : il n'a pas eu de morts tragiques dans sa famille, comme chez Chateaubriand ou Malraux ; il n'a pas connu ces funestes addictions à l'alcool, comme Musset, Verlaine, Hemingway ou Blondin ; ni celle à la drogue, comme Baudelaire ou Nerval et beaucoup de surréalistes ; il n'a pas été la proie de femmes fatales et destructrices, comme Aragon avec Nancy Cunard, Apollinaire avec Lou ; il n'a eu à affronter aucune guerre comme Drieu la Rochelle, Montherlant ou Jünger ; les problèmes d'argent lui ont été épargnés alors qu'ils ont assombri la vie d'un Valéry, saccagé celle d'un Léon Bloy, d'un Stendhal ; la maladie aussi l'a épargné, puisqu'il n'a été atteint d'un cancer qu'à près de quatre-vingt-dix ans. Ainsi que les maux de la vieillesse, la maladie de Parkinson qui a ravagé les dernières années de François Nourissier, l'asthme qui a abrégé la vie de Proust, ou ce mal d'être qui conduit tant d'écrivains à l'angoisse, à la paranoïa ou au suicide comme Drieu la Rochelle, Montherlant, René Crevel.

Jean ne s'est jamais joué la comédie romantique du malheur, appelant à lui les orages désirés. Il savait que le talent littéraire peut se concilier avec un modèle de vie bourgeoise, des amours qui pour être piquantes peuvent demeurer calmes et tempérées, une vie de famille harmonieuse. D'ailleurs, littérairement et biographiquement, c'est l'anti-Dostoïevski. Il y a du prodige à voir se développer une œuvre littéraire moderne qui prône le bonheur après une longue période noire qui, s'inspirant des tragédies de l'Histoire, de la misère et des inégalités sociales, considérait le roman comme un apanage bourgeois. De plus, l'Holocauste avait contribué à envelopper la pensée contemporaine d'un crêpe noir. Peut-on encore écrire après Auschwitz ? se demandait le philosophe Adorno. Jean d'O a choisi de ne pas tenir compte de ces modes et de ces oukases, et d'écrire comme bon lui semblait, selon son cœur et son inspiration. Une part de son immense succès a certainement tenu à cette réputation de l'écrivain du bonheur qui faisait aimer la vie. C'est ce qui le place dans le sillage enchanté de La Fontaine, Sacha Guitry, Colette, dont les œuvres sont des chants d'amour à la vie.

Borges, Jorge Luis

S'il faut chercher une influence dans son œuvre, c'est certainement celle-là. Le grand écrivain, ami de Victoria Ocampo, qui appartenait à cette Argentine qui, comme toute l'Amérique latine, l'a fasciné. Il aimait l'irrationnel de ces pays pourtant marqués par la culture française. Mais il admirait par-dessus tout son œuvre originale qui fait éclater l'art du roman et y introduit le merveilleux. Jean d'O ne s'est jamais vraiment senti à l'aise dans le roman traditionnel de style balzacien. Celui-ci ne l'intéressait pas : il estimait qu'il avait fait son temps. Mais par ailleurs le Nouveau Roman à la Robbe-Grillet avec sa sécheresse ne lui convenait pas non plus. D'où son attrait pour ces explorateurs d'Amérique latine qui jouaient avec le roman et pervertissaient ses règles. Il aimait ce texte de Borges : « Tous les événements qui peuvent arriver à l'homme depuis l'instant de sa naissance jusqu'à celui de sa mort ont été préfixés par lui. Ainsi toute négligence est délibérée, toute rencontre fortuite est un rendez-vous, toute humiliation une pénitence, tout échec une victoire mystérieuse, toute mort un suicide. »

Il le surnomme « l'Homère de Buenos Aires », moins à cause de la parenté entre les deux œuvres que parce qu'il est devenu aveugle. Il l'a rencontré par l'intermédiaire de son grand ami Roger Caillois. Il aime ses textes courts « pleins de masques et de couteaux, aux implications lumineuses et obscures », aux arrière-plans métaphysiques que hantent des personnages entre la réalité et la légende. *L'Aleph*, *Labyrinthes*, *Fictions* l'envoûtent. Il se sent proche de ces fables ésotériques qui, à coups de mystères et d'énigmes, mais en se penchant sur la réalité quotidienne, tentent de résoudre les questions insolubles de la vie, de la mort et du destin. « À coups de paradoxes et de subtilités, Borges met à nu les mécanismes cruels du destin et du temps. Il mêle la familiarité des souvenirs à l'étrangeté de l'existence et des rêves. Il nous égare dans un univers tout à fait étranger à la réalité qui nous entoure. Et puis, d'un seul coup, il nous met en face de nous-mêmes et de ce qu'il y a de stupéfiant et d'absurde dans le simple fait d'appartenir à cette énorme conspiration qui s'appelle le temps, le monde, la vie. »

Il est aussi séduit par la personne de Borges, sa formidable culture et sa position politique de conservateur tenté par l'anarchie, cosmopolite, dont le véritable pays est la littérature.

Bouquins

Après Daniel Rondeau, ce fut l'éditeur Jean-Luc Barré qui lui ouvrit les portes de la célèbre collection fondée par Guy Schoeller aux éditions Robert Laffont, dirigées alors par Leonello Brandolini et par Nicole Lattès. Celle-ci publia avec Malcy Ozannat plusieurs de ses livres chez Robert Laffont : *La vie ne suffit pas*, *C'est une chose étrange à la fin que le monde*, *Ces moments de bonheur*, *Ces midis d'incendie*, etc.

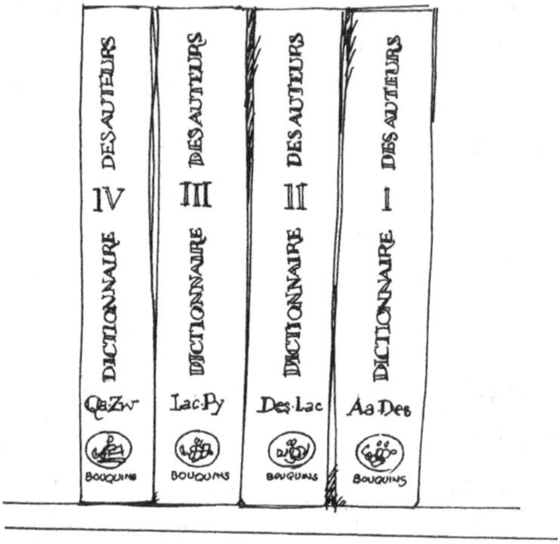

Bourgeoisie

Jean ne professait pas le dédain et même le mépris que beaucoup d'intellectuels et d'écrivains à la suite de Flaubert manifestent pour la bourgeoisie. Même si lui-même, en tant qu'écrivain et aristocrate, ne se sentait nullement défini par cette appartenance. Cela ne l'empêchait pas, comme vigie du *Figaro*, de défendre ses valeurs et ses intérêts en face des menaces communistes ou collectivistes. Mais il avait conscience aussi du rôle déterminant que cette classe sociale déclinante si décriée avait joué dans le domaine des arts, de la peinture, des lettres. Et principalement dans le développement du roman. Sa réflexion sur ce thème était empreinte de pessimisme : la disparition de la bourgeoisie n'allait-elle pas entraîner celle du roman qui l'avait accompagnée, de ses prestiges, de ses critiques, de sa contestation ?

Brésil

Pour lui, le pays de toutes les nostalgies. Le soleil, la mer, les plaisirs du corps, une forme d'abandon, le sens de la fête réveillaient ses instincts païens et son hédonisme. Ses yeux s'éclairaient en y pensant. Quand, après une traversée de rêve à bord du *Massilia*, un paquebot qui devait beaucoup faire parler de lui, il aborde ce pays où son père a été nommé ambassadeur, c'est l'éblouissement : « Le navire entra lentement dans la baie de Guanabara, passa devant le Pain de Sucre, longea d'un côté Niterói, de l'autre la montagne du Corcovado surmontée de la statue géante du Christ. Le soleil brillait avec force. Mon cœur éclatait. » Là, tout n'est qu'enchantement : à commencer par les plages, surtout celle encore vierge d'Ipanema, la population bigarrée et grouillante, l'exotisme, le dépaysement et bien sûr le carnaval. C'est à Rio qu'il va apprendre la catastrophe de la mort de Mermoz disparu en mer à bord de son hydravion, *La Croix du Sud*, entre Dakar et Natal. Il a douze ans et suit brillamment l'enseignement par correspondance du cours Hatmer. Dans une ambiance de fêtes perpétuelles, entre les réceptions à l'ambassade et les réjouissances populaires qui n'engendrent pas la mélancolie, il découvre Arsène Lupin. Mais son père supporte mal le climat et les intrigues diplomatiques. Surtout inquiet de la situation en France à la veille de la guerre, il va demander son rappel et sa mise en congé. Le rêve se termine.

Ce séjour le marquera et développera cet appétit de jouissances qui, parallèlement à sa vie intellectuelle, sera sa marque. Il va étrangement lui servir pour obtenir son bac philo. Pour cet étudiant qui décidément est prédestiné à la chance, l'examinateur de géographie, lors de l'oral au lycée Masséna de Nice, l'interroge sur le Brésil. Il commence par dire que le Brésil est grand comme seize fois la France et après l'avoir divisé en trois parties, il a la bonne surprise d'entendre la jolie examinatrice lui demander de choisir la région sur laquelle il veut être interrogé : « Je pris la région de Rio et, de fil en aiguille, je descendis jusqu'à trois quartiers de Rio que je connaissais bien : Flamengo, Botafogo, Copacabana. Le piège était dressé. Il se refermait, non pas sur le candidat, mais sur l'examinatrice. Je me retrouvais au cœur de la ville que j'avais habitée, dans la rue derrière l'ambassade. Je demandai à mon bourreau devenu soudain ma victime si elle préférait m'entendre parler de la pharmacie, de la boutique de nouveautés ou d'un square avec une fontaine. La situation devenait franchement cocasse. Nous commencions à nous amuser tous les deux. »

Le Brésil réapparaît souvent dans ses livres où il figure comme un Éden de langueur et de volupté joyeuse, notamment dans *Le Vent du soir*. Il l'évoque à propos de Florinda, la fille d'une esclave noire de Bahia dans le Nordeste, affranchie par son maître. L'occasion pour lui de citer des lieux aux sonorités chantantes qui ravivent les nostalgies de sa jeunesse : « Olinda, au Brésil, est un faubourg de Recife. Aujourd'hui encore, avec Bahia, avec

Ouro Preto, dans le Minas Gerais, témoignage presque intact de l'architecture coloniale classique, à quelque quatre-vingts kilomètres de Belo Horizonte, avec l'admirable chemin de croix de l'Aleijadinho, sculpteur infirme et de génie du XVIIIe siècle brésilien, à Congonhas de Campo, avec l'opéra fou de Manaus, au cœur de l'Amazonie, avec Brasilia naturellement, Olinda est, au milieu d'une nature ravagée par la sécheresse, un des décors les plus attachants du Brésil et peut-être du continent. À Olinda vivait un marchand ambulant qui portait le beau nom, peut-être un peu lourd à trimbaler, de Périclès Augusto… » Celui-ci va bien sûr avoir un coup de foudre pour Florinda. Plus loin il décrit de nouveau Bahia « qui est belle et gaie avec ses maisons de toutes les couleurs et ses églises qui regorgent d'or, le soleil qui tape comme un sourd et l'océan à deux pas ».

Dans ces conditions, comment n'aurait-il pas accepté de faire partie de l'Académie brésilienne des Lettres où il retrouvera son ami Maurice Druon ?

Broglie, Louis de

Passionné de littérature, Jean n'a jamais dissimulé son admiration pour les grands savants. Louis de Broglie lui semblait représenter l'exemple même du génie dont la vocation était presque survenue par hasard alors qu'il se consacrait à des études d'histoire. C'est en étant invité à un congrès de physique qu'il eut la révélation qui changea sa vie et l'histoire des sciences. Jean citait à ce propos la phrase de Léon Blum sur cette famille dont « le talent était héréditaire avant que le génie y entrât ». En effet, après les travaux de Huygens sur la théorie ondulatoire et ceux de Max Planck sur la théorie des quanta, Louis de Broglie a un coup de génie : il associe l'onde et la matière, et invente la mécanique ondulatoire. L'importance de cette découverte fut considérable. Langevin écrivit à Einstein : « Il a soulevé un coin du grand voile. »

C

Caillois, Roger

Roger Caillois était un inclassable. Savant ethnologue, amoureux des pierres et de toutes les bizarreries possibles et imaginables, il fut son Nestor à l'Unesco et lui proposa de travailler avec lui à *Diogène*, la revue des sciences humaines qu'il y dirigeait. Longtemps amant de Victoria Ocampo, l'ancienne égérie de Drieu la Rochelle, directrice de la revue *Sur* et grande figure des lettres argentines, il fut l'un des découvreurs et des propagateurs des œuvres des grands écrivains d'Amérique latine. C'est par lui que Jean rencontra nombre d'entre eux. Bientôt éclata une grande polémique à propos d'un ouvrage de Claude Lévi-Strauss, *Race et Histoire*, ouvrage d'un grand relativisme qui moquait le sentiment de supériorité de l'Occident et vantait les mérites des tribus Bororos, chez lesquels le grand ethnologue avait vécu sur les bords de l'Amazone. Caillois, défendant la suprématie de l'Occident, épingla avec virulence ces conceptions relativistes dans la NRF. Ce qui lui valut en retour une volée de bois vert de Lévi-Strauss, âme pacifique, mais qui cette fois sortit de ses gonds. Jean d'O fut du côté de Caillois. Façonné par l'humanisme, la philosophie grecque, la Renaissance et l'héritage classique, il avait du mal à considérer la culture et les rites des Bororos, des Dogons, des Peuls, des Pygmées, à l'égal de celle dont il était imprégné. C'était la grande limite de son relativisme.

Jean d'O, qui avait toujours eu du mal à choisir entre toutes les sollicitations que le monde offrait à sa curiosité gourmande, aimait en Roger Caillois un homme qui cumulait ce trop-plein de curiosités inassouvies : à la fois mythologue, sociologue, amateur de masques, de mantes religieuses, chasseur de papillons, collectionneur de pierres, et bien sûr écrivain. Il en parle à propos de son livre *Obliques* qui associe le merveilleux et le fantastique, la question de l'enfer et le mystère des pierres de lune, sans autre logique qu'une forme de rationalisme dans le transversal. Caillois applique son intelligence ultra-rationnelle à tous les domaines qui justement échappent à cette raison.

À la fin de sa vie, cet homme si éclectique qui avait aimé l'irrationnel dans le surréalisme, puis était devenu une sorte de mystique de la raison, s'était découvert une nouvelle passion à l'écart des mythes, des fantasmagories, des ombres et des légendes : la minéralogie. « Il abandonna le tourbillon des idées qui l'avaient tant attiré pour la sagesse des pierres, écrit Jean d'O qui avait observé sa mutation intellectuelle. Comme Jorge Luis Borges, il avait toujours préféré l'univers minéral aux exubérances des miroirs, des enfants, des romans et de la végétation. Son pessimisme ironique le rejeta vers les pierres où il lisait les reflets et les signes de quelque chose d'apaisé et de plus durable que les œuvres passagères et condamnées des hommes. »

Voir : Diogène.

Cancer

Jean, qui n'avait jamais fréquenté les hôpitaux, a découvert à l'approche de ses quatre-vingt-dix ans qu'il était atteint d'un cancer du côlon. « J'ai été vexé », dira celui que la chance n'avait jamais quitté et qui pendant quatre ans allait devoir affronter cette terrible maladie.

Sans doute a-t-il pensé à un livre de Fritz Zorn, *Mars*, qu'il avait adoré et dans lequel l'écrivain racontait l'évolution de son mal. Ou à la mort d'Ivan Ilitch. D'abord très discret sur sa maladie, il finira par en parler ouvertement au micro de Bernard Lehut à RTL : « Je n'ai jamais pensé à la mort. Je pensais simplement à guérir. J'ai mis toutes mes forces à guérir. J'ai appris que l'homme était formidablement adaptable. Je me suis trouvé dans des situations d'où je n'aurais jamais cru que je pourrais survivre. » Ce n'est que dans *Je dirai malgré tout que cette vie fut belle* qu'il fera une très brève allusion à sa maladie : « J'ai su que j'étais guéri grâce aux progrès de la science et aux soins de mes médecins, quand boire un verre d'eau fraîche m'est devenu à nouveau un bonheur. »

Cappello, Bianca

Cette héroïne de la vie réelle resurgit souvent dans son œuvre. En effet, son existence tumultueuse brasse tout ce qu'il aime : la grande histoire, Venise, Florence, la passion, la trahison, le poison. Originaire d'une célèbre et très riche famille de Venise – son père faisait partie du prestigieux Conseil des Dix –, alliée aux Grimani, Bianca Cappello était une jeune fille de quinze ans douée d'une rare beauté. Elle n'avait dans la vie qu'une seule source de tristesse : elle adorait son père, mais sa belle-mère la détestait et cherchait toutes les occasions de lui nuire. Au cours d'un banquet, elle rencontre Piero Bonaventuri, un beau jeune homme, amusant, noceur, et intéressé doublement par la beauté et la fortune de la jeune fille. Il travaillait comme commis des Salviati, la grande famille de banquiers de Venise. Elle devint sa maîtresse. Toutes les nuits, elle quittait le palais des Cappello situé entre Santa Maria Formosa et Santi Giovanni e Paolo, quartier que les Vénitiens appellent Zanipolo, à bord d'une gondole que lui envoyait son amant. Sortant par une porte dérobée qu'elle bloquait avec un chevron de bois, elle ne rentrait qu'à l'aube après avoir passé la nuit dans les bras de son amant. Or, un jour, un domestique qui empruntait la même voie pour filer vers ses amours, retira le chevron, laissant se refermer la porte. On imagine la terreur de Bianca quand, à l'aube, elle vit la porte fermée. Pour éviter le scandale, elle partit retrouver Piero et lui demanda de l'enlever. Grâce à un trafiquant, habitant près de l'Arsenal, qui possédait une barque à voile, un certain Giacomo, ils s'enfuirent à travers la lagune. De là, ils gagnèrent la Brenta. Quelques jours plus tard, ils atteignirent Florence où ils furent recueillis par la marraine de Piero.

Les deux amants filaient le parfait amour, mais ils étaient agités d'angoisse. Le scandale avait éclaté à Venise. La famille Cappello avait envoyé des sbires à leur poursuite. Puis le temps passa, la passion se calma dans le cœur des amants. Un jour que Bianca brodait à sa fenêtre près de l'église San Marco où elle résidait, un beau cavalier apparut sur un cheval blanc. Ce cavalier frappé par la beauté de la jeune fille n'était autre que François de Médicis, il appartenait à la plus riche et la plus fameuse famille de Florence. Il mit tout en œuvre pour soudoyer le faible et médiocre Piero et s'attirer les bonnes grâces de Bianca. Il manifesta toute l'habileté manœuvrière dont il était capable : il jeta d'abord le faible Piero dans les bras d'une séduisante courtisane, puis il fit le siège de la belle Bianca. Il n'eut pas beaucoup de mal à la séduire.

François de Médicis était le père de cette Marie qui deviendra l'épouse d'Henri IV et la mère de Louis XIII.

Lasse de son statut de maîtresse qui pesait peu face à la femme légitime, Bianca use d'un stratagème pour assurer sa position : à l'aide d'un cousin et de la complicité de ses caméristes, elle donne un pseudo-fils à son amant (fils qu'elle avait acheté à une pauvre lingère) et qu'on baptise Antoine de Médicis. Son amant devient grand-duc de Toscane et elle n'a plus qu'un désir : l'épouser.

Elle y parvient enfin et règne sur la Toscane. Montaigne, qui la verra au cours de son voyage en Italie, laissera d'elle un portrait circonspect. Il la décrira comme une enjôleuse et sera surtout frappé par ses abondants tétons et l'allure assez quelconque de son époux, le grand-duc. Mais le destin romanesque de Bianca ne va pas s'arrêter en si bon chemin : le frère de son mari, Ferdinand, cardinal de Médicis, est tombé amoureux d'elle. Bientôt, devant ses refus, désespéré de ne pas parvenir à ses fins, il décida d'user du chantage : il la menaça de révéler à son mari la substitution d'enfant à laquelle elle s'était livrée pour se faire épouser. Femme expéditive peu regardante sur les moyens, elle décida de l'empoisonner. Le poison était en effet chez les Médicis le moyen le plus rapide pour régler les contentieux. Elle introduisit le poison dans un gâteau dont le cardinal était friand. Mais au moment où il allait s'en saisir, le grand-duc entra dans la pièce et s'empara d'un morceau du gâteau mortel. Voyant que sa manœuvre avait échoué, Bianca prit elle aussi sa part de poison. C'est ainsi que, grâce à ces deux cadavres, le chanceux cardinal monta sur le trône de Toscane et prit le titre de grand-duc.

Carrère d'Encausse, Hélène

Hélène Carrère d'Encausse était bien sûr, comme secrétaire perpétuelle de l'Académie, après la démission de Maurice Druon, la principale interlocutrice de Jean pour tout ce qui touchait à l'Académie. Il aimait en elle la grande intellectuelle, mais aussi la femme fière qui avait su avec élégance et une volonté de fer rester toujours supérieure à l'adversité. Jean, sans être d'une assiduité sans faille aux séances de l'Académie, n'a jamais cependant cessé pendant cinquante ans de se préoccuper aussi bien des candidatures que des prix, notamment le Grand Prix du Roman, où son rôle, tout comme pour les élections, était souvent déterminant. Cela ne l'a pas empêché d'essuyer des échecs qui l'ont peiné : au moins deux avec des candidats très différents : Jean Raspail et Jean Delumeau. Hélène Carrère d'Encausse, de son côté, lui manifestait des attentions particulières, à la fois comme doyen d'élection, mais aussi parce qu'il était l'un des derniers témoins d'une période singulièrement faste quand siégeaient côte à côte Claude Lévi-Strauss, Henri Troyat, Jean Bernard, Maurice Druon, Ionesco, Georges Dumézil et Fernand Braudel.

Voir : Académie.

Carrière

« Les mots de "carrière littéraire" me semblent entre tous méprisables. » Jean, qui ne méprise nullement les institutions, place la littérature à part. Du côté de la passion, des chemins buissonniers, de la fantaisie, de l'aventure. Les gens de lettres lui sont étrangers. Zola ou Anatole France lui paraissent appartenir à une engeance de fonctionnaires des lettres. C'est son rare côté romantique. D'autre part, écrire n'a de sens pour lui qu'en réponse à une nécessité intérieure. Cela ne peut devenir un métier avec son salaire, son travail obligatoire, ses congés payés. Il abhorre la fonctionnarisation de la littérature. C'est pourquoi il fuira comme la peste toute responsabilité comme juré dans les prix littéraires et les comités de lecture. Il sait que les meilleurs écrivains se recrutent moins chez les ambassadeurs – et même leurs fils – que chez les aventuriers, les irréguliers, les anciens taulards comme Villon, Jean Genet, les mauvais sujets comme Casanova, Verlaine, ou les condamnés à la prison pour dette comme Balzac. Mais la chair est faible, et cette faiblesse lui fera accepter de devenir membre du prix Del-Duca, du prix Prince-Pierre-de-Monaco, du prix Chateaubriand de la Vallée-aux-Loups, et d'être président du prix Roger-Nimier. Il s'empressera d'en démissionner à la première occasion. C'est aussi ce que pensait Malraux. Je me souviens d'une de ses interventions à la tribune de la Chambre des députés où il s'insurgeait contre l'idée d'une pension de retraite attribuée aux écrivains : « La littérature doit rester une aventure. »

Voir : Fugue.

Charete

Surnom de la femme du cousin de Jean, Antoine d'Ormesson, fils de Wladimir. Jolie femme d'origine chilienne, fille de l'ambassadeur du Chili, Maria del Rosario va être au centre d'un drame familial : Jean va tomber amoureux d'elle, l'enlever à son cousin, puis l'abandonner. Son mari demandera le divorce et fera casser le mariage en cour de Rome. Cet épisode sentimental douloureux, qui assombrira les dernières années de la vie de son père, n'apparaîtra que tardivement dans les livres de Jean : une des rares occasions où l'on sent poindre un réel sentiment de culpabilité.

Il l'écrira de manière pathétique dans *Qu'ai-je donc fait ?* : « Je l'ai détruite, j'ai détruit tout un pan de cette famille à laquelle j'étais attaché et je me suis détruit moi-même. Puisque je l'aimais, je n'avais qu'à partir avec elle, à m'établir ailleurs à ses côtés, à construire ensemble quelque chose de durable. Je suis parti. Avec elle. Et je suis revenu. Chez mes parents, abreuvés de larmes et changés en personnages de Greuze devant le vase cassé. »

La description du malaise psychologique de l'amant confronté aux conséquences de ses actes est digne de Benjamin Constant ou de Drieu la Rochelle : « Nous nous étions installés dans un obscur appartement parisien où un malaise croissant lutta bientôt contre la passion. Et nous étions partis sur les routes à travers l'Europe pour nous tourner la tête. L'idée d'être responsable de C., d'être lié à elle, de devenir un couple, me paraissait aussi insupportable que l'idée de la quitter. Je voulais bien l'enlever. Je ne voulais pas la garder. »

Sans vouloir l'excuser d'une page peu glorieuse de sa vie amoureuse – la vie d'un écrivain n'est pas destinée à l'édification des familles –, on peut hasarder une explication par-delà la morale à ce comportement irresponsable : dans cette crise d'adolescence tardive, peut-être a-t-il voulu inconsciemment dynamiter les rapports familiaux dans ce qu'ils avaient de plus sacré, car rien ne pouvait être pire que de saccager un mariage pour ces catholiques, qui plus est pour l'ambassadeur au Vatican qu'était Wladimir. Enfreindre les lois saintes de la famille, tirer un trait sur Saint-Fargeau et son héritage de souvenirs, était peut-être le prix à payer de son émancipation et la condition de son aventure littéraire. Comme il le dira dans un de ses moments de lucidité : tant qu'à scandaliser sa famille, mieux eût peut-être valu qu'il adhère au parti communiste. Ou devienne « trotskiste tendance Lambert », comme ses petits camarades de khâgne.

Chateaubriand, François-René de

Avec l'Enchanteur, nous voilà au cœur de la Dormessonnie. Bien sûr les points communs sautent aux yeux : aristocrates, ayant passé l'un et l'autre leur enfance dans les couloirs glacés de vieux châteaux mal chauffés, ils ont été à la confluence de deux mondes. Ils ont beaucoup voyagé, beaucoup rêvé, beaucoup aimé, sans oublier d'avoir pour eux-mêmes autant d'indulgence pour leurs erreurs que d'approbation pour leurs éminents mérites. L'un et l'autre, enfin, doués d'un ego de première grandeur, se sont considérés comme la mesure de toute chose. Le vrai problème de Chateaubriand, c'est Chateaubriand, tout comme le véritable problème de Jean, c'est Jean. Et s'ils regardent le monde, c'est certes pour le comprendre, mais aussi pour s'y mirer comme Narcisse dans un bassin. Le doute ne les a pas effleurés. La remise en cause n'est pas leur fort. Supérieurs ils sont, supérieurs ils s'estiment. Néanmoins, Jean d'O a toujours considéré qu'en dépit de tant de points communs son talent n'arrivait qu'à la hauteur du petit orteil de son grand devancier. En dehors de la vie amoureuse qui comporte des points communs, Jean n'a pas les grands défauts de caractère de René, sa superbe ingratitude, sa fatuité. Il fut toujours d'un commerce agréable, dissimulant avec une courtoisie hors pair son sentiment de supériorité sous les dehors d'une délicieuse fausse modestie. De plus, l'humour lui gagnait tous les cœurs, ce qui n'était pas toujours le cas du grand mélancolique de Combourg. Là où ils se séparent totalement, c'est sur l'idée de la postérité : cette idée qui fut l'obsession de René comme elle fut celle de Napoléon, au point de publier son maître livre de manière posthume, est aux antipodes de la conception de Jean : pensait-il que ses livres lui survivraient ? Il l'espérait et en doutait à la fois. Mais il était également pessimiste sur la survie de la littérature qu'il jugeait correspondre à des époques hélas révolues. Paradoxe : Jean l'optimiste était au fond plus pessimiste que René. Chateaubriand, qui revient comme une rhapsodie obsessionnelle dans la plupart de ses romans, sera le sujet d'un de ses meilleurs livres, *Mon dernier rêve sera pour vous*, biographie sentimentale dans laquelle l'auteur, par un habile jeu de miroirs, réussit à parler autant de lui-même que de son prestigieux modèle.

Son adoration pour Chateaubriand englobe aussi bien ses maîtresses que ses amies : tous les épisodes de sa liaison avec Juliette Récamier lui inspirent de belles pages dans *Dieu, sa vie, son œuvre*, mais il se laisse prendre tout autant au charme d'Hortense Allart, sa dernière passion sensuelle, ou encore aux folies amoureuses de Natalie de Noailles qu'il brûle de retrouver à Grenade à l'issue de son périple en Terre sainte. C'est pour Natalie qu'il écrit ce magnifique chant d'amour qu'il n'osera publier dans ses mémoires et pour lequel Jean éprouvait une véritable passion : « Allais-je au tombeau du Christ dans les dispositions du repentir ? Une seule pensée remplissait mon âme ; je dévorais les moments : sous ma voile impatiente, les regards attachés à l'étoile du soir, je lui demandais des vents pour cingler plus vite, de la gloire pour me faire aimer. J'espérais en trouver à Sparte, à Sion, à Memphis, à Carthage et l'apporter à l'Alhambra. Comme le cœur me battait en abordant les côtes d'Espagne ! Aurait-on gardé mon souvenir ainsi que j'avais traversé mes épreuves ? Que de malheurs ont suivi ce mystère ! Le soleil les éclaire encore. Si je cueille à la dérobée un instant de bonheur, il est troublé par la mémoire de ces jours de séduction, d'enchantement et de délire. »

En bon natif du signe du Gémeaux, il est conscient des critiques que l'on peut adresser à son idole. Lui-même n'hésite pas à les citer. Ainsi Karl Marx qui condamne « ce fabricant de belle littérature qui allie de la façon la plus répugnante le scepticisme distingué et le voltairianisme du XVIIIe siècle au sentimentalisme distingué et au romantisme du XIXe siècle ». Mais pour se conforter dans son admiration, s'il en était besoin, il cite à la rescousse le grand critique Émile Faguet : « Chateaubriand est la plus grande date de l'histoire littéraire depuis la Pléiade. » Ce qui lui plaît, c'est d'avoir affaire à un génie intelligent, ce qui n'est pas pour lui – pas pour nous – le cas de Balzac. C'est cette suprême intelligence politique, le sens inné des images : Barrère, « le troubadour de la guillotine », ou Saint-Simon « qui écrivait à la diable pour l'éternité », joint à l'une des langues les plus mélodiques qui soient, qui le ravissent. Et pour comble, il trouve tant de points communs entre la vie de l'Enchanteur et la sienne. De là à céder au péché de l'identification, quoi de plus naturel !

On pourrait hasarder une approche psychanalytique de cette passion pour Chateaubriand : au fond, celui-ci réunit dans sa personne deux aspirations contradictoires que Jean estimait dans sa jeunesse irréconciliables – l'écrivain visionnaire qu'il ambitionnait de devenir avec son cortège de rêves et cette fonction sérieuse d'ambassadeur qu'incarnait son père. Chateaubriand, par sa double face, réconcilie le yin et le yang.

Voir : quasiment tout ce Dictionnaire…

Cinéma

« J'ai aimé le cinéma à la folie. Quand je suis entré à Normale, épuisé par l'effort, j'allais au cinéma plus d'une fois par jour », confie-t-il dans *Garçon de quoi écrire*. C'était aussi pour lui, disait-il, le meilleur remède pour soigner un chagrin d'amour. Mais il semble qu'il soit allé plus souvent au cinéma qu'il n'ait éprouvé de vrais et durables chagrins d'amour. Remède qu'il avait employé à haute dose dans sa jeunesse, enchaînant les films les uns après les autres, après une peine de cœur…

Il aimait Lubitsch, *The Shop around the Corner*, l'enchantait également *To Be Or Not To Be*, et aussi *L'Ange Bleu*, *Boulevard du crépuscule*, *Casablanca*, *La Comtesse aux pieds nus*, et tous ceux qui mettent en valeur la plastique des grandes stars : Ava Gardner, Lauren Bacall, Gene Tierney, Ingrid Bergman. Le film qui peut-être atteignait pour lui une forme de perfection, c'était, avec *La Règle du jeu*, *La Grande Illusion* de Jean Renoir, film qui dans sa problématique n'est pas sans rappeler *Au plaisir de Dieu*. Il dit aimer plus les films « tartes » que les films d'auteur aux ambitions philosophiques.

Woody Allen le fascinait. Mais aussi *Casque d'or* de Jacques Becker, et *Rashômon*, et *Le Grand Sommeil* avec Lauren Bacall.

Cioran, Emil

Jean l'optimiste adorait le pessimisme noir de Cioran comme son exact opposé. Ses aphorismes l'émerveillaient : il aimait le cyanure de son ironie, son impitoyable désenchantement, le flamboiement de son désespoir. Il pétrarquisait avec l'absurde comme Sainte-Beuve disait de Baudelaire qu'il pétrarquisait sur l'horrible. Il le citait sans cesse : « Les enfants que je n'ai pas eus ne savent pas tout ce qu'ils me doivent. » « Je ne comprends pas pourquoi le risque d'avoir un biographe n'a jamais dissuadé personne d'avoir une vie. » « Chacun s'accroche comme il peut à sa mauvaise étoile. » « J'ai connu toutes les formes de déchéance, y compris le succès. » Ce qu'il aime dans le désespoir de Cioran, c'est qu'il s'exprime, à l'inverse des romantiques, avec sécheresse, sans effusion, sans pathos, sans lyrisme humide, avec une sorte d'allégresse dans le noir. Il le classe quelque part entre l'Ecclésiaste et Vauvenargues. D'où vient alors qu'il trouve tant de plaisir à le lire et à se réciter ses lugubres maximes ? Du style ! Cioran, par sa précision, son exactitude, son art de la formule juste et du raccourci, nous fait rire de notre épouvantable condition d'humains guettés par toutes les misères du monde. Cioran évite en effet le pire défaut qui menace un écrivain : la mièvrerie. Lui décape, taille au bistouri, découpe au scalpel notre pauvre cœur en quête de compassion. Il apporte un remède de cheval à notre mélancolie.

Cœur incandescent

Cette expression de « cœur incandescent » n'apparaît qu'une seule fois sous sa plume. Pourtant elle me semble éclairante sur le plan littéraire. Elle figure dans ses entretiens avec François Sureau, où il parle à propos des écrivains d'un « cœur incandescent » qui serait au centre de leur œuvre et permettrait d'en saisir les lignes de force. Il s'inspire de l'expression que Bergson emploie pour les philosophes : le « foyer incandescent ». Jean admet que son propre cœur incandescent, c'est le temps. « J'ai souvent joué mentalement avec cette idée. Pour Maupassant, le mot qui à mon avis s'impose, c'est la compassion ; pour Chateaubriand, l'orgueil ; pour Proust, le temps ou peut-être la jalousie. Chez Gary, j'hésite entre les mots France et merveilleux. »

Colère

Ses colères étaient très rares, mais vives et pour des sujets qui les justifiaient rarement. D'un caractère joyeux et flegmatique, prenant toujours la vie du bon côté, vraiment philosophe dans les circonstances difficiles, ces accès de mauvaise humeur surprenaient. En dehors de ses colères quasiment quotidiennes contre les journalistes du *Figaro* dont les prétentions et l'attitude l'horripilaient, je ne l'ai vraiment vu en colère qu'une seule fois : au cours d'une soirée délicieuse en Corse, à Fornali, après le dîner, tandis que la brise du soir apportait des effluves tièdes du maquis. Pas vraiment un moment propice à l'énervement. C'était à propos d'un sujet plutôt anodin. Il s'agissait des relations amoureuses de la reine Marie-Antoinette avec Fersen. Je défendais le point de vue de Stefan Zweig qui considère qu'ils furent amants. Jean s'emporta. Il trouvait indigne de mettre en cause la vertu de la reine. J'eus droit à une sévère mercuriale. Quelle ne fut pas ma surprise le lendemain matin de voir Jean, tout miel, venir vers moi et me dire : « Je ne sais pas pourquoi je me suis emporté hier soir. C'est d'autant plus ridicule que j'ai tenu le même propos que toi avec mon père quand j'avais dix-huit ans, et il était entré lui aussi dans une terrible colère. » Je lui répondis : « Et pourtant, vous ne croyez toujours pas à la psychanalyse ! »

Communisme

Il éprouve pour le communisme un mélange de fascination et de répulsion. Anticommuniste, il est et le restera. C'est une de ses rares convictions. Il n'a pas eu, même à Normale sup où il était pourtant le condisciple d'Altusser, de ces velléités de compagnonnage de route comme certains de ses amis Raymond Aron, Jean-François Revel, Maurice Druon. En bon Gémeaux, il considère que les communistes ne sont nullement méprisables : « Je hais les totalitarismes, ceux de droite comme ceux de gauche : Mais il y a derrière le communisme une aspiration morale, une tension vers le bien autrement plus solide et digne d'intérêt que les prétentions scientifiques du marxisme et surtout que ses méthodes qui n'existent pas à l'extrême droite, qui m'est toujours apparue davantage marquée par la peur et par la haine. »

Sauf un article un peu ambigu et très lyrique, à la mort de Mao, dans lequel il se laisse emporter par la légende du dictateur auquel il empruntera d'ailleurs le titre d'un de ses livres, *Le vagabond qui passe sous une ombrelle trouée*, le reste du temps il est intraitable : le communisme est politiquement le mal incarné. Intellectuellement, il trouve dans le marxisme bien des idées fortes. Le château du Plessis-lez-Vaudreuil dans *Au plaisir de Dieu* semble une place forte érigée contre cet ennemi, l'homme au couteau entre les dents, le communisme, le collectivisme. Mais Jean se paie aussi la coquetterie de fréquenter nombre de communistes, comme Aragon bien sûr, mais aussi René Andrieu, Roland Leroy. *L'Humanité* ne le regarde d'ailleurs pas comme un diable réactionnaire. Les critiques littéraires se succèdent dans ce journal jusqu'à Jean-Claude Lebrun, dont il faut reconnaître, outre le talent, l'absence de sectarisme, ce qui n'est pas toujours le cas dans les journaux de gauche. Un exemple parmi d'autres, André Wurmser, qui rompit des lances avec Mauriac, tombe sous le charme d'*Au plaisir de Dieu*. Il écrit : « M. Jean d'Ormesson dirige *Le Figaro* pour qui l'on connaît ma tendresse. Il est aussi apparenté à M. Béghin, à M. Prouvost. Il est giscardien. Il est anticommuniste. Il est même académicien. Eh bien, son livre est charmant ! » Et c'est lui encore qui note l'attrait de Jean d'O pour l'œuvre de Marx : « Je ne dis pas que l'auteur, qui décèle quelque chose de marxiste jusque dans le crâne du grand-père antédiluvien, soit un marxiste consommé. »

Mais on sent une forme de sympathie pour l'ancien châtelain. C'est d'ailleurs une constante de la vie intellectuelle : le véritable adversaire des communistes, c'est beaucoup plus la social-démocratie, les sociaux-traîtres comme les appelait Lénine, que la droite qui au moins est franche et ne joue pas le double jeu.

Il aimait citer ce mot de Raymond Aron : « Le marxisme-léninisme, c'est le mélange de Hegel et de la Série noire. »

Connivence

Si j'essaie de définir ce qui fut l'essence de notre amitié, je ne trouve pas de meilleur mot que celui de connivence. Issus de deux mondes sinon étrangers du moins éloignés l'un de l'autre, moi celui des peintres et des musiciens, lui celui des ambassadeurs, nous nous sommes tout de suite compris : en nous parlant, mais aussi en ne nous parlant pas. Nous avions à quelques exceptions près le même regard sur les êtres, les choses et les productions de l'esprit. Vision essentiellement littéraire et artistique qui nous faisait partager les mêmes jugements sur les écrivains ou la politique. Jean croyait plus que moi aux valeurs et aux vérités décrétées par la société. Cela a été la seule source de nos rares divergences. Pourtant, littérairement, Jean restait marqué par le rationalisme des Lumières, alors que je baignais dans le romantisme du XIXe siècle.

Conversation

Si la conversation est un art – et c'en est un, aussi éphémère et fragile que les arts de la table ou du jardin –, Jean y était passé maître. Et ce mot « maître » ne convient guère à son comportement subtil, dénué de la moindre arrogance ou de ce sentiment de supériorité qui rend insupportables les bas-bleus, ou, dans leur version masculine, les pédants. Car la conversation, dans les cercles raffinés où elle a régné avant d'être devenue une rareté, a toujours dû se garder de deux dangereux écueils : la futilité bavarde, cette propension à raconter des riens ou, dans certaines coteries mondaines, à enfiler des noms des rejetons des grandes familles aristocratiques comme autant de bibelots d'inanités sonores ; à l'opposé, l'autre écueil consiste à envisager un dîner comme une tribune politique où l'on assène doctement ses opinions, un cours du Collège de France où l'on déverse son savoir devant des spectateurs somnolents ; ou cela peut être aussi le monologue d'un raseur impérial dont la jactance assèche d'un coup le plaisir de la fête. Jean savait tout cela. Des siècles de civilisation filtrés par l'intelligence et surtout cette sorte de tact social, qui est autant une éducation qu'un instinct du cœur, faisaient de lui un hôte très rare et un convive comme il n'y en aura peut-être plus. Car qui aujourd'hui encore considère qu'un déjeuner ou un dîner doit être une fête ? Une fête où l'esprit doit circuler parmi les participants sans que personne se sente laissé à l'écart, sans que le fossé se soit creusé entre les ignorants et les sachants, les intelligents et les demeurés, les timides et les effrontés. D'abord ce qui était important, c'était le rire. Il ne s'agit pas de s'esclaffer à tout bout de champ et de se raconter des plaisanteries à se tenir les côtes, mais de considérer que si l'on réunit des amis ou des connaissances – quel qu'en soit le prétexte : l'amitié, l'intérêt, la routine sociale –, c'est dans le but d'une réjouissance. C'est une finalité qui se perd.

Évidemment, il était doué pour la bonne humeur. Ce qui est déjà un atout majeur. Louis XV aurait pu dire de lui ce qu'il disait du cardinal de Bernis : « Vous avez l'air d'une bonne nouvelle. » Jean avait toujours l'air d'une bonne nouvelle : ni les chagrins – cela lui arrivait quand même –, ni les aigreurs d'estomac, ni les déceptions, ni les peines de cœur, ni les humiliations, ni les éreintements des critiques n'entamaient son sourire. Même si, à part soi, il serrait les dents. Il accueillait chacun avec la même égalité démocratique, sans distinction de grade, de poste, ou de fortune, distribuant les mêmes compliments aux jeunes filles qu'aux dames d'âge canonique, aux jeunes gens timides qu'aux ministres en exercice. Bien sûr, ces compliments, s'ils n'étaient pas toujours aussi dévalués que le mark sous la République de Weimar, devaient beaucoup à sa courtoisie. Mais la sincérité dans le jeu social ne lui paraissait nullement nécessaire. C'était même une qualité inappropriée. Où irait-on si on assénait à chacun ses vérités en société ? Il s'agissait, entendons-nous bien, d'un jeu, avec ses règles, ses restrictions mentales.

Monarque dans sa famille, à la direction du *Figaro*, et même pour lui-même – Edmond Giscard d'Estaing avait écrit un intéressant petit essai sur *La Monarchie intérieure : essai sur la Seigneurie de soi-même* –, Jean abandonnait toutes ses prérogatives royales, son arbre généalogique de vanités ou ses quartiers de noblesse de méritocratie républicaine (Normale sup, Académie), quand il était en société. Il parlait peu de lui, laissait généreusement la parole aux autres et se souciait de ne pas les écraser de sa science. Son moi tyrannique dans ses livres se mettait en veilleuse ; une séraphique expression de fausse modestie s'épanouissait sur son visage ; ses yeux étincelaient de malice ; tout ce qu'il avait déjà obtenu, les honneurs, les prix, les gros tirages, la célébrité, s'effaçait comme par magie pour ce nouvel et irrésistible enjeu : séduire, séduire encore, être aimé. Et il avait l'intelligence de savoir que, dans cette opération magique de la séduction, il faut arriver aussi délesté du poids de ses richesses que le pécheur qui se présente au ciel devant son Créateur.

Corse

C'est peu dire que Jean a aimé la Corse. Il l'a adorée. Il y retrouvait résumés le soleil de la Grèce et de l'Italie, la même Méditerranée à l'eau douce et claire, et dans ses paysages surchauffés qui fleurent bon les buissons d'épineux, le ciste, l'arbousier, la lavande sauvage, cette chaude respiration du maquis qui s'exhale au milieu du chant assourdissant des cigales et qui plaisait tant à Napoléon : « La Corse, je la reconnais à son odeur. » Où trouver ainsi à portée de main et d'avion un pays qui réunit tant de charmes poivrés et variés ? C'était pour lui le point de rencontre de ce qu'il aimait dans la nature : la sauvagerie et la civilisation. Car les paysages au pelage fauve, qui se dessinent sous des montagnes tantôt bleutées tantôt rouges comme les aiguilles de Bavella ou les roches de la Scandola ou de Porto, lui inspiraient toujours le même émerveillement. Se baigner longuement à l'ombre d'une tour génoise au large de Saint-Florent, puis se sécher en marchant avec précaution dans les chemins douaniers hérissés de silex lui donnait une idée assez parfaite d'une vie idéale.

Lorsque, enduits d'huile solaire, nous prenions place à bord du Riva, très à la mode dans les années 1950, qui filait le long de la côte du désert des Agriates pour rejoindre la plage aux eaux d'émeraude translucide de Saleccia où, assaillies de mouches, paissaient d'imperturbables vaches qui ignoraient à quel point la Commission de Bruxelles était soucieuse de leur bien-être, on avait une idée intense de ce que pouvait être le bonheur.

Sa sociabilité trouvait un répondant intellectuel dans la colonie très civilisée qui avait occupé la côte de Saint-Florent, autour de Paule et Jean de Beaumont, puis de Maurice Rheims, de Ferdinand Béghin et de Jacqueline de Ribes. La peintre Leonor Fini s'était installée de l'autre côté du golfe à une portée de fusil dans un moulin accessible seulement à dos d'âne. Une civilisation huppée, au très fort coefficient financier, intellectuel et culturel, qui avait en commun une sorte de lassitude des mondanités vides, artificielles et sophistiquées de la Côte d'Azur. Le maillot de bain – ou le plus simple appareil – y était plus en usage que le smoking blanc. Pas de cocktails, mais des oursinades en pleine mer arrosées d'un petit blanc sec de Patrimonio. Pas de yachts au luxe tapageur, mais des pointus au moteur essoufflé. Des milliardaires certes des deux côtés de la Méditerranée, mais ceux-ci mettaient autant d'efforts à faire oublier leur fortune que les autres à la montrer.

Les Corses eux-mêmes participaient à cet agrément des vacances (je mets bien sûr entre parenthèses un malencontreux attentat au plastic qu'il est difficile de mettre sur le compte d'un malentendu culturel) : des marins, autrefois Octave, puis Mathieu, puis Ange, faisaient partie de la famille. Car la société corse, conservatrice sur le plan des mœurs, où chacun possède l'assurance des anciens citoyens romains, très politique, et qui révère les valeurs de culture, était liée à ces réjouissances estivales. On allait souvent dîner sur les hauteurs de Murato chez Pauline pour déguster la soupe corse, couronnée du coup de bambou que vous assénaient la grappa et le redoutable alcool de myrte. Quant à la romancière Marie Ferranti, native de Saint-Florent, elle était une habituée de ces lieux. Elle obtiendra même le Grand Prix du Roman de l'Académie. Mais aussi la brillante universitaire de Corte, Marie-Hélène Ferrandini, spécialiste de l'œuvre de Michel Déon, les journalistes Jean-Marc Raffaelli, Luc Mondoloni. Certes, il n'existait pas de Sénéquier à Saint-Florent, mais dans quel autre lieu estival avait-on le privilège de s'entretenir de Paul Valéry avec Jean-Guy Talamoni, le futur président de l'Assemblée corse, Jean-Claude Casanova, Marc Fumaroli, Gérald de Roquemaurel, Régis Debray et Charles Henri Filippi ?

Courtoisie

Ce mot anachronique et doux qui fleure les usages désuets de la bonne société d'autrefois, élégante, raffinée, policée, est certainement l'un de ceux qui s'adaptent le mieux au comportement de Jean d'O. La courtoisie, qui a été le grand apport des troubadours qui ont suscité un nouvel état d'esprit dans les relations entre les hommes et les femmes. On a tenté d'adoucir la rudesse et la brutalité des mœurs. On a féminisé la société. C'est, il faut bien l'admettre, le grand legs de cette « bonne société », aujourd'hui si mal considérée, d'avoir tenté de donner un peu de raffinement dans les rapports humains. La carte du tendre, après les cours d'amour, a tenté d'introduire dans la société des habitudes moins brutales. Dans *Au plaisir de Dieu* ou dans les souvenirs qui évoquent sa famille, Jean d'O a montré le raffinement chinois qui y régnait. De la façon de s'habiller aux manières de s'exprimer, il existait tout un code qui visait à proscrire la vulgarité, les éclats, la violence verbale. Le lieu dans lequel ces manières étaient privilégiées était bien entendu les salons. C'est tout un art de vivre hérité de la société aristocratique qui se transmet ainsi de génération en génération. Tout cela apparaît aujourd'hui bien désuet. La courtoisie est réduite au minimum. Quant aux salons, ils ont disparu.

Voir : Salons.

Crayon

Ah, ce fameux crayon ! Il est devenu une légende. Avant d'avoir été solennellement déposé dans la cour d'honneur des Invalides sur le cercueil de Jean d'O par Emmanuel Macron, il a beaucoup servi. Il l'a confié à François Sureau : « À l'enterrement de Malraux, on avait mis un chat près du cercueil, à celui de Gaston Defferre, c'était un chapeau. Moi, je voudrais un crayon. Un crayon à papier, les mêmes que dans notre enfance. Ni épée ni Légion d'honneur, un simple crayon à papier… Je ne veux pas un enterrement somptueux, je veux un enterrement romanesque. » Des psychanalystes se pencheront peut-être sur cette question : pourquoi a-t-il, avec une obsession maniaque, écrit tous ses livres avec un crayon ? Sa fille Héloïse a donné la réponse à un journaliste : « Quand mon père écrit avec un stylo-bille, c'est qu'il écrit un article ; quand il tient un crayon et qu'il n'écrit pas, c'est qu'il écrit un livre. »

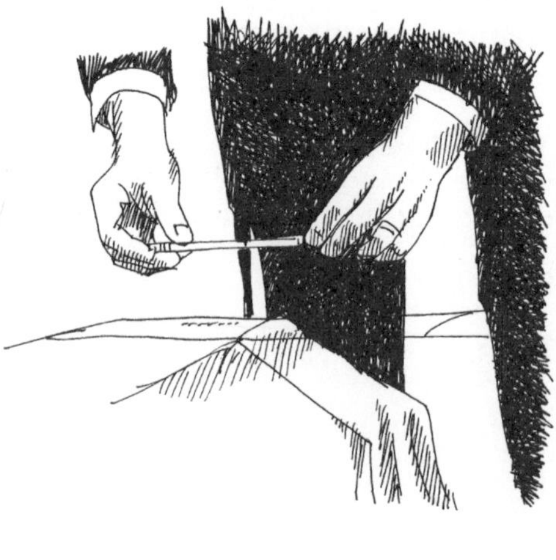

Crème fraîche

Le chapitre culinaire n'est nullement négligeable chez un homme à ce point amoureux de la vie, de ses saveurs. Gourmet, amateur de bonnes tables, de goûts simples, il avait une prédilection pour la crème fraîche. D'où lui venait ce goût immodéré ? Je l'ignore et j'avoue ne pas avoir poussé mes recherches très loin sur ce sujet crucial.

Critique

Si Jean a mis du temps à trouver le ton juste en matière romanesque, il est d'emblée un critique au style percutant. Moins un découvreur de talents qu'un remarquable analyste. De *Arts* au *Figaro littéraire* en passant par *La Parisienne* et *Le Quotidien de Paris*, il met son intelligence à éclairer les œuvres de ses contemporains. Parfois caustique avec Jules Romains, sarcastique avec Pierre Brisson, il cessera vite de vouloir briller sur le dos des écrivains. Il abandonnera les éreintements, pour ne plus critiquer que dans l'admiration. Faut-il voir dans cette sagesse soudaine sa propre expérience d'auteur qui a eu à subir les flèches des critiques ? Il en comprend vite l'inanité. Polémiste en politique, il sera iréniste en critique littéraire. Ce lecteur compulsif dévore tous les livres qui lui tombent sous la main. Sa curiosité restera toujours vive : il s'emballe pour de jeunes auteurs comme Yann Moix, ou pour *Les Bienveillantes* de Jonathan Littell qu'il défendra pour le Grand Prix du Roman de l'Académie. On est frappé par son éclectisme : il aime aussi bien Jeeves, le héros de Wodehouse, que les personnages d'Isaac B. Singer, qu'il découvre avec émerveillement. Il se délecte des aventures amoureuses de *Mon amie Nane* de Paul-Jean Toulet, mais prend également plaisir à relire *Un jardin sur l'Oronte* de Maurice Barrès. Ses analyses des romans de Mauriac, de Montherlant, de Yourcenar, de Nourissier, mais aussi d'Amado, ou des essais historiques de Kantorowicz ou de Braudel, montrent le plaisir qu'il prend non seulement à lire mais à écrire sur les auteurs qu'il aime.

D

De Gaulle, Charles

Pour Jean, de Gaulle est le surmoi de la France. L'homme qui lui indique le chemin d'un idéal exigeant, austère, ardu. Gaulliste, il le sera toujours sans pour autant s'engager à ses côtés. C'est son gaullisme qui certainement l'éloigne un peu de ses amis Hussards. Il ne sera jamais un partisan de l'Algérie française. Mais ce n'est pas non plus un gaulliste passionné et extatique comme Mauriac ou Druon. Il admire l'homme de la France libre, le créateur des institutions de la Ve République – même s'il est réservé sur la méthode de sa prise du pouvoir – et celui qui a assuré notre indépendance nationale. Pourtant son gaullisme manque d'enthousiasme. Il est de l'ordre de la raison plutôt que de celui du cœur. Autant son admiration pour Napoléon le rend lyrique, autant il est circonspect vis-à-vis de De Gaulle, de son jansénisme. Il ne proclame haut et fort son gaullisme que lorsque Jean-Jacques Servan-Schreiber, dans *L'Express*, le jour de la démission du Général après l'échec du référendum, s'exclame qu'il est « fier d'être français ». Jean d'O s'indigne, mais, en adressant des reproches à son vieux camarade qu'il tutoie, il reste courtois : « Ceux qui sont nés après 1944 ne savent pas ce qu'étaient alors le bonheur et l'honneur de la fierté. Mais, mon cher Jean-Jacques, tu étais né toi aussi. Tu as tout à fait le droit d'être contre un régime et contre un homme : je me ferais volontiers tuer pour que tu aies ce droit-là. Et je persiste à croire que c'est pour que tu aies ce droit-là que l'homme dont la chute te rend si fier a joué et perdu. »

C'est d'abord le 18 Juin qui épate le Gémeaux indécis, toujours oscillant entre le yin et le yang : ce formidable esprit de décision qui le fait agir et comprendre d'emblée l'enjeu du monde à venir. « Le geste de ce militaire de rang moyen qui brusquement rompt les attaches et s'en va tout seul sauver l'essentiel, cinquante ans après j'en reste saisi. » Et il poursuit son dithyrambe sur la personnalité du Général, ses qualités morales, le créateur d'institutions stables et efficaces, son sens de l'État, son ambition de l'indépendance nationale, son combat pour une France qui ne soit pas inféodée à Washington, et aussi la légende. Mais le Gémeaux finit par réapparaître *in fine* : « Il y a quand même dans le gaullisme des éléments qui peuvent froisser une sensibilité républicaine un peu vive. »

La leçon que Jean retire du gaullisme, c'est une leçon de grandeur. Pour lui, tout est grand chez de Gaulle, la taille, l'ambition, le style, la pensée. Et même les défauts. Il s'étonne que cette grandeur ait pu s'imposer chez un peuple français qui a abdiqué depuis longtemps tout désir d'élévation et se complaît dans le petit, le riquiqui, le médiocre. Mais il s'étonne également que de Gaulle ait réussi à s'imposer en bloc, sans renoncer à rien de lui-même, rien de son intransigeance, de son caractère ennemi des demi-mesures et des concessions. « De Gaulle conquiert l'unanimité en partant de l'intransigeance. Il ne cède sur rien et il emporte tout. » Autre réflexion que lui inspire de Gaulle : comment un homme issu de la droite, du christianisme, dans la pure tradition française, a-t-il pu se muer en novateur, en profond réformateur et presque en révolutionnaire ? « Deux hommes auront changé au XXe siècle la condition des Français : le premier est Léon Blum avec le Front populaire ; le second est Charles de Gaulle. »

Le fascine également la rencontre de deux sortes de grandeurs qui, en s'ajoutant, renforcent la légende : de Gaulle et Malraux. Il l'écrit à propos des *Chênes qu'on abat* : « Entre le général de Gaulle et Malraux se tisse une espèce de chant lyrique et épique où les deux voix finissent par se confondre en une seule, au point que se distinguent à peine les apports de l'un et de l'autre. » Et dans cette présence de Malraux dans la geste gaulliste, il est sensible à tout ce qu'elle signifie de hautement symbolique : la présence de l'esprit, de l'art, de la littérature, aux côtés du pouvoir, le plus froid des monstres froids. La magie de cette rencontre qui n'a pas d'exemple dans l'histoire de France illustre l'étrange complémentarité de deux personnalités : entre un homme d'État pétri de littérature et un écrivain dont les rêves tournent autour du pouvoir. Et évidemment dans ce livre, qui par certains aspects fait penser au *Mémorial de Sainte-Hélène*, les aphorismes de De Gaulle résonnent d'une manière lugubre : « Les Français ont été sublimes, ils ne le savaient pas. Ils sont redevenus médiocres, ils ne le croient pas. » Ou : « Voici venu le temps des pantoufles. » Ou encore la magnifique et terrible phrase désabusée : « Je suis comme le personnage du *Vieil Homme et la mer* d'Hemingway : je n'ai rapporté qu'un squelette. »

À l'évidence, cette admiration pour de Gaulle laisse Jean sur sa faim. Une telle grandeur solennelle aux résonances funèbres, belle mais sinistre comme la crypte du Mont-Valérien, a quelque chose de mortifère pour cet amoureux des fêtes de la vie. La grandeur bien sûr, c'est bien, mais ce n'est pas très gai ! Il l'associerait presque à la mort. Alors de Gaulle, oui, il est indispensable, la France ne serait pas la France sans lui, mais il apparaît comme la statue du Commandeur à la fin de *Don Juan*. Il sera bien assez tôt pour dormir avec la grandeur dans l'éternité. En attendant, mieux vaut prendre le volant de son coupé décapotable et profiter du printemps pour filer, cheveux au vent, en compagnie d'une jolie fille, vers Rome, Venise, Florence, et tous les pays de soleil.

À une plaisante question de Bernard Pivot pour le journal *Lire* qui lui demande s'il aurait préféré être de Gaulle ou Proust, il répond du tac au tac : « Proust ! Proust, sans aucune hésitation. Et pourtant j'ai une immense admiration pour de Gaulle, qui est le dernier des grands hommes. Mais je vais vous terrifier : entre Toulet et de Gaulle : Toulet ! Mais ne me faites pas descendre à Henri Bordeaux ou à René Bazin ! Je dirais : il vaut mieux être Paul Morand que de Gaulle, bien que je sois tout à fait du côté de De Gaulle contre Paul Morand. »

Déon, Michel

De la même génération et pourtant deux personnalités littéraires très dissemblables. L'un et l'autre ont adoré la Grèce et le soleil, la littérature à la folie, et se sont retrouvés à l'Académie. Ils ont collaboré à *Arts* et publié des livres sous la même couverture blanche de Gallimard. Mais outre que Déon est un romancier remarquable mais de type classique, ce qui n'est pas le cas de Jean qui rue dans les brancards du roman traditionnel, Déon est un rebelle mal dans son siècle et dans sa peau, ce qui est loin d'être le cas de Jean qui accepte le monde tel qu'il est et ne se torture nullement de ses aléas politiques. L'un et l'autre ont pris quelque chose à Morand qui fut leur ami et presque leur maître. Déon communiait avec l'auteur de *L'Homme pressé* dans sa vision réactionnaire, son antigaullisme et ses nostalgies vichyssoises, tandis que Jean tirait Morand vers les bains de mer, l'hédonisme, l'Europe galante, les torpédos pour emporter de belles créatures et leur faire connaître Venise. Déon vivait à la campagne, en Irlande, dans une solitude peuplée de ses chevaux, Jean à Neuilly, au cœur du maelström politique, prêt à affronter tous les plateaux de télévision. Leur trait d'union, c'était le culte de la littérature. Le paradoxe reste que Déon, l'ancien rebelle, prenait plus l'Académie au sérieux que Jean qui introduisait je ne sais quel doute et quelle malice dans ses devoirs pour cette institution qu'il respectait, mais dont il n'ignorait ni les erreurs ni les œillères.

Deniau, Jean François

Mélangeant volontiers la réalité et ses rêves, riches d'aventures autant vécues qu'imaginaires, Deniau était un personnage. Chaleureux, sympathique, ses qualités humaines et son talent littéraire faisaient oublier ses accès de mythomanie, sa mégalomanie et les expressions exaltées d'un ego tyrannique. On écoutait le conteur avec autant de ravissement que lui-même s'écoutait, nous entraînant dans ses enchantements hors des sentiers battus. En Corse, chez Maurice Rheims ou chez Jean d'O où il occupait la place de quatre ou cinq invités prolixes, il émerveillait et agaçait parfois. Pas Jean, qui ne se lassait pas d'écouter cet exceptionnel spécimen humain. Marin, député, homme politique, ambassadeur, ministre et écrivain, il avait vécu tant de vies, alors qu'une seule nous semblait parfois bien lourde à porter, que sa présence ragaillardissait les plus mélancoliques.

Jean en brosse un beau portrait : « Charmant, brillant, ambitieux, désespéré en secret de n'être que lui-même, ce qui n'était déjà pas si mal, Jean François Deniau était une sorte de Fantasio qui aurait rêvé de jouer le rôle de Laurence d'Arabie. Il avait été élevé par sa mère dans l'idée que la présidence de la République était la moindre des situations auxquelles il était en droit d'aspirer. Pour obéir sans doute à de telles espérances, il reconstruisait le monde autour de lui avec une violence et un charme tout à fait indifférents aux contingences de la réalité. »

Écrivain de grand talent, auteur notamment de *La mer est ronde*, il possédait un voilier, l'*Amphitrite*, à bord duquel Jean a fait de nombreuses croisières en Méditerranée. Il évoque l'une d'elles au large de la Corse, près de l'île de Capraia qui a failli mal se terminer. Pris dans une terrible tempête, le bateau faisant eau de toutes parts, c'est un miracle s'ils réussirent à atteindre le port de Livourne.

On sent à quel point Jean était séduit par ce rêveur éveillé fasciné par les services secrets, participant à l'élaboration du traité de Rome, ami de Massoud en

Afghanistan, ambassadeur en Espagne et proche du roi Juan Carlos, et qui « se rangeait sans vergogne et avec beaucoup de naturel parmi les grands de ce monde ». C'est que, pour lui, il réalisait le héros de roman type égaré dans la vie réelle.

Désir

Désir et plaisir ont des complicités explicites. Comment un homme de plaisir comme Jean d'O n'aurait-il pas célébré le désir ? Il le fait à plusieurs reprises. Notamment dans *Voyez comme on danse*, il fait dire à un de ses personnages : « Le désir est la fin de tout. Vous savez les valeurs, les idéologies, la morale, les convictions. Je crois à l'histoire. C'est le désir qui fait l'histoire. Séduction, ambition, sainteté, désespoir… Il prend tous les visages. Il ne cesse jamais de se contredire. »

Désordre

L'esprit le plus clair et le plus ordonné qui soit était aussi le plus désordonné. Que ce soit chez lui ou à son bureau, il se montrait incapable de ranger ses papiers. Sans la vigilance de Françoise, son épouse, son bureau avenue du Parc-Saint-James serait devenu un véritable capharnaüm. Quand je vins rue Miollis, au siège de la revue

Diogène en 1970, pour lui demander une interview, je fus stupéfié par le désordre qui régnait sur son vaste bureau couvert de papiers, de prospectus, de lettres, d'invitations. Je mis sur ce bureau la liste des questions que je voulais lui poser. Mais, quelques instants plus tard, quand arriva le moment de l'entretien, impossible de retrouver la liste de mes questions, mystérieusement avalée par le désordre.

Sous des airs très policés, des conceptions politiques qui l'amenaient au *Figaro* à se muer en défenseur de l'ordre établi, il n'est pas impossible qu'il y ait eu chez lui une secrète aspiration au désordre, ce désordre qui est le mouvement, qui est la vie. D'où sa liaison avec Charete, la femme de son cousin, qui perturba si gravement les relations familiales. D'où sa sympathie aussi pour le génial forban qu'était Jean-Edern Hallier.

Dieu

Avec sa principale créature, c'est-à-dire lui-même, Dieu est certainement le principal personnage de son œuvre. Il revient sans cesse vers lui comme vers l'auteur du mystère fondamental. Il l'aborde sous tous les angles : philosophique, mystique, rationnel, chrétien, païen, bouddhiste, zoroastrien, tantrique. Mais ce ne sont pas tant les religions qui l'intéressent que le pourquoi de l'univers. Il reste un métaphysicien obsédé par la cause première, la chiquenaude à l'origine de tout. Pourquoi tout, au lieu de rien ? Il se définit comme agnostique, mais devant certaines de ses réflexions on se demande s'il n'était pas guetté par l'athéisme. Ainsi lorsqu'il écrit que notre existence n'est qu'une parenthèse entre deux néants. On trouve des formes de panthéisme : Dieu est partout, il est dans toutes ses créatures, êtres et choses confondues : il est à la fois Chateaubriand, Marie, le Juif errant, la Douane de mer, la baie de Fethiye et sur celui qui contient tout cela : Jean lui-même, créature divine par excellence. Le Dieu de Jean n'est pas celui terrifiant de l'Ancien Testament. C'est un Dieu traité à la manière des Grecs, avec souvent de l'humour et même de la franche rigolade. Car pourquoi traiterait-on autrement le créateur d'un monde qui a moins l'aspect d'une tragédie que d'une vaste comédie. Parfois d'ailleurs il le surnomme « le Vieux », expression empruntée à Einstein. « Ce n'est pourtant pas compliqué : le temps passe et je dure, l'histoire se déroule et l'être est. Derrière les tribulations du monde, il y a quelque chose qui permet de changer sans cesse et de rester le même à travers les changements : c'est moi. » « L'herbe pousse, les enfants meurent. Derrière ce monde qui se fait et s'écroule, qui ne se fait que pour s'écrouler, qui s'écroule et se refait, il y a cet être immobile, éternel, infini, hors de l'espace et du temps. »

Déjà dans *Au revoir et merci*, on ne le sentait pas très clair sur le sujet : « Je suis une espèce d'agent secret de Dieu, écrivait-il. S'il existe ou encore s'il est mort ou non, s'il a jamais existé et s'il existe encore, j'avoue très simplement n'en avoir aucune idée. Je m'étonne toujours beaucoup de voir les gens se distinguer avec outrecuidance en croyants et en athées… Je ne sais absolument pas s'il y a un bon Dieu ou s'il n'y en a pas. »

Dans *Au plaisir de Dieu*, ouvrage qui est tout imprégné de cet être suprême qui décide de tout et de tous, Jean, dans le glossaire des personnages du roman, ne peut s'empêcher de céder à son esprit facétieux : « Dieu : vieil ami de la famille. Se relâche un peu vers la fin. »

Enfin, revenant une fois encore sur le sujet, dans *C'est une chose étrange à la fin que le monde*, il montre le bout de l'oreille sur son peu de goût pour le roman traditionnel. C'est que le romancier a un grand rival dans ce domaine, un créateur incomparable devant lequel il serait peut-être déraisonnable de vouloir se mesurer, Dieu lui-même : « Il n'y a jamais eu qu'un roman : c'est le roman de l'univers. Et il y a un seul romancier : c'est moi. Les autres, ceux qui écrivent des livres, qui obtiennent des distinctions et qui ramassent des lecteurs, qui deviennent célèbres et dont les noms flottent sur les lèvres des hommes, se contentent de combiner autrement, en se servant du langage que je leur ai donné, des fragments de ma création. »

Dieu, sa vie, son œuvre

Dans le foisonnement des passions qui habitent Jean d'O, l'amour de la vie, du soleil, de la connaissance, de toutes les expressions de la culture, il y a un risque de dispersion. La *fluctuatio animi* contre laquelle il lutte à l'instar de Spinoza. Il la conjure par le ciment magique qui unifie sa personnalité : un amour déraisonnable de la littérature. C'est ce qui aide à comprendre son personnage. C'est aussi la clé d'or qui ouvre les portes de *Dieu, sa vie, son œuvre* paru en 1981. Dans le plein automne de son existence glorieuse et désabusée, Chateaubriand, sur les conseils de son confesseur l'abbé Seguin, qui avait de meilleures informations que ses lecteurs sur les frasques libertines de l'auteur du *Génie du christianisme*, entreprend d'écrire pour le rachat de ses péchés un livre édifiant, la *Vie de Rancé*, le fondateur de l'ordre cistercien de la Stricte Observance, autrement dit la Trappe. Cela donne un merveilleux petit livre qui est un vagabondage à travers le XVIIe siècle dans un cœur où se livre un combat terrible contre la sensualité. Un ouvrage dans lequel Chateaubriand n'a jamais été autant lui-même. Un peu plus d'un siècle plus tard, Jean d'O, dans le plein été de sa vie, considérant qu'il vaut mieux s'adresser à Dieu plutôt qu'à ses saints, écrit la biographie du Créateur. Cela donne un gros livre qui est un vagabondage à travers le XIXe siècle. Jean d'O prend comme héros Chateaubriand, et pourtant jamais il n'a été autant lui-même.

Il n'y a pas de conversion ni de chemin de Damas dans ce livre. Le Dieu qui intéresse Jean d'O n'est pas celui des mystiques, c'est celui des philosophes du XVIIIe siècle : le grand architecte de l'univers, le grand principe de vie qui féconde le néant et les ténèbres, fait surgir la vie et surtout l'amour avec son arsenal complexe de chair et de rêves, de générosité et de haine. « Car il n'y a pas d'amour où ne se cache une souffrance. » Dieu, c'est le créateur d'un roman infini, le romancier par excellence, qui voit ses songes devenir chair, ses créatures en proie aux combinaisons infinies des rencontres et du destin. Mais cette biographie n'est pas exhaustive, elle est, nous dit l'auteur, « stochastique », c'est-à-dire « aléatoire et lacunaire ». C'est ce qui permet à Jean d'O de la faire commencer en 1802, un dimanche de Pâques où l'on célèbre un *Te Deum* pour le rétablissement de la paix et la restauration de la religion catholique apostolique et romaine.

Le livre s'organise autour d'un thème central qui est un personnage réel, mais aussi un mythe, un archétype : Chateaubriand. Pourquoi ? L'explication est simple : « Parce que, avec quatre ou cinq autres, dont je laisse les noms à votre choix, il occupe après tout une place de premier rang dans une des plus satisfaisantes créations du Seigneur : la littérature française. » Jean d'O semble avoir obéi à un des préceptes de son héros : « On ne peint bien que son propre cœur en l'attribuant à un autre. » La part de l'autobiographie, c'est à nous de l'imaginer. En dehors des secrets qui nous sont tus, il ne manque pas de points communs entre le comte et le vicomte : tous deux ont vécu les derniers moments de l'aristocratie, affrontant l'époque des révolutions, des enfances dans des châteaux glacés aux toitures ruinées et ruineuses, la nostalgie des chevaleries et le goût impétueux d'être présent dans son siècle et d'y être le premier. Ils ont en partage l'amour de Rome, de Venise, de la Grèce. Et le désir d'un pouvoir qui, au fond, les dégoûte : « L'horrible passion, dit Mauriac, de désirer ce qu'on méprise. » Pour cerner René, Jean suit les galeries mystérieuses de ses amours. C'est ainsi que nous faisons la connaissance de la jeune femme qui sera le dernier rayon de son automne sensuel et sentimental, Hortense Allart, dont Jules Lemaître laisse un portrait peu flatteur : « Une femme fort galante : très écriveuse aussi et qui avait la rage d'être la maîtresse ou l'amie des hommes célèbres ; qui dut être délicieuse tant qu'elle fut à peu près jeune, et probablement intolérable ensuite. » Chateaubriand a plus de soixante ans quand il la rencontre à Rome, en 1829. Elle a moins de trente ans. Échange de bons procédés : il profitera de sa jeunesse, elle profitera de sa gloire. En fin de compte, elle le jugera sévèrement. « En fait d'amour, il vivait dans les trahisons. »

En traçant la vie d'Hortense Allart et celle de sa famille, Jean entremêle fiction et réalité. Mais qui sait ? La vie réelle tisse de tels secrets, l'invraisemblable et le banal, que le romancier serait vite dépassé s'il avait la science de l'invisible. Jean entrelace les noms et les corps, noue des intrigues imaginaires ou réelles, joue à ce jeu fabuleux d'entremetteur qui n'appartient qu'au créateur, qu'au romancier et qui est un plaisir de Dieu. C'est ainsi qu'il fait d'Hortense Allart, fille de Delphine Allart, une descendante de Marino Faliero, le fameux doge décapité à Venise pour forfaiture ; dans la longue liste de ses pères possibles, on trouve aussi Napoléon Bonaparte et surtout Stendhal, qui devient ainsi « en quelque façon et de la main gauche au moins, le beau-père de Chateaubriand ». Hortense Allart, c'est la porte dérobée qui nous fait pénétrer dans le cœur du grand écrivain qui, selon Sainte-Beuve, cherchait dans l'amour « moins l'affection de telle ou telle femme en particulier que l'occasion du trouble et du rêve ». Et nous voyons apparaître l'austère Mme de Chateaubriand, Pauline de Beaumont, Delphine de Custine, Natalie de Noailles, Cordelia de Castellane, et enfin Juliette Récamier, entrevue pour la première fois chez Mme de Staël, « vêtue de blanc sur un sofa bleu », qui bien des années plus tard deviendra la reine des abeilles amoureuses qui bourdonnent autour du grand homme.

Ce Chateaubriand couvert de femmes, sincère en dépit de son cœur multiple, hanté par la survie de son personnage et fasciné par le pouvoir, Jean le fait formidablement exister, en dépit de toutes les libertés qu'il prend avec sa biographie – il le fait mourir deux fois. Il vit à la manière de ces personnages de roman créés avec des bouts de réalité, auxquels l'écrivain est parvenu à donner la vie. « Il n'arrête jamais d'être sincère. Il voulait une cellule, mais sur une scène, dans un théâtre. Le monde lui était indifférent pourvu qu'il fût à ses pieds. Il lui suffisait de le dominer pour se mettre à le mépriser. » Ce portrait et bien d'autres restituent tous les charmes d'une vie et d'un siècle disparu : les descriptions du *Miserere* d'Allegri écouté à la chapelle Sixtine lors de l'office des Ténèbres, l'évocation du voyage à Prague du vieux Chateaubriand, l'analyse des liens qui l'unissent à Juliette Récamier, le bonheur de vieillir auprès d'un être aimé, toutes ces scènes sont rendues avec infiniment de talent. C'est ce qui fait de ce livre un roman échevelé et fabuleux : un roman qui en contient mille entrecroisés, qui joue sur tous les claviers de l'émotion : le comique, l'humour, la mélancolie, le tragique. Osons un oxymore : un antiroman terriblement romanesque.

Diogène

Cette revue dépendant de l'Unesco et créée par Roger Caillois sera animée par Jean pendant vingt ans. Un poste qu'il cumule avec celui de secrétaire général de la philosophie et des sciences humaines. Ce sera pour lui une occasion de voyages aux quatre coins du monde et de rencontres avec les plus grandes figures des sciences humaines. Pourtant il refusera toujours un poste à l'Unesco qui, selon lui, risquait de devenir « une machine à broyer les individus et à dévorer leur temps ». Il s'amusait du mot qui courait sur la célèbre institution : « Un fromage sur un nuage. »

C'est grâce à elle qu'il va rencontrer nombre d'écrivains, Carlos Fuentes, Julio Cortázar, William Styron, Mario Vargas Llosa, Yachar Kemal, Jorge Borges. Son respect pour cette éminente organisation ne l'a pas empêché de manifester de l'ironie à son égard. Il raconte qu'il y avait un jeune Africain qui était chargé de distribuer le courrier et qu'il trouvait sympathique. Un jour, cet employé a disparu. Quelques années plus tard, Jean le retrouve et l'interroge : « Vous distribuez toujours le courrier ? — Non, répond-il, je suis devenu ambassadeur. »

Discours

Personne n'a été plus doué pour l'art du discours et plus conscient de l'ennui que cet art peut susciter de la part des fâcheux sur un malheureux public captif.

Instrument délicieux entre ses mains, véritable stradivarius, il peut se révéler une massue redoutable capable d'assommer les auditoires. Souvent, Jean d'O commençait par raconter l'histoire d'un fameux dragon qui terrorisait les habitants : il violentait les femmes, tuait les hommes, détruisait les récoltes. Personne n'était parvenu à en venir à bout. Un jour, un jeune étranger vint voir le conseil des sages et lui proposa de chasser le dragon. On accepta faute de mieux sa proposition. Le jeune intrépide se rendit auprès du dragon et lui murmura quelque chose à l'oreille. Aussitôt, le visage du monstre prit une expression terrifiée et s'enfuit à toute allure. Le chef du conseil des sages félicita chaudement le jeune homme et lui demanda : « Mais comment avez-vous fait ? Que lui avez-vous murmuré à l'oreille ? — Je lui ai dit : il va y avoir des discours. » Son talent était si légendaire à l'Unesco que le directeur général aurait, disait-on, fait afficher une note pour alerter les orateurs des divers colloques : « Ne jamais prononcer un discours après Jean d'Ormesson. »

Dorsac

C'est un personnage de roman né de ma relation ambiguë avec Jean lors de notre expérience funeste de collaboration au *Figaro*. Rien ne pouvait paraître plus merveilleux pour le jeune homme de trente ans que j'étais que la perspective de travailler avec Jean comme directeur au *Figaro*. Ne réunissait-il pas dans sa personne tout ce à quoi j'aspirais : un fou de littérature comme je l'étais moi-même, un libéral dans l'âme, doué d'humour, de distance, d'élégance et de courtoisie, qualités qu'on ne trouve pas toujours chez les épais percherons de la presse. De plus, cet homme de haute civilisation était mon ami et il m'avait manifesté en de maintes occasions, moi qui – ô honte ! – n'avais encore publié aucun livre, l'estime dans laquelle il tenait mon talent de journaliste. Rien pourtant ne devait se révéler plus catastrophique. Aux délicieuses illusions allait succéder l'amertume. À l'espoir d'une harmonieuse entente entre nous au bénéfice de ce grand journal, la zizanie, les malentendus, les déchirements. Au lieu de la félicité, une brouille de trois années. Si éloignés que soient ces événements, j'en ai gardé une blessure. C'est de cette blessure qu'est né le personnage de Dorsac dans mon roman *Les Feux du pouvoir*. La première syllabe de ce nom était claire, la seconde était un clin d'œil à ces grandes figures d'ambitieux qu'ont illustrées Rastignac ou Chirac. Personnage composite bien sûr, dont les traits, la personnalité et les origines n'avaient qu'un lointain rapport avec ceux de Jean. En revanche, le drame qui se nouait entre les deux principaux protagonistes, Luc, qui était mon double littéraire, et Dorsac, retraçait la plupart des épisodes que nous avions vécus, et surtout les sentiments d'amitié passionnée qui nous avaient unis avant de nous déchirer. Beaucoup plus tard, après nous être réconciliés au-delà du possible, j'écrivis un récit de souvenirs, *Nous ne savons pas aimer*, (Gallimard, 2002), dans lequel j'évoquais cet épisode douloureux et son issue finalement heureuse. J'écrivais : « Ce fil que nous avons renoué alors, plus rien ne l'a rompu. Je n'imagine pas aujourd'hui qu'il puisse cesser d'exister quand bien même nous serions à nouveau séparés, ou même évaporés dans des espaces infinis. Demain, quand nous aurons quitté cette planète de beaux paysages et de passions vaines, je nous imaginerais bien dans ces lieux interstellaires avec vue sur la Méditerranée continuant à deviser, à nous écrire des petits billets comme le jeudi pendant les séances du Dictionnaire, nous adressant des messages portés par les nuages. Mais quels événements peut-on encore commenter dans l'au-delà ? Le rire est-il encore en usage ? Y a-t-il une littérature là-haut ? Nous nous rappellerons des souvenirs de notre vieille planète et des êtres étranges qui la peuplaient. Nous la regarderons du point de vue de Sirius toujours agitée, toujours nerveuse. Nous nous donnerons des nouvelles de quelques anges blonds. De quoi aurons-nous le privilège de garder la mémoire ? De tout ce qui a enchanté nos yeux, notre peau, les caresses de l'eau, du vent et de l'amour ? Tandis que nous naviguerons sur les plaines nuageuses de l'éternité, regretterons-nous ce temps de notre vie aussi brève et irréelle qu'un rêve ? » Il m'écrivit alors une lettre qui m'est chère : « Ah, j'espère bien que nous continuerons encore longtemps à échanger des messages portés par les nuages. Et que nous ne nous abandonnerons pas dans l'autre monde comme j'ai pu te faire croire que je t'avais abandonné dans celui-ci. Je t'embrasse tendrement. » Et il signait Dorsac.

Voir : Aron, Raymond ; *Figaro, Le* ; Pétroliers.

Douane de mer, La

Il ne serait venu à l'idée d'aucun critique littéraire des *Inrocks* ou de *Télérama* qu'un écrivain descendant d'une lignée fameuse, qui a aggravé son cas en entrant à l'Académie, pis en devenant directeur du *Figaro*, pouvait être un auteur d'avant-garde, oui, un de ces novateurs qui font les délices des universités américaines à l'instar de Joyce, Blanchot ou Nathalie Sarraute, ces géants statufiés par l'intelligentsia, auprès desquels les romanciers traditionnels font figure d'enfants naïfs qui s'entêtent à enfourcher le vieux canasson de leur grand-père en s'imaginant qu'il galope, alors qu'il reste cloué sur sa planchette à roulettes. Pourtant Jean d'O a l'air de poursuivre le même livre, qu'il publie sous des avatars différents. Son héros n'a pas changé, c'est le temps et son délicieux contrepoison l'amour, agrémenté de paysages, l'Italie, la Grèce, Venise, Rome, Symi, quelques repères chronologiques, le big bang, la chute de Rome, la Seconde Guerre mondiale, et une figure emblématique : Chateaubriand. Un homme de tradition confronté à l'un des bouleversements les plus grands du monde moderne, la Révolution, et qui a révolutionné la littérature par la force de sa sensibilité et de son style. Avec *La Douane de mer*, il offre un *Du côté de chez Jean* qui s'ouvre non plus uniquement sur lui-même, mais sur le monde, sur son histoire, sa culture, les grandes questions qui l'agitent. Cela pourrait avoir un côté *Encyclopedia universalis* revisitée par un Voltaire facétieux, si ce regard sur le monde n'était pas parfaitement subjectif. Il y a peu de gens qui, racontant l'histoire du monde, considéreraient que Chateaubriand y occupe une place centrale. La vision de Jean d'O, si elle est celle d'un philosophe, est plus encore celle d'un philosophe pétri par le siècle des Lumières. C'est ce même ton ironique et pétulant qui évoque les choses sérieuses sans se prendre au sérieux. Autre trait du XVIIIe, cette curiosité pour les sciences, pour la civilisation, le goût du savoir encyclopédique et ce souci maniaque de ne rien manquer de l'histoire des idées en marche et de ne pas rater le dernier métro de l'aventure intellectuelle. Passionné par aujourd'hui, Jean d'O est déchiré parce que tout ce qu'il aime est d'hier. Sauf en littérature où, en dehors de Chateaubriand, de Racine et de quelques autres, ses goûts le portent à l'opposé de la littérature romanesque traditionnelle. Il aime particulièrement Borges, Perec et tous les dynamiteros du genre romanesque. Jamais il n'est meilleur que dans cette veine de *La Douane de mer* où il s'acharne à déconstruire le roman, à le subvertir afin de le plier à ses obsessions. Mais cela reste de la littérature, de la vraie, qui toujours se moque de la littérature.

Druon, Maurice

C'était ce qu'on appelle un personnage haut en couleur. D'abord les trois couleurs, le bleu, le blanc et le rouge, que cet auteur du *Chant des partisans* évoquait avec orgueil. Son gaullisme viscéral sans nuances ne supportait pas la critique. Sa personnalité bouillonnante était un vaste territoire de contrastes : compagnon de route des communistes après la guerre, devenu ministre des Affaires culturelles de Georges Pompidou, contempteur du monde bourgeois dans son roman *Les Grandes Familles*, vaniteux comme une poule faisane, il pouvait se montrer simple en petit comité : matamore, il était capable de courage. Du haut de son magistère de l'Académie dont il était devenu le secrétaire perpétuel, il régnait tel un Jupiter tonnant, imposant ses antipathies et ses caprices, ses foucades et ses détestations. Aimant les honneurs comme un potentat oriental, bariolé de décorations dignes d'un maréchal soviétique, il manifestait une ostentation de grandeur qui pouvait agacer. Mais c'était un homme profondément chaleureux, un vrai Russe, qui ouvrait grands ses bras et proposait de la vodka pour tout le monde. Ami de jeunesse pour Jean, ils s'aimaient et s'agaçaient. Jean n'aimait pas ceux qui jouent les importants ; Maurice regardait sans bienveillance le succès consensuel de son ami, lui dont la personnalité était sujette aux emportements et aux polémiques. Mais restait entre eux un indéfectible fond d'affection et de sympathie que rien ne pouvait profondément entamer : ni leurs divergences sur la candidature de Michel Droit, celles de Marguerite Yourcenar ou de Valéry Giscard d'Estaing, ou des oppositions littéraires à propos du Grand Prix du Roman attribué à Jonathan Littell. Littérairement, ils auront eu comme point commun d'atteindre le grand public et la célébrité : Druon avec *Les Grandes Familles* et *Les Rois maudits*, Jean avec *Au plaisir de Dieu* et *Le Vent du soir*, mais ils se séparent diamétralement dans leur conception de la société. Druon dresse un terrible réquisitoire contre la bourgeoisie d'argent, gangrenée par les trafics, la corruption, l'arrivisme frénétique, alors que Jean voit rarement le mal, ou du moins ce mal est-il toujours dissimulé pour lui par le plaisir et l'acceptation franciscaine des hommes tels qu'ils sont. La contestation sociale est inconnue chez Jean. Il a gardé dans un corps et des idées du XXe siècle une âme d'Ancien Régime. Il admire Marx, mais il ne peut pas au fond admettre une lutte des classes qui ne trouve pas le plus petit écho en lui-même. De la même façon, il accepte le monde tel qu'il est à la manière du *Mondain* de Voltaire, alors que Druon ne cesse de fulminer ses anathèmes contre notre époque avec la violence d'un Jean de Patmos du Quai Conti. En creux, il existe un Druon plus tragique, traumatisé par ses origines et la mort de son père, et aussi peut-être secrètement dévasté de ne pas avoir enfanté la grande œuvre qu'il sentait en lui et qu'il n'a pu écrire.

E

Eau

L'eau était son élément. Il aimait la boire, contempler les étendues liquides, la mer bien sûr, mais aussi les lacs, les rivières, les torrents. Il y avait du poisson en lui.

Il ne cesse dans ses livres de faire l'éloge de l'eau, de toutes les eaux, celle de la mer, l'eau des lacs, des torrents. Ou celle qu'il boit. « L'eau ! Je ne sais pas à qui je dois l'eau. À un mécanisme plein de mystère ? À une succession de hasards ? À un dieu ? Ou à Dieu ? Boire un verre d'eau, après l'effort, l'été, sous le soleil, a toujours ouvert pour moi comme une porte du paradis. J'ai aimé l'eau qui me coulait dans la gorge. J'ai aimé l'eau où je me jetais sous les flammes de l'été. Je voudrais faire le portrait de l'eau comme celui d'une personne. Il y a beaucoup d'eaux différentes, et l'eau du lac de Trasimène n'est pas l'eau des torrents du Tyrol. L'eau de la Seine n'est pas l'eau de Patmos, comme le portrait de François n'est pas le portrait de Jean-Marie. Jongleuse perpétuelle, fantôme métaphysique, l'eau est toujours l'eau, évanescente et subtile, sans couleur et sans forme, prenant toutes les couleurs et prenant toutes les formes. »

Voir : Bains de mer.

Écrivain

C'était la seule identité qu'il revendiquait, son unique et obsessionnelle ambition. Une vocation née vers la vingtième année et qui n'a fait que se renforcer avec le temps. S'unissaient dans cette passion son goût pour les lettres, sa curiosité universelle et la satisfaction d'avoir trouvé un remède magique à cette dispersion où il avait toujours craint de se perdre. Cette *fluctuatio animi* contre laquelle avait lutté Spinoza en édifiant la solide forteresse de son *Éthique.* Désormais, écrivain, cette dispersion puisait sa cohérence dans la création. Il ne visait nullement à être un génie, prétention à ses yeux aussi vaine que ridicule, mais à écrire le mieux qu'il pouvait à la lumière de cette vérité qui lui semblait inséparable de la probité de l'artiste. Il était un écrivain qui aimait les écrivains, et ses livres sont une merveilleuse caisse de résonance de cette passion. Cela explique notre entente : il incarnait pour moi l'écrivain idéal, à la fois profond et léger, vivant, érudit et drôle, amoureux des beaux textes, des beaux paysages et des créatures de rêve. C'est cette folle passion non seulement pour la littérature mais pour une même conception de la littérature qui nous a réunis. Il cumule – et c'est aussi sans doute une des raisons de son succès – toutes les qualités de l'écrivain français : raffiné et populaire, s'adaptant à toutes les circonstances et passionné de politique. Quelle place s'accordait-il dans l'histoire de la littérature ? Cette fausse question ne semble pas l'avoir beaucoup préoccupé. D'abord parce qu'il avait beaucoup de doutes sur l'avenir même de la littérature. Il se demandait si elle existerait encore dans cinquante ans. Il avait vu le statut de l'écrivain – au zénith dans sa jeunesse – péricliter au profit des stars de la télévision. L'aristocratie bourgeoise qui les avait soutenus, encouragés, entretenus, était elle aussi mal en point. Elle se désintéressait des lettres, qui avaient été jusqu'alors le pré carré de son prestige, pour s'adonner aux délices financiaro-boursiers et aux dédales esthétiques de l'art contemporain. Lui seul a réussi à maintenir un statut qui s'effilochait par la grâce de sa personnalité amphibie, à la fois hautement littéraire et prodigieusement médiatique. Son art de vivre ostensiblement hédoniste, l'absence de tragédie personnelle, familiale, historique à affronter lui faisait craindre de ne pas être prédisposé à écrire une de ces grandes œuvres qui se nourrissent du malheur. Privilégié, gâté par la vie, enfant chéri de la chance « manquant de privations », selon la célèbre expression du docteur Véron, il n'a pas connu ces expériences dramatiques qui ont exalté le génie d'un Dostoïevski, d'un Victor Hugo, d'un Drieu la Rochelle ou d'un Léon Bloy, la prison, l'exil, la guerre, le pain noir de la pauvreté. Si le diable dans un pacte faustien lui avait proposé le génie de ces grands devanciers mais accompagné d'une existence obscure, miséreuse, minée par la maladie, l'adversité et les humiliations de toutes sortes, quel eût été son choix ? Pour être franc, je m'interroge encore. Mais il me semble qu'il n'aurait pas échangé sa vie pour celle de quiconque, fût-ce celle du plus grand génie.

Épée

Jean le pacifiste n'en a jamais détenu qu'une, celle d'académicien. Il l'a reçue des mains de Gaston Palewski dans les jardins du château d'Ormesson, en présence du « gratin », pour employer une de ses expressions favorites, notamment Jackie Kennedy. Son comité de l'épée, présidé par Gaston Palewski, comptait Raymond Aron, Michel David-Weill, Valéry Giscard d'Estaing, mêlés à des amis proches, Michel Mohrt, François Nourissier, Maurice Rheims, Jean-François Revel, Kléber Haedens. Sur l'épée il a fait graver les armes de la famille d'Ormesson : les lys, une lanterne en souvenir de la revue *Diogène,* ainsi qu'une chouette qui symbolise à la fois la Grèce, la déesse Athéna et la philosophie.

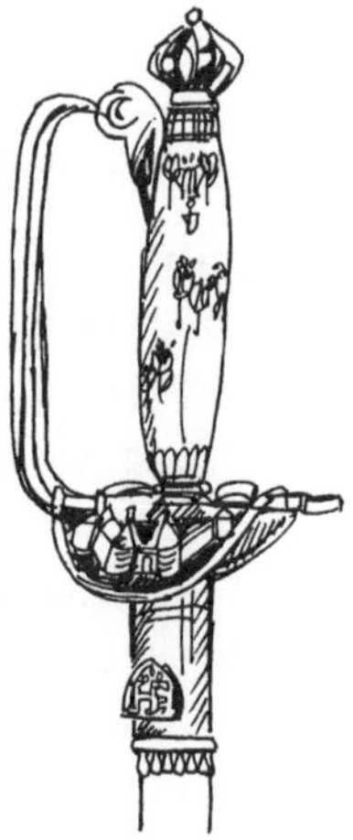

Éreintements

Jean n'a pas connu que la gloire. Il a connu beaucoup d'éreintements. Avant d'être l'objet d'un grand consensus auprès des Français et d'être considéré comme un monument national, il a subi comme tout écrivain des articles rudes, voire injustes, et des volées de bois vert. Avec le recul cela paraît inimaginable. Et pourtant ! C'est à son ami Bernard Frank que revient la palme des mercuriales. Celui-ci semble éprouver un plaisir sadique à se moquer d'un ami qui lui a manifesté des témoignages de la plus vive admiration, notamment dans la critique qu'il lui a consacrée dans *Arts* à propos de *La Panoplie littéraire*. Il s'attaque à *Du côté de chez Jean*, son troisième livre : « Jean d'Ormesson a le “je” maladroit. On dirait un petit chien qui jappe à tort et à travers, qui voudrait jouer avec nous et qui pour ce faire nous apporte sans se lasser les objets les plus divers afin que nous les lui relancions [...] Il veut tellement être étourdissant qu'on finit par ne plus l'entendre [...] on dirait une chanson de Béard ou de Bécaud, mais sans la voix... un disque qui n'en finirait pas et qui buterait obstinément sur les mêmes mots : merci, merci, mon Dieu, pour le soleil, la vie, la plage, le sable chaud, les femmes. Merci, mon Dieu, d'avoir songé à me créer. Merci, merci, merci... Ce petit livre personnel manque terriblement de chair. On voudrait des noms, des faits, des anecdotes, des drôleries. Le “je” en littérature ne pardonne pas : il sèche, il se coagule ou il s'évapore. Le “je” de Jean d'Ormesson au fur et à mesure qu'il se dévoile se voit mystérieusement effacé par un impitoyable Corrector. » Dans leur correspondance privée, Morand et Chardonne ne se montrent pas plus élogieux. Chardonne à propos de *Du côté de chez Jean* : « Le livre de D'Ormesson manque curieusement de talent. » Morand répond : « De courts essais, gentil, mais de second choix. »

La Gloire de l'Empire, malgré son succès, suscite également des piques. Un critique suisse évoque « des trucs agaçants, irritants » dans un roman « fabriqué et prétentieux et vainement ambitieux ». Il conclut : « Comment est-il possible d'obtenir un grand prix à si bas prix ? » Mais c'est le critique Jean-Didier Wolfromm qui emporte la palme de la méchanceté : « Comme l'Empire a résisté au temps, le livre résiste à la lecture, composé de phrases sublimes qui pèsent le poids du marbre où assurément elles ont été écrites. Le style de l'auteur – qui ne se veut qu'un modeste compilateur – est – je pèse mes mots – totalement illisible : la redondance et le ton ampoulé le disputent à la banalité des situations, à la minceur de l'intrigue. La trame historique de cette histoire est elle-même d'une rare indigence. *La Gloire de l'Empire* ne serait-elle que le roman du Facteur Cheval ? Ou l'œuvre folle d'un écrivain play-boy qui se prendrait pour un Louis II de Bavière romancier ? Ou encore et plus simplement un livre gonflé d'orgueil, fresque à la Puvis de Chavanne qui aurait été éclaté en morceaux à la suite d'un courant d'air au Panthéon. Je préfère choisir la thèse de la farce, mais pour un canular de cinq cents pages, c'est bougrement long. »

Heureusement pour lui, avec *Au plaisir de Dieu* plus aucune voix ne s'élève pour faire la moindre réserve sur son talent. Sauf l'irréductible Bernard Frank bien sûr qui, avec une ironie amère, dans son coin, tel Iago, se lamente sur un succès qui l'exaspère : « De loin, j'ai donc suivi la prodigieuse carrière de Jean, ces carrières qui sont souvent le deuil éclatant de ceux qui n'ont pas de génie. » Tous les critiques y vont de leur coup d'encensoir. Même Paul Morand, toujours réservé sur son cadet, ne peut dissimuler son admiration. Il est littéralement époustouflé par la prouesse de l'écrivain. Jean doit se sentir soulagé. À quarante-cinq ans, il touche enfin à la consécration.

Avec *La Douane de mer*, les vacheries reprennent : un critique suisse de *La Liberté* l'accuse de transformer ses romans en cours de civilisation pour étudiants de l'Alliance française, « de se noyer dans une bouillabaisse de culture ». Il conclut : « À tant étaler sa culture, Jean d'Ormesson n'est-il pas devenu un raseur de génie ? » Mais Jean-Louis Ezine dans *Le Nouvel Obs* rétablit l'équilibre avec humour : « Avec lui c'est toujours comme en khâgne, monade et rigolade, ou comment faire pétiller Leibniz sans en avoir l'air. C'est le Fred Astaire de la phénoménologie. »

Jérôme Garcin, qui n'a jamais été vraiment séduit par la *d'Ormesson's touch*, se déchaîne dans *Le Nouvel Obs* à propos de *Presque rien sur presque tout* : « C'est au roman ce que le *Quid* est à *La Comédie humaine*, le *Reader's Digest* au *Mahabharata*. L'auteur a mis tout en fiches, placé l'univers sur écoute téléphonique, fait la synthèse de quinze milliards d'années et passé l'être humain au scanner. Cela tient au mieux de l'éclatante dissertation sur la soupe primitive, l'âme du monde et l'ombre de Dieu, et l'on se sent ragaillardi ; au pis, de la causerie dominicale sur le chien, le chat, la liberté, le rire, et l'on a l'impression d'être une vieille paroissienne sommée d'écouter le conférencier. »

Avec *C'est une chose étrange à la fin que le monde*, Philippe Lançon reprend le rôle de ceux qui, comme Bernard

Frank, sont allergiques au style, au personnage, à l'ambition romanesque de Jean d'O. Mélange d'*a priori* social, d'antipathie pour une littérature antidostoïevskienne ou tout simplement parce que, comme pour Swann, « ce n'est pas leur genre » : « Ses livres sont des conversations au bridge, on les suit sans déplaisir et sans écouter. Ils fument le thé, mouillent les madeleines, tendent le velours des rideaux. Ils font glisser le temps qui passe. »

Enfin son entrée dans la Pléiade suscite un pamphlet de Romaric Sangars : « Suffirait-il d'aller gifler Jean d'Ormesson pour arranger la gueule de la littérature française » dans lequel l'auteur, selon la loi du genre, n'y va pas avec le dos de la cuillère : « Ce qu'incarne Jean d'Ormesson ? Tout compte fait, presque rien. Tout ce qu'il a produit n'est qu'un incessant bavardage, dénué du moindre style, mais glaviotant avec gourmandise une érudition de surface n'ayant d'autre effet que de se donner un air philosophe et charmant à l'heure du thé, entouré de trois vieilles filles du centre droit, sans s'apercevoir, ravi de gloussements divers, qu'à l'extérieur le monde s'écroule. »

Voir : Fan-club.

Espérance

À défaut de croire, d'avoir la foi, Jean d'O parle d'espérance. Il cite souvent Michel-Ange : « Dieu décida un jour de donner une sœur au souvenir. Il l'appela l'espérance. » C'est ainsi que Jean voit la croyance en Dieu, la forme d'une espérance : « La seule question est de savoir si cette éternité est vide et sans le moindre sens ou si elle est pleine d'une espérance obscure capable de lui donner une sorte de signification. »

Éternité

Quel sujet pour un homme dont la passion dominante, l'interrogation perpétuelle, le thème central, « le cœur incandescent », est le temps : « Qu'est-ce qui est éternel, nous le savons très bien : c'est ce qui nous attend ; nous sommes destinés à l'éternité parce que nous sommes nés et parce que nous mourrons. La vie n'est que le vestibule et la préface à la mort. Naître n'est rien d'autre que commencer à mourir », et après cette réflexion digne d'un stoïcien, il envisage notre sort sans laisser beaucoup de place à l'espérance. S'il se défend d'être athée, il n'en est pas loin : « Un des arguments les plus forts de ceux qui sont persuadés que la mort débouche sur le néant est que ce qui se passe après notre mort ne fait que reproduire ce qui se passait avant notre naissance. Où étions-nous avant de naître dans ce monde et dans le temps ? Nulle part ! Où serons-nous après cette sortie de ce monde et du temps ? Nulle part ! Tout au long de notre vie nous courons du rien au rien. »

F

Fan-club

On trouve de tout dans ce fan-club. Comme dans ces soirées de second ordre auxquels les puristes mondains font le reproche d'être « mélangées », et qui sont souvent les plus distrayantes. Des critiques et des écrivains de droite croisent des feuilletonistes de *L'Humanité* ou du *Nouvel Obs*. Bernard Degout et Philippe Berthier, dans leur appareil critique de la Pléiade, notent cette extraordinaire conjonction. Pour simplifier, disons qu'après la traversée du désert de ses premiers livres, jusqu'à *La Gloire de L'Empire*, un désert cruel dans lequel il y a surtout beaucoup de silence et pas mal de flèches, Jean d'O connaît une embellie qui ne le quittera plus. Non seulement parce que le succès en impose, mais parce que l'écrivain a fini par atteindre sa maturité romanesque. Si pleins de charme que puissent être *Au revoir et merci* ou *Du côté de chez Jean*, ils n'ont pas l'ampleur des romans qui vont suivre. Paul Morand est de ce point de vue un bon indicateur de la tendance, comme on dit à la Bourse.

Il a beau trouver Jean infiniment intelligent et sympathique – et d'une excellence naissance, ce qui pour ce vieux snob a son importance –, il juge les premiers livres faibles, un peu niais, et sans commune mesure avec l'étincelant journaliste de *Arts*. Morand commence à découvrir le talent de son protégé avec *La Gloire de L'Empire,* avant d'être complètement conquis par *Au plaisir de Dieu*. Son vieux complice Jacques Chardonne aurait sans doute suivi le même chemin. Mais il meurt en 1968.

Après Morand, c'est un de ses amis, l'écrivain François Nourissier, qui va accompagner le plus fidèlement Jean d'O de son éclairage critique. Il est à la fois bien et mal placé pour remplir ce rôle, même si l'objectivité n'existe pas en matière de critique littéraire. Il vaut mieux parler d'honnêteté. Sans parler de leur amitié, c'est Jean qui fait venir Nourissier au *Figaro*. Mais celui-ci garde une grande indépendance critique même envers ses amis proches. Sa grande intelligence, sa vaste culture, la puissante tribune de laquelle il s'exprime, *Le Figaro*, font de lui le grand critique de cette époque. Bien qu'ils soient l'un et l'autre diamétralement opposés sur le plan romanesque – Nourissier est aussi terre à terre que Jean est aérien, aussi réaliste que Jean est magique –, ce sont deux fous de littérature qui se comprennent. Nourissier est l'un des premiers à souligner l'importance de Jean dans la perspective d'une révolution romanesque dont sans doute il ne partage pas les audaces et les folies, même s'il les comprend dans ses divers avatars chez son ami Aragon qui se cherche dans chacun de ses livres. Il reste un classique, un admirateur de Morand, de Drieu la Rochelle. Deux écoles, pourrait-on dire, opposées. Lui aussi, en saluant *La Gloire de l'Empire,* mesure le chemin parcouru depuis les premiers livres : « Il avait donné jusqu'à ce jour des récits élégiaques, entraînants, chaleureux, parfois un peu bavards. Le meilleur et le plus intime était *Au revoir et merci*. Cette fois, il a sauté le pas. »

De tous les critiques qui l'accompagneront fidèlement, Kléber Haedens est certainement celui qui, avant tous, décèle le talent de Jean d'O dans ses premiers livres. Malgré quelques réserves, il salue avec chaleur *Au revoir et merci* : « Ce récit allègre et griffu, présenté comme un roman, est en réalité une autobiographie dont la sincérité reste évidente. L'auteur parle beaucoup de lui-même. Ce n'est pas par orgueil ou par simple vanité, c'est par modestie. Jean d'Ormesson se juge en effet si frivole qu'il n'est pas tout à fait convaincu de sa propre réalité. En écrivant sur lui, il a l'impression qu'il se crée, qu'un homme vivant sort tout entier des phrases dont il est à la fois le sujet et l'auteur et que la présence même de ce livre lui donnera pour longtemps la sensation grisante d'exister. » Mais il réserve tout son enthousiasme pour *La Gloire de l'Empire* : « Nous ne dirons pas que *La Gloire de l'Empire* est une autobiographie de Jean d'Ormesson, mais qu'il s'agit, plus qu'on ne le croit peut-être, d'une confession de son esprit. Tout le livre, au-delà des événements les plus violents, les plus cruels ou les plus tendres, aboutit à une pénétrante méditation sur l'histoire qui révèle, chez Jean d'Ormesson, le triple goût du passé, du mouvement vers l'avenir et de la difficulté vaincue couronnée par la gloire. Certaines de ses pages ont la majesté des grands tableaux historiques où les attitudes, les lumières et les armes provoquent une réflexion nourrie par la connaissance politique du passé. »

Les critiques Matthieu Galey, Jacques Brenner, André Brincourt, Pol Vandromme, Philippe Sénart, Pierre de Boisdeffre, Paul Guth, Jacqueline Piatier, Robert Kanters ou Georges Anex en Suisse vont eux aussi construire la renommée littéraire de Jean et cimenter une réputation de grand écrivain que l'accueil fait autour de ses premiers romans n'annonçait pas. Plus étonnant est le soutien apporté à sa gloire naissante par les critiques d'obédience communiste. Hubert Juin, dans *Les Lettres françaises*, note l'importance du livre : « On voit bien que le symbolisme mis en œuvre, ainsi qu'une machine à rêver, par Jean d'Ormesson n'a pas pour mission de brouiller l'idée que l'on pourrait avoir de l'histoire des hommes, mais, au contraire, avoue son but : aiguiser cette idée même. Et d'abord, souligner ce qu'il y a de conforme entre l'histoire imaginaire et l'histoire réelle, comme si les hommes ne pouvaient rigoureusement rien inventer de véritable qui ne vienne se mesurer à l'idée étalon du véritable. » Quant au prestigieux critique de *L'Humanité*, André Wurmser, déjà tombé sous le charme d'*Au revoir et merci*, « confessions sans fard et réflexions nonchalantes », il va s'emballer pour *au Plaisir de Dieu*. Il ne boude pas son plaisir devant cette histoire d'un château, de ses aristocrates et de leurs fréquentations huppées de grands industriels qu'il aurait sans doute, en d'autres temps et en d'autres circonstances, envoyés allègrement à la guillotine. Miracle de la littérature : il passe un très bon moment avec eux et tombe sous le charme de leur chroniqueur. Les critiques de *L'Humanité* garderont un faible pour Jean : que ce soit Claude X ou Jean-Claude Lebrun, ils auront à cœur de séparer l'homme de droite et ses positions politiques qu'ils combattent de l'écrivain qui les séduit.

Autre fidèle du fan-club, bien sûr, Bernard Pivot, qui dans son journal *Lire* ou à « Apostrophes », contribue à donner au succès de Jean d'O une ampleur considérable auprès du grand public. Il l'invite à vingt-sept reprises. « D'Ormesson est incapable d'écrire *Voyez comme on galère, Voyez comme on souffre, Voyez comme on s'embête.* Le bonheur, ou l'ivresse mélancolique qui en tient lieu, est son affaire. Il a la générosité de laisser la détresse aux autres. À chacun ses compétences. » Bernard Pivot, loin de faire chorus avec ceux qui reprochent aux derniers livres de Jean d'O leur caractère répétitif, y trouve un charme supplémentaire : « Jean d'Ormesson ressemble à ces conteurs à la veillée d'autrefois dont on appréciait d'autant plus les récits qu'on se reprochait de les avoir déjà oubliés. » François Busnel, son successeur, ne se montre pas moins enthousiaste et l'invitera quatorze fois sur son plateau de « La Grande Librairie ».

Puis viendra une autre génération de critiques qui, à son tour, se laissera prendre aux sortilèges de ses romans : Renaud Matignon, Marc Lambron, Jean-Paul Enthoven, le néo-Hussard Éric Neuhoff, Franz-Olivier Giesbert, Patrick Grainville, le fidèle Étienne de Montety, qui a employé la belle formule à propos de *La Gloire de l'Empire* : « Il est entré en littérature en 1971 avant Jésus-Christ », Olivia de Lamberterie, Pascale Frey, Jean-Louis Ezine. Dans cette génération, c'est peut-être Jean-Paul Enthoven et Marc Lambron qui se sentiront le plus d'affinités avec lui. Jean-Paul Enthoven analysera ses livres avec une curiosité renouvelée : « Depuis quelques romans – depuis toujours ? –, l'officiel Jean d'Ormesson cache bien son "je". On le croit frivole ? Mais c'est en pascalien, ou en spinoziste, qu'il se divertit. Jouisseur ?

Oui, à l'évidence, mais son plaisir, curieusement, se décline sur fond de néant. Mondain ? Égotiste ? D'humeur champagne ? Et pourtant ce galant vibre comme personne à la puissance des tragédies collectives ou des destins brisés. Après tout, semble-t-il démontrer avec tact, pas besoin d'être sinistre à la Houellebecq, ou méchant à la Angot, ou trash tendance *Inrocks*, pour explorer la solitude de l'homme sans Dieu. Ni de sacrifier à la chair triste pour faire moderne. » Quant à Marc Lambron, non seulement il lui consacrera plusieurs chroniques, notamment à propos de *Voyez comme on danse* ou *La Douane de mer* : « L'ensemble est d'une ambition rare, entre le grand roman d'ampleur latino-américaine et la cosmographie en forme d'autoportrait », mais il préfacera ses œuvres sous le titre *C'est l'amour que nous aimons* dans la collection Bouquins, dirigée par Jean-Luc Barré. Jean d'O, de son côté, lui remettra son épée d'académicien. Franz-Olivier Giesbert, si différent de lui que soit ce néo-naturaliste, tombe également sous le charme. Il souligne à propos de *Je dirai malgré tout que cette vie fut belle* : « Le livre le révèle tout entier. Dernier requiem d'un monde en démolition avant l'engloutissement définitif. D'où la mélancolie qui nous étreint, parfois, en suivant les aventures de Jean qui rit. »

Jean d'O, en dépit de quelques irréductibles critiques allergiques à ses livres et à son univers romanesque, aura connu jusqu'à sa mort un engouement qui n'a pas faibli. Ce qui est rare dans l'histoire littéraire. Montherlant, Julien Gracq, Michel Tournier, François Nourissier, Cioran, si talentueux qu'ils fussent, n'ont pas eu la même chance. Mais tous n'ont pas eu non plus l'extraordinaire pétulance personnelle et le talent médiatique de l'Enchanteur.

Fethiye, baie de

Si le paradis existe, Jean aurait aimé qu'il ressemble un tant soit peu à cette baie enchantée de la côte turque. Ce lieu d'une extrême douceur avec ses pins qui couvrent les collines était pour lui, avec Saint-Florent, un des buts qu'il se fixait chaque année. Ses livres témoignent de cette ivresse qu'il se promettait de retrouver au mois de septembre. Un rendez-vous que pour rien au monde il n'aurait manqué. Quand il se baignait dans ses eaux transparentes, il semblait que plus rien d'autre ne comptait que cette caresse de l'eau tiède, dans ce qu'il considérait comme l'un des plus beaux, sinon le plus beau paysage du monde.

Fièvre verte

Le jour où, pour la première fois, je siégeai parmi les immortels, j'éprouvai un sentiment d'irréalité. N'étais-je pas en train de vivre un rêve ? Je voyais Jean assis en face de moi, et sa présence ajoutait à ce sentiment : était-il possible que le destin ait réalisé ce prodige d'établir un pont entre le jeune homme de dix-huit ans qui désespérait de ne jamais pouvoir écrire et pensait ne jamais rencontrer son idole littéraire, et moi nouvel élu, qui me retrouvais transporté au beau milieu de ces écrivains dont certains étaient des légendes de mon adolescence, comme Maurice Druon, Claude Lévi-Strauss, Maurice Rheims, Félicien Marceau, Michel Déon, Michel Mohrt, Alain Decaux. Quelle suite de hasards, quelle providence avait rendu possible un tel rendez-vous ? Si jamais roman défia la vraisemblance, c'est bien celui-là. Mais le charme particulier de mon élection tenait aux circonstances fantasques et buissonnières qui l'avaient précédée. Loin d'être la conclusion d'une conspiration austère, de tractations ennuyeuses, de grisâtres arrangements, ce qui avait dominé durant ces campagnes académiques marquées de plus d'insuccès que de victoires, c'était l'amusement, le rire, les faux pronostics, les prédictions aléatoires, non pas dans de tristes antichambres, mais en plein soleil, entre deux bains de mer, sur une plage corse où Jean traçait sur le sable les noms de mes possibles supporters et de mes non moins possibles opposants.

La candidature à l'Académie ne laisse pas toujours un bon souvenir. Les candidats, surtout s'ils sont battus, en retirent souvent de l'amertume. Jean Cau a écrit sur ce thème un livre terrible qui daube la duplicité et l'hypocrisie des académiciens auxquels il a eu affaire. J'avoue que, bien qu'ayant dû m'y prendre à plusieurs reprises, ce qui provoque de cuisantes brûlures d'amour-propre, j'ai vu cette aventure comme un jeu ; un jeu dont le but était certes sérieux, mais dont il fallait relativiser l'importance. Et cela, je le dois à la gaieté et à la fantaisie que Jean plaçait en tout, et aussi dans ma laborieuse conquête du Graal académique.

Voir : Remise d'épée, ma.

Figaro, Le

Quelle place cette belle et triomphante forteresse de la bourgeoisie aura occupée dans sa vie ? Jean est impensable sans *Le Figaro*, comme *Le Figaro* est impensable sans lui entre 1975 et 2018. Ils étaient faits l'un pour l'autre. Jean apportait sa fantaisie, sa culture et son talent à ce grand journal libéral, autrefois défenseur des deux cents familles, des valeurs traditionnelles, de la famille, du Comité des forges, du patronat. Et pépinière de tout ce que les XIXᵉ et XXᵉ siècles auront compté de grands écrivains. Tout comme Mauriac, mais dans une version totalement différente, sinon opposée. Aux passions frémissantes, au lieu de la foi catholique toujours sous les armes, Jean apportait une vision libérale, certes fervente, mais plus souple et décontractée, non dénuée de scepticisme. On n'était plus, il est vrai, au temps de la guerre froide et du gaullisme militant. Le giscardisme avait apporté sa décrispation. Premier signe de ce destin figaresque, c'est du balcon de l'immeuble du *Figaro*, édifié par François Coty au rond-point des Champs-Élysées, face à l'hôtel particulier de Marcel Dassault, que Jean, âgé de dix-neuf ans, avait assisté à la descente des Champs-Élysées par le général de Gaulle à la Libération. Il allait occuper ce même bureau directorial ouvrant sur la plus belle avenue du monde. Dès son arrivée à ce poste éminent, l'huissier à chaîne d'argent, un petit monsieur bedonnant qui avait un faux air de l'acteur Carette, nommé M. Fontaine, lui avait apporté la carte d'une visiteuse qui souhaitait être reçue : « Mme Caillau. » Il avait eu la surprise de voir apparaître son ami, le facétieux Jean Dutourd, le visage dissimulé sous une mantille et armé d'un pistolet à eau avec lequel il l'avait aspergé. L'histoire se répétait selon la prédiction de Marx : la première fois comme farce ; le drame, sinon la tragédie, allait suivre.

Jean a avoué sa fièvre romanesque quand il a été élu à la tête du *Figaro* en 1975. « Tous ces souvenirs me tournaient dans la tête quand je fus élu directeur du *Figaro*. J'avais été un peu douché par la lecture d'une biographie d'Alfred Capus. Elle se terminait par ces mots qui tombaient comme un couperet : "Il devient directeur du *Figaro* et cesse d'écrire." À peu près à la même époque, Paul Morand, chaque fois que nous nous voyions, venait vers moi de sa démarche déhanchée : "D'abord pas de pornographie. Et surtout pas de journalisme." En ce temps-là, heureusement, *Le Figaro* était installé au rond-point des

Champs-Élysées. La première fois que je pénétrai dans le grand bureau ovale qui allait être le mien, tout un cortège d'écrivains m'accompagnait en esprit. Je m'avançai vers le balcon qui donnait sur l'avenue. La vue s'étendait de la Concorde à l'Étoile. Je crois qu'une espèce de griserie s'est emparée de moi. Elle n'était faite, grâce à Dieu, ni d'orgueil – il n'y avait pas de quoi –, ni de vanité, ni de goût du pouvoir. C'était un vertige romanesque. Je pensais à Proust et à ses jeux de mémoire. Je pensais à Balzac et au défi à la ville lancé par son héros. Je pensais à Jules Romains et à tous les prestiges de cette immense conspiration, pénétrée de comique, qui se nouait, là, en bas, sous mes yeux, dans ce grouillement de plaisirs, d'intérêts et d'ambitions. »

C'est de la place forte du *Figaro*, puis du *Figaro Magazine*, que Jean allait, à partir de 1981, tirer à boulets rouges sur Mitterrand, les socialistes et les communistes. De là date sa grande popularité dans la bourgeoisie terrorisée après l'élection de Mitterrand. Il fut son héros, le porte-voix de ses exaspérations, de ses craintes. Éditorialiste politique, il remplaça Aron dans le rôle de l'anticommuniste de service – même s'il invitait en sous-main à déjeuner chez lui le directeur de *L'Humanité* – et se révéla un redoutable polémiste en pourfendant Mitterrand, même si cela ne nuisit jamais à leurs relations personnelles qui furent excellentes. Le point d'orgue fut une invitation du Président le jour de son départ de l'Élysée. Plus tard, il collabora aussi régulièrement au *Figaro littéraire*, à la tête duquel il avait contribué à me faire nommer en intervenant en ma faveur auprès d'Hersant. Il publia alors nombre de textes littéraires ou il excellait. Après mon départ en 2002 et mon remplacement par Étienne de Montety, il continua à donner de nombreux articles à mon successeur avec lequel il entretint les meilleures relations, ainsi qu'avec l'ancien directeur Franz-Olivier Giesbert, puis avec Alexis Brézet. Ce fut avec le même Montety qu'il collabora au grand projet de la Bibliothèque du *Figaro*.

C'est comme bref directeur de ce grand journal dans des circonstances particulièrement difficiles que son attitude reste la plus contestable. Il y brilla moins que comme éditorialiste. Élu par la rédaction pour régler la délicate question du statut du journal, la propriété morale étant détenue statutairement depuis la Libération par les journalistes, par le biais d'une société fermière, il ne mesura sans doute pas l'enjeu de sa mission. Ou jugea-t-il que ce droit était léonin et lésait celui du propriétaire ? Dans ce cas, on peut imaginer l'affrontement qui l'aurait opposé à François Mauriac dont cela avait été le combat, si celui-ci avait été encore de ce monde. En tout état de cause, la version qu'il donne de ce conflit avec les journalistes n'a qu'un rapport très lointain avec la réalité. Aussi lointain que la description des chutes du Niagara par son ami Chateaubriand. Du moins celui-ci avait-il l'excuse de ne pas avoir mis les pieds dans le lieu qu'il décrivait. Ce qui n'était pas le cas de Jean, qui était bel et bien présent et acteur des faits. Mais c'est peut-être là l'explication : il se rêvait en directeur du *Figaro*. La réalité ne lui importait pas. Peut-être même cette charge lui était-elle insupportable, car elle le détournait de son seul véritable amour : la littérature.

Tout le malentendu entre Jean et les journalistes du *Figaro* a-t-il son explication dans la psychanalyse ? C'est ce que lui suggère Bernard Pivot dans une de ses questions pour son magazine *Lire* : n'a-t-il pas considéré *Le Figaro* comme un autre Saint-Fargeau, un château de famille de remplacement ? « C'est très possible. On croit que les gens obéissent à des motifs politiques et, en réalité, ils obéissent – nous le savons depuis cinquante ou soixante ans – à des motifs tellement plus mystérieux. Il est certain que la chute de Saint-Fargeau, qui a donné naissance avec une clarté aveuglante à *Au plaisir de Dieu*, n'est peut-être pas tout à fait étrangère à l'idée qu'il fallait reconstruire Saint-Fargeau ailleurs et que ce que je n'avais pas pu faire à Saint-Fargeau, je le ferais sur le mode intellectuel au rond-point des Champs-Élysées. »

Évidemment, *Le Figaro* avait beau avoir installé ses salles de rédaction dans l'ancien hôtel particulier du parfumeur François Coty, rond-point des Champs-Élysées, dans des enfilades de salons aux tentures vieillies, Jean fut loin de trouver auprès des journalistes la docilité féodale et le respect héréditaire des domestiques de

Saint-Fargeau, blanchis sous le harnois des traditions, confits dans le respect et la déférence pour leurs maîtres, ignorant l'existence et jusqu'au mot de syndicat ou de revendication sociale. La gent journaliste à laquelle il allait avoir affaire, sans avoir un couteau entre les dents et la bave revendicatrice aux lèvres, était par nature portée à l'indocilité. Entre le petit Lord Fauntleroy, héritier subit de ce domaine journalistique mythique, et une rédaction elle aussi fière de ses prérogatives et de ses quartiers de noblesse culturels, de plus rouspétante, ronchonnante et récalcitrante, le malentendu était total. On passa vite de la grande passion réciproque à la procédure de divorce aux torts partagés. Pour sortir du dramatique imbroglio juridico-politique dans lequel s'embourbait *Le Figaro*, il eût fallu une sorte de Napoléon journaliste. Jean d'O, doué de mille qualités, dont beaucoup exceptionnelles, n'en avait quasiment aucune pour résoudre la question posée. Il n'était tout simplement pas l'homme de la situation. Il ne retrouva sa vraie place que lorsqu'il abandonna les rênes et reprit son rôle d'éditorialiste. De là avaient découlé beaucoup de désillusions et de drames.

Voir : Bête noire ; Dorsac ; Journalisme.

Fornali

Cette petite baie délicieuse et ombragée de Saint-Florent en Corse, plantée de cyprès, bercée par les castagnettes des criquets et des cigales, allait devenir son refuge.

Là, chaque été, dans la grande bâtisse aux allures de château gothique, il a écrit la plupart de ses livres, assis en plein soleil, un crayon à la main. Cette demeure, acquise par Paule de Beaumont après la guerre, était devenue la propriété de Ferdinand Béghin, beau-père de Jean. Il nageait dans la baie, poussant jusqu'à une tour génoise où il se faisait déposer en bateau. Il s'ébrouait pendant près d'une heure, revenant pieds nus sur les pierres brûlantes par les petits chemins douaniers creusés dans des massifs odorants de cistes, d'arbousiers, tout plein des parfums du thym, de marjolaine, de lavande. Tel un fakir insensible à la douleur, il ne semblait nullement souffrir de cette promenade, sous un soleil triomphant, pieds nus, sur les pierres aux arêtes acérées. Au contraire, il y prenait un grand plaisir. C'est là qu'il rêvait, pensait à son prochain livre, s'immergeait dans cette beauté de la nature qu'il chérissait. Mais Fornali n'avait rien d'une thébaïde. Aux repas, la grande demeure hospitalière montrait un autre visage. Sous la houlette de Françoise, l'épouse de Jean, la conversation battait son plein. Conversations qui roulaient sur tous les sujets imaginables, qui n'étaient jamais pesantes et auxquelles participaient tous les amis qui faisaient partie du monde de Jean : à commencer par la belle Pascaline, la sœur de Françoise et épouse de François Moreuil, mais aussi Michel Déon, éternel cavalier blessé de l'Histoire, Michel Mohrt, merveilleux conteur toujours bougonnant, courant le motif avec son chevalet, Félicien Marceau, mystérieux et laconique, Jean François Deniau, étourdissant mythomane, qui mêlait ses rêves à des aventures très réelles, puis plus tard François Sureau, capable de réciter tous les discours de Churchill, Hector Biancotti, être charmeur perdu dans ses brumes argentines, Pierre Combescot, véritable frelon littéraire jamais en retard d'un propos acerbe, Marc Fumaroli, formidable érudit, connaissant tout sur tout, passant du Quattrocento à Mme de La Fayette et Mme d'Urfé, Jacques et Suzanne Julliard, disant des poèmes ; Maurice Rheims, toujours souriant à la vie, véritable Mazarin en espadrilles, venait en voisin. Tant d'autres invités tout aussi brillants apportaient leur partition originale et leur musique à ce concert de l'esprit, Victoire de Montesquiou, Teresa Cremisi, Frédérique Deniau ou encore la jeune romancière Marie Ferranti, native de Saint-Florent. Tout le monde brillait. Mais il faut admettre que le mérite en revenait au chef d'orchestre qui maintenait cette atmosphère irremplaçable et magique qu'il introduisait partout où il se trouvait.

Voir : Corse.

France

Il se sentait totalement français. Il aimait autant la France pour ses paysages que pour ses indigènes pleins de contradictions, paisibles et révoltés, catholiques et laïcards, monarchistes et républicains, révolutionnaires et conservateurs. Il aimait leur esprit capable d'être à la fois si léger et si profond, comme il en était lui-même l'éclatant représentant. Plus que tout il aimait l'idée de la France, cet idéal de liberté, qui cherche sans cesse sa voie et vise à l'universalité. Mais ni le nationalisme ni l'esprit cocardier ne trouvaient grâce à ses yeux. Héritier d'une longue lignée d'aristocrates et de grands parlementaires, il était aussi le descendant par sa mère d'un régicide, Lepeletier de Saint-Fargeau. Ce qui lui permettait de revendiquer une confluence historique originale. Mais fût-il né Huron, Persan, Turc, Arménien, Chinois, il l'aurait accepté de bonne grâce et se serait plié aux us et coutumes de cette patrie. La littérature lui permettait d'ailleurs cette haute fraternité avec tous les peuples de la planète.

Mais cet amoureux de la France est aussi sensible à son déclin : « Être français aujourd'hui, c'est être découragé. Derrière tous les problèmes qui se pressent en rangs serrés, il est permis de soutenir que tout le mal vient de l'image que nous nous faisons à la fois de notre passé et de notre avenir. Ce n'est pas assez de dire que nous ne sommes plus fiers de notre passé : nous l'ignorons superbement. Qui n'a pas de passé n'a pas non plus d'avenir. Une grande partie de nos maux vient de l'effondrement de la notion d'espérance. L'histoire ne promet plus rien aux Français. » Dans l'analyse pleine d'affection qu'il fera dans *Le Figaro* de mon essai *Adieu à la France qui s'en va*, il me traite de pessimiste : « La France, pour toi, c'est ce mélange de gloire militaire, d'abnégation, de courage, d'espérance et de fidélité. Souvent, je ne suis pas d'accord avec toi. Je suis moins pessimiste que toi sur l'avenir et sur l'Europe. Je crois que la fidélité au passé peut s'exprimer aussi dans les changements de l'avenir. Je crois que le pire n'est pas toujours sûr et que le futur est plein de ressources. Mais comment ne pas aimer chez toi cette ardeur qui te fait unir dans une même passion la grandeur passée de la France, l'éclat de sa langue, de ses mots, de sa littérature et la trace d'esprit qu'elle aura laissée dans l'histoire ? »

Françoise

C'est une grande et belle femme brune à l'allure espagnole. Hautaine, froide au premier abord, elle dissimule sa timidité. Car si elle veut qu'on la respecte, elle déteste se mettre en avant. Parler en public lui serait une torture. Dans l'intimité, elle révèle sa véritable nature, sensible et passionnée. Quand elle aime elle aime, quand elle se brouille elle se brouille. Pas de conciliation, ni de raccommodage avec elle. Bref, tout le contraire de Jean d'O, son mari. Reste la question : qu'aurait été Jean sans Françoise, qu'aurait été Françoise sans Jean ? Ils ont réussi l'un et l'autre à former un vrai couple qui a affronté le temps, les orages, la lassitude, la vie quotidienne, sans qu'aucun des deux empiète jamais sur la liberté de l'autre. Un attachement profond, une compréhension réciproque les ont soudés pour le meilleur et pour le pire. Une conception du mariage qui ne doit rien au romantisme qui prône la passion exclusive, pas plus qu'au modèle bourgeois où l'on signe un contrat de propriété, où l'on vit dans la jalousie et l'appréhension de l'infidélité. C'est au XVIIIe siècle qu'on pourrait trouver des devancières à Françoise, la duchesse de Choiseul, la princesse de Ligne, ces femmes de qualité qui ne se sont pas senties déshonorées, et encore moins trompées, parce qu'elles n'avaient pas un contrat d'exclusivité avec le cœur de leur époux. Dans un courageux entretien donné à Anne Fulda pour *Le Figaro*, Françoise avoue la véritable nature de leur relation : « Jean n'a jamais été un mari, mais ce fut un merveilleux compagnon. » Françoise a entretenu autour de lui un climat raffiné d'amitié, dégagé de tout soucis matériels, sans lequel il n'aurait peut-être pas été aussi libre pour s'adonner à l'écriture de ses livres. Avec une élégance rare, elle a tout accepté de Jean – dans l'ordre de l'infidélité –, car elle plaçait son amour pour lui au-dessus des contingences et des aléas de son cœur multiple. C'est une belle leçon : n'est-ce pas ainsi qu'on devrait toujours aimer ? Même si Jean ne s'est pas privé de houspiller le mariage comme institution, il a toujours reconnu tout ce qu'il devait à Françoise, à sa tolérance : « Sans elle, disait-il, je serais peut-être devenu SDF. »

L'une des trois filles de Ferdinand Béghin, née entre Roselyne et Pascaline, Françoise fut très proche de sa plus jeune sœur mariée à François Moreuil (premier mari de Jean Seberg) décédée un mois avant Jean qui a prononcé son éloge funèbre. Elle est la mère d'Héloïse et la grand-mère de Marie-Sarah.

Voir : Mariage.

Frank, Bernard

Bernard Frank occupait une sorte de monarchie dans une petite principauté de l'esprit depuis la Libération où il était le chouchou de Sartre aux *Temps modernes*. Très connu et apprécié d'une cohorte de jeunes admirateurs ou de vieux tromblons littéraires, comme les comparses Morand et Chardonne qui espéraient beaucoup de ce brillant jeune homme irrespectueux dont ils s'efforçaient de détourner les flèches par des éloges pas toujours sincères. Leur déception fut à la hauteur de leur espérance lorsque leur filleul préféré publia son premier roman, *Les Rats*. Chardonne rendit ce terrible verdict : « Pour un jeune écrivain, écrire un mauvais livre, c'est avoir un casier judiciaire. » D'autres livres brillants et égotistes lui assurèrent un durable succès d'estime. Notamment *La Panoplie littéraire*, remarquable essai sur Drieu la Rochelle. Mais son œuvre élitiste et égotiste le maintenait à l'écart du grand public où triomphait son amie Sagan. Bernard Frank vit tout de suite dans la personnalité de Jean d'O une possible victime qu'il aurait plaisir à torturer. Venir des *Temps modernes* dans les années 1950 était un privilège qui valait tous les sauf-conduits dans le monde littéraire, tandis qu'avoir un père ambassadeur, être affublé d'une couronne comtale et être le détenteur d'un château historique ne suscitait que condescendance et sarcasmes. Frank réglait avec Jean des comptes qui remontaient à l'Ancien Régime. Fier de ses origines orgueilleusement plébéiennes, et des quartiers de noblesse que lui conférait son talent, il se revanchait d'improbables humiliations et d'anciennes soumissions. Son caractère à la fois taquin et persifleur faisait le reste : Jean était sa cible favorite. Il l'éreintait avec affection, certain que sa victime souffrirait mais ne romprait pas. Un jeu d'enfants comparable à la torture des hannetons auxquels on arrache tantôt une aile, tantôt une patte. Ce jeu pervers avait commencé à la revue *Arts* et s'est poursuivi jusqu'à l'extinction d'un des deux duellistes, la mort de Frank en l'occurrence.

Jean d'O n'avait pourtant pas lésiné sur les compliments à son confrère écrivain. À propos de son livre *La Panoplie littéraire*, il lui avait adressé en 1958, dans *Arts*, les plus beaux compliments dont on puisse couronner le front d'un écrivain : « Bernard Frank est à mes yeux l'un des tout premiers écrivains français d'aujourd'hui et probablement le plus doué. L'intelligence, le talent, la sensibilité à la littérature, je ne les vois nulle part ailleurs aussi brillants que chez lui. Je tiens les livres que je viens de citer [*Géographie universelle*, *L'Illusion comique*, *Les Rats*] sinon pour des chefs-d'œuvre, du moins pour les ouvrages les plus excitants que j'aie lus depuis la guerre. La bêtise, en tout cas, ce n'est pas son fort. »

Dans cet article brillantissime, Jean d'O a pu asséner de lourds compliments à la masse d'arme, il n'a pu s'empêcher d'être, comme son modèle, ironique, moqueur. Ce tout petit monde de chamailleries littéraires entre le café des Deux Magots et la brasserie Lipp, entre Sartre, Jean Cau et quelques autres, autour du cadavre de Drieu la Rochelle, tout cela l'ennuie à mourir. Surtout il met le doigt là où ça fait mal, dans le cœur de Frank, dans son immense ambition et dans son orgueil : mine de rien, avec d'infinies précautions d'usage, il le traite d'homme de lettres sans autre horizon que ce monde rance, étriqué, égotiste et vain, loin de la vraie vie où s'ébrouent les vrais créateurs. Sous les fleurs, les épines, sous les compliments, le constat d'une terrible insuffisance d'être. En creux, on voit tout ce que Jean d'O ne veut pas être. Il suinte une sorte de mépris pour ces querelles de clercs, leur pusillanimité, leur manque de sang, de tripe, de vie : « Cet univers de la littérature-là, je me demande soudain s'il ne relève pas de la schizophrénie, ce dédoublement du monde en un monde insensé sécrétant loin du réel sa propre cohérence. Ça va, ça va, ça brille, ça étincelle et ça décolle du réel… Passionnant, fascinant, terrifiant. Cette littérature refermée sur elle-même n'est même pas ouverte sur les livres les autres. C'est un rêve intérieur, des visions schizophréniques, un délire littéraire qui prend appui sur les livres pour créer, savant, subtil, démentiel, étincelant, son petit univers bien clos d'où surgissent des éclairs. »

Des articles de cette même encre corrosive et étincelante, Jean d'O en écrira d'autres dans *Arts*, notamment sur Pierre Brisson ou Jules Romains. Quel dommage que par la suite, étant parvenu au sommet du succès, il ait, contrairement à Mauriac, retenu sa plume. Mais avec Frank le duel n'en était qu'aux préliminaires.

L'offensive commence par une série d'articles sanguinaires de Frank, de véritables orgues de Staline, dans le journal de Philippe Tesson, *Le Quotidien de Paris*. Jean ne répondra à ces philippiques que beaucoup plus tard. Mais le ton a changé. N'étant plus un débutant et ayant pris confiance en lui, Jean, devenu directeur du *Figaro*, décida de riposter à cette série d'articles suivis de bien d'autres où la malveillance le disputait à une ironie vinaigrée. Il l'attaqua à son défaut de la cuirasse : l'absence d'œuvre. L'article publié dans *Le Nouvel Obs*, vaisseau amiral d'où Frank lui adressait ses torpilles, manque un peu de magnanimité. Il expulse avec une fureur rentrée trente années d'exaspération. Sous l'ironie, l'humour toujours présent, c'est à une véritable mise à mort que se livre Jean, la pire, celle qui met en pièces un homme qui s'est pris pour un écrivain, un créateur, et qui n'est au fond qu'un critique monté en graine : « L'œuvre de Frank est une œuvre de commentaire. Un commentaire des œuvres des autres puisqu'il n'y a pas d'œuvre de Bernard Frank », « Il n'a derrière lui que l'œuvre des autres », « Il parle des œuvres des autres puisqu'il ne peut pas parler des siennes puisqu'elles n'existent pas », « Il appartient comme Sainte-Beuve à la race malheureuse des critiques. Et j'imagine parfois qu'il rêve d'être poète, dramaturge, romancier ». Sans doute pour atténuer la violence de ses attaques, il écrira un article beaucoup plus nuancé dans lequel il remettra en perspective leur querelle dans l'histoire littéraire, comme si c'était un genre auquel se sont adonnés tous les grands écrivains. Il prend cette fois un ton plein de tendresse : « Mon cher Bernard, comme tu m'as fait souffrir ! Autant et peut-être plus que les plus cruelles de ces jeunes filles que j'aimais d'amour tendre et qui me tournaient le dos. » Mais déjà la vie s'enfuyait, la mort approchait, et il en fallait plus pour les brouiller. Qui d'ailleurs s'est jamais brouillé avec Jean d'O ?

Fugue

C'est une idée qui l'obsède. Fuir, partir, connaître les sortilèges de l'ailleurs. Il fuit d'abord dans les voyages, l'Italie, la Grèce, flâneur salarié par la grâce de l'Unesco. Il éprouve un insatiable appétit de voyages. Puis il fuira la dure réalité, même si elle lui fut plutôt douce, dans le rêve, dans la littérature qui fut sa grande évasion. Peut-être aussi fuira-t-il les devoirs du mariage dans les amourettes ? Ce jouisseur, amateur d'instants, craint plus que tout l'installation dans un quotidien monotone, l'embourgeoisement des nantis. C'est pourquoi les voitures auront une grande importance dans sa vie. Elles seront son moyen de fuite. Avec les livres d'ailleurs, dont ses torpédos étaient remplies jusqu'à la gueule, empilés sur le siège passager.

Fumaroli, Marc

Marc Fumaroli a occupé aux côtés de Jean d'O la place autrefois dévolue à Jean Hyppolite, à Raymond Aron, à Jean-François Revel, à Jacqueline de Romilly, celui du grand intellectuel, de la haute intelligence. Jacques Julliard, dans une version de catholicisme de gauche, vint compléter le tableau. Il trouvait auprès de Fuma l'ivresse d'une érudition irréprochable, un savant des lettres qui, cerise sur le gâteau, avait une passion pour Chateaubriand. Marc Fumaroli trouvait auprès de lui, outre ce fumet d'aristocratie délectable pour cet homme d'Ancien Régime que la démocratie n'a pas comblé, pas plus que la République, un alter ego dans une version moins universitaire et plus littéraire, et aussi une fantaisie dont cet homme qui travaille dans le sérieux réprime les élans. Amateur d'exploration sous-marine, c'était un spectacle étonnant de voir ce grand professeur au Collège de France, muni d'un masque et de palmes, s'ébrouer dans les eaux turquoise de Fornali avec le même plaisir qu'il aurait plongé dans un manuscrit inédit de Mme de Scudéry, de Mme d'Urfé, ou un poème inconnu de Malherbe.

Fumaroli était indispensable à Jean d'O tout autant que le soleil ou les bains de mer. C'était plus qu'une amitié : une véritable addiction. C'est à Marc Fumaroli qu'il demanda, insigne honneur, de préfacer le premier volume de son œuvre dans la Pléiade. Il y écrit notamment dans son style brillant d'intelligence et d'alacrité intellectuelle : « Entré en fanfare dans la culture de masse, qui ne cessera plus de lui marquer sa gratitude pour l'honneur qu'il lui faisait de s'y prêter, Jean d'Ormesson donnait l'impression de renouer, en la modernisant, l'ancienne solidarité des seigneurs et du peuple contre les bourgeois. Comme le prince de Lampedusa, Jean d'Ormesson s'était montré capable de faire savourer la vie de château tour à tour aux lecteurs et aux téléspectateurs épris par ailleurs d'un progrès social qui exige tôt ou tard sa disparition. Trésor national littéraire, symbole vivant d'une solidarité mystérieuse entre l'autrefois qui meurt et les lendemains désirés qui font piaffer la vie, le nouveau lauréat de la Pléiade peut aujourd'hui tout se permettre, d'autant qu'il sait, comme personne, jusqu'où ne pas aller trop loin. » Car Marc Fumaroli admire autant Jean d'O pour l'écrivain qu'il est que pour son appartenance à une élite sociale qui semblait condamnée, mais qui, grâce à quelques êtres exceptionnels, a pu conjurer cette condamnation historique et se soustraire à l'extinction des feux.

Jean d'O regarde ce dix-septièmiste passé au XVIIIe puis à Chateaubriand « à mi-chemin de la critique littéraire et de l'histoire de l'art, comme une référence, un oracle, un de ces monuments qui jalonnent notre histoire intellectuelle et le véritable arpenteur de l'espace culturel français ». Il admire un grand intellectuel qui, non content d'avoir relevé les tares et les insuffisances de l'État culturel, nous montre les ravages opérés par l'américanisation culturelle, la « barnumisation », qui, tout en faisant de l'art une non-valeur, a multiplié de manière exponentielle son rendement financier en en faisant, avec l'appui du snobisme culturel, une matière à spéculation. Jean est sensible à son pessimisme réactionnaire qu'éclaire comme un phare dans la tempête la pensée de Tocqueville : « Le passé n'éclairant plus l'avenir, l'esprit marche dans les ténèbres. »

G

Gallimard

Jean aura connu trois générations dans la famille Gallimard : Gaston, dont il empruntait souvent la formule : « Ce que j'aime le plus au monde, ce sont les livres, les femmes et les bains de mer. » Claude, qui le fit entrer au prestigieux comité de lecture, ce qui suscita en lui une émotion plus grande que son entrée à l'Académie : « D'un côté une institution, de l'autre une légende. » Caillois lui donna ce conseil : on peut tout dire dans ce comité, mais il faut se garder de dire qu'on aime Rostand et Anna de Noailles. C'est Claude qui publia, sur le conseil de Michel Mohrt, *La Gloire de l'Empire*, Grand Prix du Roman de l'Académie française en 1973, lui assurant une entrée en fanfare dans un monde des lettres où sa place avait été jusqu'alors discrète. Antoine enfin, qui publia plusieurs de ses livres et lui ouvrit, honneur insigne pour un auteur vivant, la porte d'or de la collection la Pléiade. Un jour que je le taquinais sur cette gloire qui le statufiait, citant le mot de Chateaubriand sur Wellington après Waterloo : « Il traînait sa gloire derrière lui dans les salons comme un piège à femmes », il me répondit : « Malheureusement, c'est trop tard. »

Teresa Cremisi, qui fut son éditrice chez Gallimard, devint également son amie et une invitée régulière de Fornali.

Voir : Pléiade, La.

Gary, Romain

Jean d'O semble avoir plus admiré Gary pour sa vie et sa légende qu'il n'a vraiment subi le charme de son œuvre littéraire. Bien sûr, il aime *L'Éducation européenne*, *Lady L* ou *La Promesse de l'aube*, mais il le considère comme un conteur qui n'a pas révolutionné le genre du roman. En revanche, le romanesque intense de la vie de Gary, son engagement dans les Forces françaises libres au côté de De Gaulle, sa reconversion en ambassadeur, puis son mariage tumultueux avec Jean Seberg le rendent un peu jaloux. Il regrettera de n'avoir pu vivre ces existences aventureuses d'un Malraux, d'un Kessel, d'un Cendrars. Il exprime ces sentiments dans son roman *Voyez comme on danse*, dans lequel le héros, appelé Romain, inspiré en partie de Sam Mansour, a bien des points communs avec Gary : « Il m'était arrivé d'assister aux Invalides aux obsèques d'un autre Romain dont les masques et les pièges m'avaient longtemps fasciné et dont les livres m'avaient tant plu qu'il était devenu pour moi comme un ami lointain qu'on va saluer quand il s'en va : Romain Gary. Je me souvenais de tous les festons, de tous les falbalas combinés avec art pour nous monter le bourrichon : les deux tables en oblique à l'entrée de l'église avec les feuilles bordées de noir où les assistants inscrivaient leur nom et leur adresse ; les employés des pompes funèbres – et la formule "pompes funèbres" était pour une fois justifiée… L'apparition du cercueil porté sur les épaules d'une demi-douzaine de soldats de la Légion étrangère dont le pas lent et cadencé résonnait entre les ailes closes du bâtiment élevé par Libéral Bruant et par Hardouin-Mansart sur les ordres du Roi-Soleil et où dormait l'Empereur ; les discours un peu trop longs qui valaient ce qu'ils valaient, mais on était plus à cela près ni à chipoter sur le style ; les drapeaux qui s'inclinaient, la sonnerie aux morts et la *Marseillaise* qui éclataient au moment où personne ne s'y attendait plus pour faire passer un frisson sur l'échine du public et même des esprits forts les moins sensibles à ce genre de momerie, et qui éprouvaient soudain un peu de mal à se défendre contre l'invasion de l'émotion et des bons sentiments surgis d'un passé évanoui et de ses images d'Épinal. »

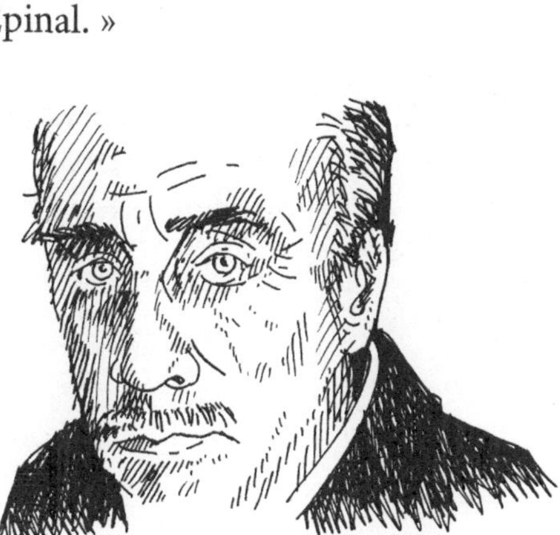

Si Jean d'O parle relativement peu de Romain Gary, en revanche l'auteur des *Racines du ciel* semble, lui, prendre un grand plaisir aux fantasmagories de *La Gloire de l'Empire*. Il écrit dans *France-Soir* qu'il a lu le livre avec volupté. Il note que c'est un pastiche, mais en même temps une œuvre très personnelle. Il est sensible à la fantaisie qui se dégage du livre. « Un des meilleurs passages est celui où, la Révolution française ayant lamentablement échoué, Louis XVI prend un malin plaisir à traverser plusieurs fois par jour l'octroi de Varenne, sous l'œil mari du douanier Bonaparte. » Il aime son délire historique : « Le plus beau chapitre à mon avis montre le président Pompidou qui se trompe de siècle et atterrit à la suite d'une erreur de parcours au XVIIIe. Il tombe sur M. Chaban-Delmas à un bal chez le cardinal de Bernis à Venise, et lui bat froid, se croyant talonné. La description des deux hommes se renvoyant les dossiers par l'intermédiaire de leur valetaille, tout en s'ignorant avec une exquise courtoisie, est remarquable de vérité historique. Il faut voir – je dis bien voir, car Jean d'Ormesson a un don de peintre – MM. Pompidou et Chaban-Delmas en perruque blanche. Je ne connais guère d'autres grands personnages de ce temps-là portant mieux perruque [...] Et je n'oublierai pas la scène où le marquis de Sade, à la tribune du Palais-Bourbon, dénonce le sadisme de la guerre du Vietnam. »

Gémeaux

Jean attribuait son caractère souvent indécis à son signe astral. Bien que ni l'astrologie ni les prédictions des cartomanciennes ne trouvent grâce à ses yeux. « Je ne crois pas bien entendu à ces superstitions d'un autre âge. Mais il faut avouer que j'ai souvent du mal à choisir, qu'une fois ma décision prise je balance encore longuement et que, si je suis quoi que ce soit, c'est d'abord et surtout un tissu de contradictions. Pour reprendre une formule chère à Paul Valéry, je suis rarement de mon avis. La fin de Saint-Fargeau m'a été un chagrin surtout à cause de ma mère dont la mère, la grand-mère et les arrière-grands-mères jusqu'à la sixième ou huitième génération étaient nées et mortes dans le château aux briques roses. Mon chagrin à moi était mêlé de soulagement. Un poids trop lourd pour moi m'était retiré par l'histoire. »

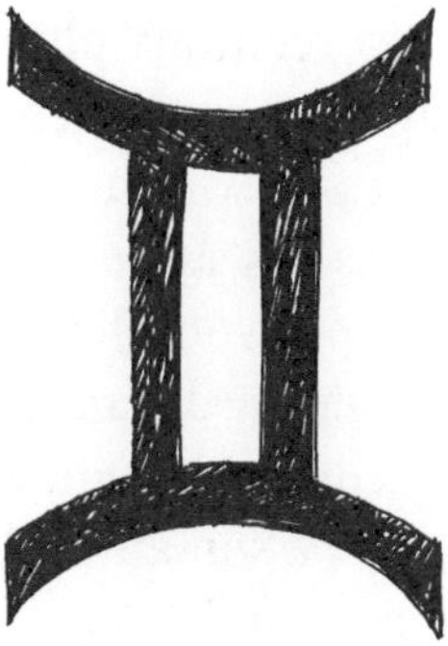

Giscard d'Estaing, Valéry

Valéry Giscard d'Estaing et Jean d'O avaient toutes les raisons de s'entendre. Sont-ils pour autant devenus de vrais amis ? Étant nés l'un et l'autre dans la meilleure société, celle des nurses, des rallyes, des alliances fortunées et des ancêtres plus ou moins illustres, des domestiques et des châteaux, porphyrogénètes comme les désignait Edgard Pisani, de plus brillants sujets, Polytechnique pour l'un, Normale sup pour l'autre, le destin les désignait à avoir des carrières parallèles. À vingt ans, associés à deux autres jeunes loups Jean-Jacques Servan-Schreiber et Jacques Duhamel, ils se voyaient bien en Rastignac prêts à dévorer la vie et tout ce qu'elle pourrait offrir à leur ambition. Dans une savoureuse chronique du *Figaro*, à propos de l'entrée fracassante en politique de JJSS, il évoquera leurs espoirs et leurs rêves de la vingtième année. L'accession au pouvoir suprême de l'ambitieux Giscard ne réchauffera pas des relations plutôt distantes, même si Jean d'O ne ménage pas ses éloges au jeune Président. Pendant les sept années de son mandat, il lui accorde un soutien sans faille dans ses articles. Mais accédant l'un et l'autre à un grand pouvoir, Jean au *Figaro*, Giscard à l'Élysée, ils se regardent à distance. Le ministère de la Culture pour Jean ? On se demande pourquoi Giscard n'a pas proposé ce poste à son ami. En fait ils se fréquenteront peu : Jean ne sera invité que quatre fois à l'Élysée durant le septennat.

L'explication est peut-être plus simple qu'on ne le croit : ils s'estiment, mais ils n'ont pas d'atomes crochus. Peut-être Giscard juge-t-il Jean superficiel, comme le sera toujours un littéraire pour un polytechnicien. Quant à Jean, il trouve sûrement son ami remarquable dans sa fonction de Président, mais cela ne l'empêche pas de le juger trop compassé et surtout trop conscient de sa supériorité. Tout cela reste de l'ordre du non-dit. Leurs relations sont bonnes sans être cordiales. Jean, qui a engagé *Le Figaro* à soutenir sa candidature pour la présidentielle de 1974, ne manque aucune occasion de louer son intelligence et son œuvre de réformateur. Il est plus nuancé sur l'homme et sur « l'ami » : « Il lui fallait, pour y parvenir [dans la voie des réformes], négocier avec ceux qui lui étaient plus ou moins hostiles. Il était tout naturel qu'il invitât plutôt ses adversaires que ses partisans qui lui étaient acquis. Une des rares fois où je me suis rendu à l'Élysée au cours du mandat de Giscard… » On appréciera le trait. Giscard viendra dîner chez Jean le soir de l'élection de Marguerite Yourcenar à l'Académie. Et bien des années plus tard, Jean lui remettra son épée d'académicien au musée d'Orsay, faisant à cette occasion un discours dans lequel on pouvait lire des flèches sous les démonstrations fraternelles. « Tu es un sentimental. Tu as tout eu et je crois que tu as besoin de reconnaissance, d'affection, d'être aimé. Tu entres à présent dans une famille fraternelle. Bienvenue parmi les Atrides. Ils sont heureux. »

Le texte le plus éclairant et le plus remarquable de Jean sur Giscard est celui qu'il publie dans *Le Figaro* au lendemain de sa défaite en 1981 et intitulé « Un salut au vaincu ». Rarement la personnalité et le personnage de Giscard ont été analysés avec autant de justesse, tout y est, l'admiration et la restriction mentale : « On l'a dit et répété, au point que l'éloge finissait par sonner comme un reproche et une restriction : il était impossible d'être plus intelligent que Valéry Giscard d'Estaing. Il avait compris mieux que personne – jusqu'à rejeter l'idée de postérité – le formidable élan vers l'avenir et le changement qui emporte le monde moderne. Ce sont ses rapports difficiles, ambigus, et parfois maladroits, avec le changement qui ont scellé le destin de Valéry Giscard d'Estaing. Les prestiges du changement l'avaient hissé au sommet, les prestiges du changement viennent de l'en arracher, avec une brutalité ingrate qu'il ne méritait pas. » Et il poursuit son analyse de la défaite par une étude très subtile du caractère du vaincu : « Sous une apparence de sécheresse, il y avait chez lui une sorte de sentimentalité un peu abstraite, et presque un besoin de tendresse. Son rêve était moins de jeter les Français dans un grand projet, dans une grande aventure, dans un grand idéal, que de les faire vivre ensemble avec aisance et liberté. Il nourrissait l'espoir d'être remercié de ses efforts par l'estime et par l'affection de ses concitoyens. La révélation de son échec a dû être cruelle pour un orgueil secret tenté par la confiance, l'abandon et la chaleur. Il était trop sentimental pour ce qu'il avait d'un peu froid, comme il était trop autoritaire pour ce qu'il avait de fondamentalement libéral. » La dernière phrase si juste est frappée comme un cinglant portrait dû à la plume acide du cardinal de Retz. Dans un autre article prémonitoire à propos de Jacques Chirac, quand celui-ci avait pris la tête du RPR, il s'inquiétait de voir se développer une situation paradoxale pour Giscard qui avait essayé « depuis de longs mois, patiemment, mais un peu en vain, de gommer les rapports de force du côté de ses adversaires, de voir qu'ils ressurgissent brusquement, avec quelque vigueur du côté de ses partisans ».

D'où vient alors la mystérieuse ligne de démarcation entre les deux hommes ? Deux grandes intelligences, deux hommes d'exception, mais deux caractères et deux éducations opposés. L'un est un fou de littérature qui vit dans ses rêves façonnés par la littérature, l'autre un homme politique formaté par Polytechnique, qui s'intéresse aux réalités. Ils pouvaient se fréquenter, mais quant à s'entendre en profondeur, c'était impossible : ils étaient comme chien et chat. Jean regrettera de n'avoir pas assez critiqué certains aspects de la politique de Giscard qui le défrisait, notamment sa position sur la Pologne, mais surtout son antienne sur « la France puissance moyenne ». L'hommage que Giscard rendra à Jean le jour de sa mort dans *Le Figaro* est émouvant même s'il reste en surface. Mais – mystère de la psychanalyse – a-t-il vraiment dit ce qu'il pensait ou n'a-t-il pas osé avouer ce qui au fond les séparait tout en leur donnant les apparences d'être proches ? On pourrait dire que leurs relations furent inverses de celles que Jean a entretenues avec Mitterrand : admirateur de sa politique, plus réservé sur l'homme. Je me souviens du commentaire lapidaire de Jean qu'il me confia au lendemain de la défaite de Giscard : « Il a fait battre nos idées sur sa personne. »

Gloire

Il en rêvait. Mais quel est l'écrivain qui n'en rêve pas ? Peut-on pour autant parler de gloire comme pour Malraux, Camus ou Proust ? Ce couronnement ne va pas sans le temps qui fait entrer les grands écrivains dans la légende. Pour Jean d'Ormesson, ce qu'on peut dire, c'est qu'il a bénéficié d'un degré de célébrité rarement atteint par les écrivains d'aujourd'hui dans une époque très peu littéraire. Cette célébrité sera-t-elle soutenue par de nouvelles générations de lecteurs qui n'ont pas connu l'homme Jean d'Ormesson, et le charme rare qui émanait de sa personne ? Cet amour de la gloire le classe aussi dans une autre époque. Elle est un legs de notre héritage classique. La question qui se pose pour lui comme pour d'autres reste de savoir si le message que portent ses livres sera audible dans l'avenir. Impossible de le dire, car on ne sait jamais de quoi et de qui est fait cet avenir, ni quelles seront ses préoccupations et ses attentes.

Avant lui il y a eu Voltaire, Chateaubriand, Hugo, Barrès, Rostand, Valéry, Malraux qui restent connus pour leurs livres, leurs engagements. Mais on leur demande un peu plus : dire à la société où elle va, définir sa mystérieuse identité, servir d'oracle à un siècle débordé. Cela ne va pas sans malentendus. Pourquoi Jean d'O a-t-il été porté à cette prestigieuse magistrature intellectuelle et morale ? C'est sans doute parce que l'époque s'est retrouvée en lui, ou alors parce qu'il lui a apporté ce qui lui manquait. Aristocrate mais républicain, de droite mais attiré par la gauche, écrivain mais lorgnant la politique, privilégié mais ayant perdu un château historique, il a réconcilié les Français avec leurs contradictions. Il restera comme une gageure : comment un écrivain a-t-il pu atteindre une telle célébrité populaire en faisant de Chateaubriand l'épicentre du monde ?

Gloire de l'Empire, La

C'est grâce à ce livre bizarre, érudit, élitiste, que Jean d'O va enfin atteindre le succès. Le livre, qui sera couronné par le Grand Prix du Roman de l'Académie française en 1971, défie toutes les lois du genre romanesque. Il reconstruit l'histoire du monde antique avec de fausses données. Il invente un Empire qui n'a jamais existé et l'édifie, autant la géographie que les personnages, à l'aide de fausses références qui sont elles-mêmes des pastiches des notes en bas de page et des bibliographies savantes dont usent les universitaires. Selon Bernard Degout qui a préparé l'édition du roman dans la Pléiade, Jean d'O a donné deux versions des circonstances dans lesquelles il a eu l'idée de ce livre. L'une qui pour être fantaisiste est plausible, en lisant un livre d'ethnologie alors qu'il était emporté dans les airs par un télésiège : « En hiver, il y a trois ans, faisant du ski, je lisais dans le télésiège un ouvrage d'ethnologie. Je me suis dit : "Et si tout cela était imaginaire… Un spécialiste que je nommerai sir Allan Carter-Benett pourrait inventer dans son cabinet un empire et son évolution." » Il a donné une autre version. Ce serait en écoutant les intervenants réunis pour un colloque organisé par l'Unesco à Palerme et qui était d'un haut niveau : « Nous avions rassemblé quelques-uns des grands noms des sciences humaines et de l'histoire maritime et byzantine. Je crois que l'idée de *La Gloire de l'Empire* est née là, à entendre parler des Normands, des Arabes, des Grecs, des Latins, de Frédéric, devant les paysages de Sicile. »

Plus intéressantes encore que les origines de l'inspiration de ce livre, ce sont les ambitions de Jean d'O. Elles apparaissent très nettement dans les exergues qu'il a choisis – une phrase des frères Goncourt : « L'histoire est un roman qui a été ; le roman est de l'histoire qui aurait pu être. » Mais également une citation du prophète Isaïe : « Ainsi parle l'Éternel : Ne vous souvenez plus du passé, je ferai quelque chose de nouveau. »

Jean d'O opère donc une rupture totale avec ses précédents livres. Il cherche quelque chose de neuf. L'histoire est bien sûr présente, elle le sera toujours, mais ce qu'il aime, c'est jouer avec elle, avec ses hésitations. Et même ses invraisemblances. Mais, n'ayant pas trouvé sa place avec ses romans traditionnels, frustré par la production romanesque dont il sent la frivolité, il veut inventer quelque chose d'autre. Il a compris l'impasse dans laquelle il s'est enfermé avec ses livres égotistes. Il veut brasser enfin un sujet plus large que lui-même. Peut-être même est-il allé trop loin en s'excluant à ce point de son livre, ce qui entraîne une certaine froideur propre à toutes les formes d'uchronie. Étienne de Montety emploiera plus tard une belle formule pour évoquer ce livre : « Il est entré en littérature en 1971 avant Jésus-Christ. »

Les critiques ont beaucoup insisté sur le caractère de canular propre à un normalien. Il semble qu'il s'agisse plutôt d'une entreprise de démolition pour tenter de se débarrasser d'une culture écrasante. Le critique Matthieu Galey parlera même de suicide. L'influence de Borges est bien sûr manifeste. On sent le même souci d'échapper au grand boulevard du roman traditionnel et de chercher une autre voie plus subtile.

C'est l'histoire de la prise de pouvoir par Alexis, un personnage fascinant qui fait penser par bien des aspects, ne serait-ce que par son ambition démesurée et son éducation par un philosophe, à Alexandre le Grand. Le héros de ce roman foisonnant de personnages est appelé à régner après de multiples péripéties et de drames qui, pendant plusieurs siècles, vont secouer son pays. L'ordre et les désordres se succèdent. Ses prédécesseurs, plus ou moins falots ou roublards comme le prince Basile, vont tenter de se maintenir dans ce qu'on appellera bientôt l'Empire. Sa capitale s'appelle la Ville, où deux grandes familles aristocratiques se sont déchirées, les Porphyre et les Venosta. Alexis va tout connaître, la puissance et la gloire, le pouvoir et la philosophie, la luxure et la sagesse, et aussi un grand amour tragique, qui l'amènera à fuir le pouvoir, comme le tsar Alexandre Ier, pour rechercher des formes atypiques de spiritualité et pour devenir un adepte du culte du Soleil. À travers toutes les tribulations de son héros et les aventures sanglantes des peuples, il semble que rien ne change jamais dans l'histoire du monde : les mêmes espérances, les mêmes désillusions. L'auteur, qui semble s'amuser des tours et détours qui se jouent dans le destin des peuples, exprime une forme de fatalisme : « Ainsi vont les choses, et l'histoire, et le temps. Tout se passe comme si leurs perpétuelles oscillations ramenaient toujours les hommes à leur humaine condition. Et cette condition de l'homme est faite d'espérance, de grandeur, de bassesse, de désespoir, d'aspiration à la paix et des horreurs de la guerre. »

Mais après avoir exploité tous les registres de l'aventure humaine, avoir introduit toutes les fantaisies possibles dans l'ordre de la culture, mis à contribution Hugo, Corneille, Anouilh, Saint-John Perse, Michel Foucault et Saint-Simon, tout cela dans une gigantesque orgie de vérités et de mensonges, d'histoires vraies et de trompe-l'œil, on se demande si Jean d'O, dans ce livre beaucoup plus sérieux qu'un canular, n'a pas voulu faire un bilan de l'humanisme à l'heure où tant de menaces pèsent sur lui. Une sorte d'exposition avant liquidation totale. Cette culture, qu'en restera-t-il quand les barbares de toutes sortes l'auront anéantie ? Rien ! Ne restera que la vie : « Un livre qui n'est pas drôle comme la vie, et sinistre comme la vie, et à la fois achevé et inachevé comme la vie, et absolument tout comme la vie, est un livre inutile. Tous les livres en ce sens sont un peu inutiles, car aucun livre, jamais, ne sera fort comme la vie. »

Grand-père

De quel grand-père réel s'est inspiré Jean d'O pour créer le personnage du châtelain du Plessis-lez-Vaudreuil dans *Au plaisir de Dieu* ? Celui-ci porte sur ses épaules tout l'héritage aristocratique de cette famille ducale menacée par les assauts du monde moderne et dont l'ancêtre lointain et très présent est Elzéar.

Marc Fumaroli montre l'impasse dans lequel se trouve le vieil homme confronté à l'abattage de ses chênes séculaires, aux deuils, à la vente irréversible du château : « Depuis longtemps ébranlé, le système du monde antique et médiéval qu'incarnait encore le fier burgrave, l'ontologie politique, poétique et religieuse qui opposait la stabilité de l'être au torrent et à l'usure du Temps, achève de s'effondrer. Ce système continue cependant, lancinant comme un manque inguérissable, à fournir un point de vue critique sur le système de ce monde qui a écrasé l'autre, et qui, écartant l'être, taille l'univers et l'histoire humaine dans un flux évanescent qui ne laisse à chacun ni repos, ni santé morale, ni lieu, ni repère, ni mémoire sûre du passé, ni espérance assurée de l'avenir, courant rapide qui n'épargne pas même la science. Tout s'écroule, tout est provisoire. »

Ce grand-père incarne toutes les valeurs d'un monde en passe de disparaître. Le narrateur d'*Au plaisir de Dieu* s'en désole : « Nous vivions dans un système. C'était un système tacite, un peu mystérieux, presque secret, tout à fait incompréhensible pour les esprits d'aujourd'hui. C'était le système de l'honneur. Toute notre vie silencieuse était animée par une foi dont nous ne disions jamais rien. Une foi dans la continuité, dans la durée, dans la permanence des choses et des hommes, dans le grand dessein de Dieu dont le nom de famille était de toute évidence l'incarnation la plus parfaite. »

Ce monde sur le point de disparaître, le grand-père tente de conjurer son effacement inéluctable en se repliant sur lui-même. « Pour fermer toutes les portes qui ouvraient sur un monde en décomposition, mon grand-père envisageait d'affronter le siècle comme Noé le déluge : dans une arche de salut, battue en vain par les flots. Plessis-lez-Vaudreuil se transformait en redoute, en forteresse, en blockhaus de la tradition. Nous finissions par passer même aux yeux de nos pairs pour de fameux originaux. Nous fréquentions surtout de vieux domestiques très fidèles qui hochaient la tête comme nous, en évoquant les palais de nougatine et de sucre filé des dames Tartine d'autrefois. »

Grèce

Jean a follement aimé la Grèce. Même s'il en a moins parlé que de l'Italie. La Grèce cumulait à ses yeux un double avantage : c'était à la fois le berceau de la philosophie qu'il aimait, mais aussi une féerie de paysages et de lumière baignant dans la Méditerranée qu'il adorait. Il y incluait la Grèce d'Asie mineure, la côte turque et les îles du Dodécanèse, Symi, Patmos et Kastellorizo, qui avait vu naître tant de génies comme Pythagore, Héraclite, Anaxagore, Euclide, Eupalinos. Mais il aimait aussi aller à l'aventure et habiter dans les maisons blanches écrasées de soleil des Cyclades, de Koufonissia, d'Amorgos, de Naxos ou des Sporades du Nord comme Skyros, Alonissos, Skiathos, vivant sans grand confort, se contentant de poissons et de fromage de chèvre. Certaines îles reviennent souvent dans ses livres, comme Symi ou Kastellorizo.

La Grèce a eu, me semble-t-il, une autre influence, pour ne pas parler de la philosophie grecque, qui de Platon à Parménide et à Zénon d'Élée l'a si profondément marqué. C'est l'empreinte de l'esprit grec, du sel attique, et plus largement cette façon d'envisager les choses graves avec humour, distance, sens de la dérision. De ce point de vue, sa fréquentation de la mythologie est visible, cette mythologie qui nous donne une cosmogonie et une explication du monde à la fois poétique, romanesque et drôle. Jean en a retenu la leçon dans ses livres. Le ton qu'il emploie semble inspiré par cette forme de dédramatisation des grandes questions. Il introduit souvent le jeu dans sa manière d'aborder ce qui est grave. Fidèle aux

Grecs, à leur mythologie qui aborde la métaphysique sur un mode magique et burlesque, il semble fuir le pathétique, le pompeux, le didactique, comme si la vie, outre qu'elle est une énigme qu'on voudrait bien résoudre, doit être considérée comme une comédie, aux enjeux certes graves, mais dont il faut sourire.

Green, Julien

Jean aimait tout dans la littérature et il était doué pour l'admiration. Julien Green excepté (et peut-être quelques autres sur lesquels il a gardé le silence). L'auteur de *Moira* est l'un des rares à avoir été l'objet d'une descente en flammes de sa part dans la revue *Arts*. Outre qu'il écrivait que le romancier d'origine américaine semblait traduit de l'anglais, on sentait que tout le hérissait en lui : le puritanisme si éloigné de son paganisme, une certaine fadeur dans le style, les scrupules sexuels de ses héros toujours complexés et angoissés. Bien sûr, il a regretté cet éreintement qu'il considérait comme une erreur de jeunesse et même comme une sottise. L'univers prudent et précautionneux de Green lui était étranger. Il lui préférait de beaucoup Mauriac à la personnalité tout hérissée de passions, de combats, d'indignations.

H

Haedens, Kléber

Ce géant rougeaud, débonnaire et généreux, amateur de bons vins et de bonne table, personnalité chaleureuse à la Porthos, capable comme lui de dégainer sa rapière et de pourfendre un adversaire, a été un des critiques les plus influents de la droite littéraire de l'après-guerre. Maurrassien sur les bords, exécrant Sartre et sa bande, à vingt-cinq ans il avait publié *Une histoire de la littérature française*, remarquable par sa verve, son indépendance d'esprit autant que par sa partialité. Par ailleurs excellent romancier (*Salut au Kentucky*, *L'été finit sous les tilleuls*, *Adios*), surveillant avec bienveillance comme le lait sur le feu la petite bande des Hussards, cet ami de Nimier, de Déon et de Blondin saluera les débuts littéraires de Jean. Cela scellera une amitié très arrosée, avec des virées hautement gastronomiques dans sa propriété de La Bourdette, dans le Gers, qui ne prendra fin qu'avec la disparition du grand critique.

Dix ans après sa mort, Jean lui rendra hommage dans un très bel article du *Figaro Magazine* qu'il conclut par une profession de foi littéraire : « La littérature pour toi n'était ni un message, ni un combat, ni une recherche : c'était d'abord un plaisir. »

Héloïse

C'est dans l'ordre des choses que Jean ait donné à sa fille le prénom d'une grande héroïne littéraire. Héloïse, très proche de son père, vivant dans son orbite, devenant elle-même une brillante éditrice, poussera l'affection filiale jusqu'à éditer certains livres de son père. Entente parfaite entre eux. Héloïse confiera que Jean était « un bon père mais un mauvais mari ». Cette affection se renforcera encore avec la naissance de sa fille, Marie-Sarah

Carcassonne, avec laquelle Jean a entretenu une relation de tendresse passionnée. Il lui a dédié un de ses derniers livres *Voyez comme on Danse.* Héloïse a publié plusieurs ouvrages de son père : *Saveurs du temps*, *Odeur du temps*, *L'enfant qui attendait un train*, ainsi que son dernier livre posthume, *Un hosanna sans fin.* Compagne de Manuel Carcassonne puis de Gilles Cohen Solal, tous deux éditeurs, Héloïse reste fascinée par la personnalité de son père et une attentive gardienne de sa mémoire. Certes, ce n'était pas facile d'être la fille d'un père qui accaparait toute la lumière. Héloïse est parvenue à exister à côté de lui.

Voir : Françoise.

Hersant, Robert

Voilà un exemple de son éclectisme en matière de relations humaines. Jean n'aurait jamais dû s'entendre avec l'ogre du *Figaro*, le papivore, sorte de Vautrin sans états d'âme ni scrupules superflus. D'autant que son passé était assez noir dans la période de l'Occupation qui était loin d'être rose, gardant auprès de lui un ancien Waffen SS en la personne du directeur de *L'Auto-Journal.* Mais la forte personnalité du patron de presse, son charme, la liberté d'expression totale qu'il lui accorda, modifièrent son jugement. Hersant était impressionné par un homme qui était en tout son exact opposé : intellectuellement, socialement, philosophiquement. Aussi quand il fut question que je prenne la direction du *Figaro littéraire* en 1985, ce qui était une gageure puisque j'avais fait jouer la clause de conscience à l'arrivée de Robert Hersant au *Figaro*, dix ans plus tôt, Jean plaida ma cause avec succès. C'est ainsi qu'après avoir été à l'origine de mon départ il devenait dix ans plus tard l'instrument de mon retour. Paradoxe des paradoxes, mes rapports avec Hersant, que j'avais considéré jadis comme un patron douteux et liberticide, devinrent cordiaux, presque amicaux sur le plan personnel, et fructueux, je l'espère, pour *Le Figaro*.

Histoire

Jean aimait l'histoire mais il n'y croyait pas. Aussi se plaisait-il à jouer avec elle. Il aurait pu reprendre à son compte le jugement de Napoléon à Sainte-Hélène : « L'Histoire est un mensonge qu'on ne conteste plus. »

Il prenait plaisir à s'en moquer, à lui retirer son tragique, et même à la falsifier et à la pasticher dans un fabuleux canular historique comme *La Gloire de l'Empire*. Le sérieux de l'histoire l'ennuie, il en aime les bas-côtés, les chemins buissonniers, le cocasse, l'inattendu, qui mettent en valeur des personnages marginaux. Ainsi les quatre héroïnes inspirées des sœurs Mitford dans *Le Vent du soir*, dont deux flirtent, au propre comme au figuré, avec l'hitlérisme. Ce sera aussi le cas de sa pièce de théâtre dans laquelle Napoléon et Cambacérès montrent le côté farce de l'histoire. Ce pourrait être un exercice facétieux à la Sacha Guitry si cette attitude ne plongeait pas ses racines dans un arrière-plan philosophique, notamment un profond scepticisme. Il l'écrit dans *La Gloire de l'Empire* : « Rien de plus vain que l'histoire et elle est pourtant l'homme même. Rien de plus accidentel et rien de plus nécessaire. Rien de plus hasardeux, et voilà déjà le destin. L'histoire écrit pour l'éternité d'insignifiantes anecdotes qui finissent par faire et par être la nature même de l'homme. »

Histoire du Juif errant

Encore un livre dont le sujet, le héros, est le temps. Jean d'O a toujours su orchestrer ce thème en l'agrémentant de romanesque et de folie. Ainsi, dans sa manière d'affronter le temps, il se refuse à toute solennité. Mais cela ne doit pas nous abuser : il joue avec l'histoire comme on joue avec le feu. Et derrière les jeux de l'esprit, les pirouettes brillantes, il y a certainement un Mercutio qui est sensible aux blessures de l'Histoire, à sa tragédie. *Histoire du Juif errant* exprime une nouvelle tentative pour exorciser la fatalité du temps qui passe. À travers le destin d'un homme condamné à ne pas mourir, Jean d'O nous fait pénétrer dans une mythologie qui orchestre un foisonnant roman, dont les personnages à la fois réels et imaginaires, emportés dans une course folle, affamés d'aventures, d'amour, de savoir, de gloire autant que de déchéance, de meurtre, de viol, de destruction, composent la grande légende tumultueuse de l'Histoire. Cette trame que nous tissons tous, petits êtres éphémères, sans savoir que nous recomposons sans cesse un grand mythe tragique.

Flaubert, Mallarmé, Joyce, Valéry ont rêvé, chacun à sa manière, d'un livre total qui réconcilierait le roman et l'histoire, mêlerait les forces de la réalité et les puissances de la fiction, l'art et la science, un livre absolu qui serait à la fois un sommet et une géniale impasse ; un équivalent moderne du *De natura rerum*, de *La Divine Comédie*, de *Don Quichotte*, de l'œuvre de Rabelais, exprimant en même temps les connaissances d'une époque et leur généalogie. Un pont jeté du particulier à l'universel. C'est cette ambition qui anime, irrigue et soulève *Histoire du Juif errant*. Si on peut dire que toute l'œuvre de Jean d'Ormesson s'oriente autour de deux thèmes majeurs, le temps et l'amour, il a toujours su les orchestrer d'une manière complètement originale en introduisant, dans les apparences du roman traditionnel, une invention, une intelligence nourrie par un formidable appétit de connaissances qui se marie chez lui avec un don devenu rarissime : la fantaisie.

Hollande, François

C'est Valérie Trierweiler, que je voyais à *Paris Match*, qui me demanda d'organiser une rencontre entre le candidat putatif du parti socialiste et Jean d'O. J'organisai donc un dîner chez moi. Les deux hommes se parlèrent, se jaugèrent, mais manifestement le courant ne passa pas aussi bien qu'avec François Mitterrand. Hollande, un peu mal à l'aise, se montra moins drôle qu'à son habitude ; Jean, qui sentait que la littérature n'était pas la première langue du premier secrétaire du PS, restait sur la réserve. Ce ne fut certes pas la rencontre historique

que j'attendais. Je ne revis Hollande que cinq ans plus tard, invité à l'Élysée par Jean qui recevait de ses mains la dignité de grand-croix de la Légion d'honneur. Que pensait Jean de Hollande ? En tant que personne, il le considérait intelligent, parfois drôle, mais en tant que Président il n'était pas loin de le juger comme le plus catastrophique des hôtes de l'Élysée. Il avait sévèrement taclé le candidat dans un article : « Hollande est le candidat le plus mondialement connu en Corrèze. » Mais ce jugement n'altérait nullement leurs relations. Hollande se montra grand seigneur, lui accordant en dépit de leur différend politique la plus haute dignité dans l'ordre de la Légion d'honneur. Il manifesta même un certain humour lors de cette cérémonie à l'Élysée : « Vous êtes populaire chez les femmes et chez les hommes, célèbre en France sans être méconnu à l'étranger, aimé sans être envié. Je me suis interrogé sur ce mystère : pourquoi ce don de Dieu ? Pourquoi Dieu est-il aussi sélectif ? Comment faites-vous pour être aussi populaire ? Ceux qui racontent l'Histoire ont plus de chance d'être aimés que ceux qui font l'Histoire. »

Homère

L'*Odyssée* est probablement le dernier livre qu'il ait relu. Il en parlait au fur et à mesure de sa lecture avec délice. C'est peut-être ce type de livre qu'il aurait aimé écrire s'il avait été poète. Mais l'époque du merveilleux qui enchanta le ciel de la Grèce, ou le merveilleux chrétien qui procure un charme inimitable aux romans de la Table ronde, s'est depuis longtemps dissipé. Et aussi le culte des dieux et des héros.

Homme

C'est l'une des belles phrases de Chateaubriand qui lui étaient chères et qu'il aimait citer : « Notre espèce se divise en deux parts inégales : les hommes de la mort et aimés d'elle, troupeau choisi qui renaît, les hommes de la vie et oubliés d'elle, multitude de néant qui ne renaît plus. » Si ce texte avait une si profonde résonance en lui, c'est sans doute parce qu'il se demandait si son amour exubérant de la vie n'était pas de nature à l'éloigner de ces hommes de la mort, les artistes, qui sont appelés à cette autre vie qu'apporte la postérité.

Homosexualité

C'était en Corse, à Fornali, sur la terrasse en plein soleil avant le déjeuner. Jean posa le *Figaro Magazine* dont il venait de lire un article de Michel De Jaeghere sur les relations entre Drieu et Aragon. Selon le journaliste, les deux écrivains avaient même passé la nuit ensemble. Jean me demanda : « Crois-tu que dans cinquante ans les gens écriront que nous avons couché ensemble ? » Je lui répondis : « Mais, Jean, on le dit déjà. » Il s'indigna, puis éclata de rire. Il regardait l'homosexualité comme tout ce qui est humain, sans préjugé, ni favorable ni défavorable. Cela faisait partie de l'idiosyncrasie des individus. De leur part privée qu'il respectait. Il s'amusait des provocations de Pierre Combescot qui portait son homosexualité à la boutonnière.

Il racontait souvent ce qu'un de ses condisciples de la classe de philosophie à Normale sup lui avait dit. Jean Beaufret, lui proposant gentiment de coucher avec lui et sentant ses réticences, l'avait rassuré : « Tu sais, ce n'est pas parce que je t'en... deux ou trois fois que tu deviendras pédéraste. » Jean aimait aussi cette histoire probablement apocryphe et due à l'imagination aussi fertile qu'humoristique d'André François-Poncet. Lorsque le très catholique Robert Schuman fut nommé ministre des Affaires étrangères, il convoqua au Quai d'Orsay son vieil ami François-Poncet : celui-ci se trouva nez à nez dans l'antichambre avec Jean François Deniau. Les deux hommes s'interrogent mutuellement sur la raison de leur convocation. François-Poncet est introduit dans le bureau du ministre qui l'interroge un long moment sur les relations bilatérales franco-allemandes. Puis s'interrompant, il lui demande à brûle-pourpoint : « Il y a une question qui me préoccupe : savez-vous combien il y a d'homosexuels au Quai ? » Sans se démonter, François-Poncet, habitué aux questions incongrues posées par le ministre, répond sans la moindre hésitation : « Monsieur le ministre, il y en a exactement quarante-sept. — Quarante-sept ! reprend le ministre, c'est un bon chiffre. Ce n'est pas excessif. » Et il congédie l'ambassadeur qui retrouve Deniau dans l'antichambre. Celui-ci lui demande sur quoi a roulé l'entretien. « Une seule chose l'intéresse, le nombre des homosexuels au Quai. — Et que lui avez-vous répondu ? — Je lui ai dit qu'il y en avait exactement quarante-sept. » Même scénario lorsque Deniau est introduit auprès du ministre qui, après des prolégomènes, lui pose la même question sur le nombre des homosexuels au Quai. Deniau lui répond : « Il y en a exactement quarante-sept. — Quarante-sept ! Comme c'est curieux ! répète le ministre d'un air méditatif. C'est exactement ce que m'a dit François-Poncet... Pourvu que ce soient les mêmes. »

Honneurs

Il les aime et en même temps il prétend les détester. Il y aspire et il les méprise. Il n'est pas mécontent de les voir fleurir sa boutonnière, mais dans le même moment il a conscience de leur vanité. À quoi bon ? Répéterait-il le mot de Bernanos : « Le démon de mon cœur s'appelle à quoi bon » ? Non, il faudrait plutôt s'adresser à Barrès qui, en matière d'honneurs, en avait eu son lot : « Tout obtenir afin de pouvoir tout mépriser. » En fait il est partagé entre ses attaches familiales, son père, sa mère, sa famille, auxquels il voudrait donner des gages de sa réussite sociale, et sa crainte de rejoindre les gens importants, les notables, qui sont rarement dans le camp des artistes, éternels saltimbanques. Combien d'écrivains ont été dans ce cas ? L'esprit de compétition, qui est grand chez lui, lui souffle d'obtenir tout ce qui est à portée de sa main. « Pourquoi pas le ministère de la Culture ? », lui demandai-je un jour. Il me répondit en souriant : « Je crois que je n'aurais pas le courage de refuser. » La direction du *Figaro*, l'Académie, la grand-croix de la Légion d'honneur, la Pléiade, le tout couronné par des obsèques quasiment nationales, on ne peut pas dire que les honneurs lui aient manqué. Néanmoins, c'est vrai, sa vie profonde était ailleurs, dans son ambition d'être un écrivain et dans son désir concomitant de se baigner dans la mer Méditerranée, loin de tous les officiels, de tous les phraseurs. Il le dira à Pierre Sipriot : « Je ne regrette rien de ce que j'ai dit jadis, probablement je m'estimais plus quand j'étais plus libre que quand je suis moins libre et plus chargé de ce qu'on appelle les honneurs. »

Voir : Académie ; Invalides ; Pléiade, la.

Hussards

Hussard d'honneur, compagnon de route, plutôt que Hussard militant, lié d'amitié à la plupart des jeunes gens de ce groupe désignés ainsi par Bernard Frank, Jean aimait l'esprit libre de ces écrivains qui, comme Antoine Blondin, Michel Déon, Roger Nimier, Paul Guimard, Jacques Laurent, Kléber Haedens, brillaient par leur talent et leurs provocations. Il participa avec eux au journal *La Parisienne*, puis à *Arts*. Il appréciait moins leur antigaullisme et leur soutien aux thèses de l'Algérie française. Ou leurs exécrations et anathèmes contre Sartre et la gauche. Il sera pendant quelques années le président du prix Nimier. Ce qu'il partageait avec eux, c'étaient la fantaisie, une forme d'irrévérence, l'humour, la liberté d'esprit et le refus des bétonnières idéologiques.

I

Invalides

Jean aurait-il souhaité l'hommage national qui lui a été rendu dans la cour d'honneur des Invalides par le président Macron ? Une part de Jean, celle sociale, traditionnelle, n'y eût pas été insensible. L'autre Jean, sceptique, qui mesurait à quel point les honneurs dissimulent la vraie vie, s'en fichait. Les honneurs qui lui furent rendus le furent avec un grand tact. Le discours du Président sonna juste, surtout lorsqu'il déposa un crayon sur son cercueil. Cette idée, il la puisa dans un aveu que fit Jean à François Sureau dans leur livre d'entretiens *Garçon de quoi écrire* (Gallimard). Rien n'a semblé plus mérité que cet honneur national rendu par le président de la République à un écrivain dont toute l'œuvre honore la vie de l'esprit. De plus, alors que tant de Français s'opposent, se querellent, il était la belle illustration d'une entente générale autour d'un écrivain. Le président Macron a trouvé pour l'évoquer quelques belles formules. Il l'a désigné comme « un antidote à la grisaille des jours » qui « semblait fait pour donner aux mélancoliques le goût de vivre et aux pessimistes celui de l'avenir ». « Il nous rappelait que la légèreté n'est pas le contraire de la profondeur mais de la lourdeur. »

C'est dans la cathédrale qu'auparavant je procédai à l'éloge funèbre qu'il avait souhaité que je prononce. Aucun devoir d'amitié ne m'a semblé plus émouvant et plus cruel. J'avais peur d'éclater en sanglots. Tout cela me paraissait irréel. Jean qui était la vie même ne pouvait pas être mort. C'était une mauvaise plaisanterie. Je m'efforçai d'être fidèle à Jean sur un point : ne pas être pompeux, ni emphatique, être simple comme il l'était en toutes circonstances. Je terminai en disant un poème d'Apollinaire qu'il aimait par-dessus tout.

Voir : Toujours, Jean d'Ormesson pour toujours.

Italie

Est-ce vraiment un pays ou une idée de pays façonnée avec des souvenirs et des rêves ? « Le charme de l'Italie est parent de celui d'aimer », écrivait Stendhal, l'un de ceux qui ont le plus contribué à mettre en mots la magie de ces lieux qui semblent des demeures idéales pour les âmes. L'Italie a eu sur la France un grand avantage. Au XIXe siècle, c'était un pays pauvre. Cela lui a évité, particulièrement Venise, ces destructions et ces constructions qui auraient ravagé ses palais et ses ruines. Jean d'O a adoré l'Italie comme sa seconde patrie, peut-être même la première. Après la déception d'un voyage à Rome, adolescent, il va dès l'âge de vingt ans s'y précipiter avec gourmandise. Ses premiers livres comme les derniers se font l'écho de cette passion jamais déçue. Rome, Venise, Florence, Lecce, San Miniato, San Gimignano, apparaissent dans une lumière enchantée.

Ce voyage en Italie qui fait partie de toute éducation européenne depuis la Renaissance montre l'imprégnation profonde de l'humanisme. Mais il ne s'agit pas d'un humanisme purement intellectuel, desséché, universitaire, il y introduit une sensibilité, une sensualité qui le rendent proche de Stendhal. Mis à part l'opéra et les cantatrices pour lesquels il n'a jamais eu un goût prononcé. L'Italie pour lui, c'est l'alliance parfaite du Colisée, du soleil et d'une jolie fille : le passé, l'éternité, plus un sourire. Mais de Montaigne au président de Brosses, d'Ingres à Corot, d'André Suarès à Drieu la Rochelle, chacun a son idée de l'Italie. Ce qui apparaît le plus curieusement dans cet amour inlassable pour les paysages de Rome, de la Toscane, de la Sicile, c'est à quel point Jean est français : car qu'est-ce que la France, sinon cette confrontation incessante avec le passé italien et romain ? Le Français ne se débarrasse jamais de cet héritage si profondément intriqué en lui-même, infusé par les humanités, les arts, les lettres, la langue, le christianisme. C'est presque une double nationalité. Jean y échappe d'autant moins que ce passé retentit en lui d'une manière particulière, pas seulement comme normalien, mais comme philosophe qui depuis toujours a pris le temps comme thème de prédilection. D'Edward Gibbon, l'historien du déclin de l'Empire romain, jusqu'à Ronald Syme, son confrère de l'Unesco, cette question de la grandeur et de la décadence illustrée par Rome de manière éclatante va l'obséder.

Beaucoup de ses héros seront ses porte-voix : Nicolas, le fils de Marie Wronski et de Verdi dans *Le Vent du soir*, s'y rend pour retrouver Nadia, la femme qu'il aime : « Il alla en voiture à la gare acheter un billet de chemin de fer pour l'Italie. C'était la première fois qu'il quittait la Suisse pour un de ces pays étrangers dont il avait tant rêvé avec un effroi mêlé de curiosité, d'impatience et de désir. » Dans *Voyez comme on danse*, le narrateur, qui se trouve à Ravello dans la chambre 17 de l'hôtel Caruso Belvedere en compagnie de Marina, se met à rêver d'écrire un guide des hôtels et pensions italiennes, et de répertorier « du côté de Sienne, de Lucques, de Montepulciano, de Todi, d'Orvieto, une bonne douzaine d'hôtels délicieux ». Quant au narrateur de *La Douane de mer*, c'est un amoureux fou de Venise et de ses sortilèges.

Florence et Sienne le retiennent particulièrement : « On dirait que le seul souci de Florence, en dépit de l'indignation de Savonarole, est de créer de la beauté

– parfois avec un peu trop de recherche et de somptuosité de nouveau riche », écrit-il, assis sur un banc dans le fameux jardin de Boboli ; mais cet enchantement des yeux ne l'empêche nullement d'être sensible à d'autres plaisirs : ceux qu'offrent les *trattorie*, surtout à cette saison qui est celle de la truffe blanche – *tartufo bianco* – ou des *fungi porcini*, les cèpes.

Avec Jean, un voyage en Italie ne se termine jamais. D'abord il le rêve, ensuite il en jouit, comparant sans fin ses impressions à celles de ses grands devanciers littéraires, enfin il le décrit dans ses livres. Et c'est comme si se déroulait devant ses yeux éblouis un éternel présent de l'Italie.

Voir : Chateaubriand, François-René de ; Rome ; Sélinonte ; Venise.

J

Jalousie

Jean n'était pas fait pour le malheur ni pour s'adonner aux souffrances inutiles.

Aussi « le monstre aux yeux verts qui se nourrit de sa propre substance » lui semble-t-il tout à fait étranger. Son cœur volage et papillonnant n'en a pas moins connu les morsures. Mais de là à souffrir comme Swann, comme le narrateur de la *Recherche*, ou comme le héros de *La Sonate à Kreutzer*, il y a de la marge. Il a été plus agacé, irrité, humilié par l'infidélité que vraiment jaloux. Dans *Voyez comme on danse*, il assiste aux obsèques d'un de ses amis : ils ont aimé la même femme. Pas de trace de jalousie. Au contraire, il semble que cette femme partagée ait accru leur amitié. Car, pour Jean, l'amour d'une femme se mêle très vite à l'amour universel, à la vie, au soleil, aux beaux paysages.

Jean

Avec Dieu, peut-être avant lui, en tout cas grâce à lui, Jean occupe une place considérable dans l'œuvre de Jean d'O. La question de son existence, autant que celle du monde, l'a toujours préoccupé. Sans fin il s'interroge : pourquoi y a-t-il quelque chose au lieu de rien, et lui-même au lieu d'un autre ? Cette méditation sur lui-même est à l'origine de tout ce qu'il a écrit. Mais c'est à la fois plus philosophiquement et sensuellement qu'il s'interroge. On ne peut lui faire le reproche que Pascal faisait à Montaigne : « Le sot projet qu'il a eu de se peindre. » Chez lui, on ne trouve aucun détail scabreux sur son corps, ses maladies, ses voluptés et ses extases. Il ne s'interroge pas sur son membre en érection comme l'auteur des *Essais* qui considère que les pires ennemis du sexe s'appellent « débolesse, flasquesse et moliture ». Il reste pudique dans son autoportrait. Qu'on ne compte pas sur lui pour nous révéler ses turpitudes comme Jean-Jacques Rousseau : pas de ruban volé chez lui, pas de fiasco avec Zulietta, la courtisane vénitienne. On pourrait dire que Jean est son principal personnage. D'ailleurs son troisième livre ne s'appelait-il pas *Du côté de chez Jean* ? Ce côté de chez Jean, il ne s'en éloignera jamais tout à fait. *Au plaisir de Dieu*, autobiographie familiale romancée, est le récit d'un cœur ardent pour s'émanciper d'une famille que les siècles passés enferment dans des murailles infranchissables et qui a du mal à aborder le monde moderne. Ce Jean réapparaît constamment. Il est son double, son semblable, son frère, qu'il charge de prendre la parole à sa place alors que lui-même tient la plume. Il existe une autre variété de Jean : moi. Ainsi qu'une espèce détectée par Léon Daudet et souffrant d'hypertrophie de l'ego, « les moitrinaires ». Mais l'ego de Jean n'est pas l'insupportable ego romantique, révolté, prenant le monde à témoin de l'injustice qu'il subit, c'est un ego raisonnable et bien élevé qui vous prend à témoin de l'extraordinaire chance qu'il a d'exister. « J'ai beaucoup parlé de moi, mais souvent pour ne rien dire de moi. » On ne peut pas dire les choses plus justement.

Voir : Moi (Lui).

Jeeves

Jean s'était découvert une passion pour l'écrivain anglais P. G. Wodehouse, auteur de romans qui avait créé un valet de chambre modèle d'humour et de drôlerie, Jeeves, au service de Bertie Wooster, un original excentrique qui a le don de se mettre dans des situations compliquées.

Journalisme

Morand avait recommandé à ses jeunes disciples : « Surtout pas de journalisme. » Jean est de ceux qui n'en ont pas, mais alors absolument pas, tenu compte. Avec *Arts*, puis *Le Figaro*, Jean a aimé dans le journalisme le contact avec la vie, avec la politique, avec la littérature. Le journalisme lui permettait de cultiver ce don de pédagogue qu'il n'avait pas exploité sur le plan universitaire. Bien sûr, d'abord et avant tout écrivain, il pratiquait un type spécial de journalisme, celui de Mauriac, de Bernanos, de Camus. Il citait souvent le mot de Gide : « J'appelle journalisme ce qui sera moins important demain qu'aujourd'hui » ou l'aphorisme de Bernard Shaw : « Le journalisme est illisible et la littérature n'est pas lue. »

Voir : *Figaro, Le* ; Mauriac, François.

Juif

S'il est pour lui un péché contre l'esprit et contre la vie, c'est bien l'antisémitisme. C'est pour se démarquer des anciens préjugés d'une partie de la bourgeoisie française et de l'ignoble statut des Juifs décrété par Vichy qu'il recevra Simone Veil à l'Académie. Le peuple d'Israël est pour lui l'occasion de beaucoup d'interrogations qui culmineront avec *Histoire du Juif errant*. Pourquoi tant de génies en son sein et pourquoi tant de souffrances endurées ? Pourquoi l'Holocauste ? Sur le sionisme, ce Gémeaux évitera de s'exprimer clairement. Mais la façon dont il admet les positions de son ami, le philosophe Jean Walh, au cours d'un colloque en Israël, laisse penser qu'il était proche des positions d'Yitzhak Rabin.

Julliard, Jacques

Il ne manquait qu'un grand catholique de gauche, historien des relations sociales, pour confirmer l'éclectisme de Jean dans ses amitiés. Grand intellectuel marqué par l'influence du philosophe Jean Lacroix et par le personnalisme d'Emmanuel Mounier, normalien, longtemps éditorialiste au *Nouvel Obs*, Jacques Julliard ne se voit pas comme un démocrate chrétien mais comme « un socialiste religieux ». Il préfacera dans la collection Bouquins un recueil de textes politiques de Jean, *Dieu, les affaires et nous*. Fidèle invité de Fornali à Saint-Florent, avec son épouse Suzanne Julliard, auteur d'une *Anthologie de la poésie française*, il rendra un très bel hommage à Jean au moment de sa disparition, voyant en lui « un homme en qui se conjuguaient pour le meilleur l'esprit de l'Ancien Régime et celui de la Révolution ». Il souligne également, faisant allusion à son cancer : « La politesse et l'élégance des manières qui sont la marque du respect d'autrui. Cette élégance d'Ancien Régime qui relève parfois du stoïcisme : c'est souffrir les pires maux sans se plaindre, sans parler de soi, avec le sourire, comme si de rien n'était. Elle est à l'opposé de ce narcissisme victimaire dans lequel notre société se complaît. Identitaire, Jean d'Ormesson ? En partisan de Sarkozy, le mot ne lui faisait pas peur. On ne voit d'ailleurs pas pourquoi, afin de ne contrarier personne, les Français devraient renoncer à leur identité. Mais il était trop grand voyageur, trop cosmopolite et trop peu conformiste pour faire de cette identité française une arme de guerre contre les autres. »

K

Kessel, Joseph

C'est à la demande de Maurice Druon, qui craignait de ternir ses relations marocaines, que Jean alla remettre l'épée d'académicien de Joseph Kessel, ornée d'une étoile de David et de la croix de Lorraine, à l'université de Jérusalem en 1973.

Dans l'éloge qu'il prononça du grand écrivain perce toute l'admiration qu'il éprouve pour un homme si différent de lui. Car Jean, il faut l'admettre, n'a rien d'un aventurier. Sa vie s'inscrit dans un parcours classique, au sein d'une ancienne famille, sans que rien perturbe jamais son horizon familial. Tout le contraire de Kessel qui semble sorti d'un roman de Dostoïevski. Né en Argentine, Russe apatride, Juif contraint de quitter la France pendant l'Occupation et rejoignant la France libre à Londres où il écrira le *Chant des partisans* avec son neveu – peut-être son fils ? – Maurice Druon. Comment un tel homme qui avait accumulé toutes les expériences, celles de la Première Guerre où il s'était battu comme pilote, celles de la drogue, des bas-fonds, de la misère, n'aurait-il pas excité l'intérêt de Jean qui aimait en lui une existence aussi débridée que la sienne était relativement sage. Tout les séparait et pourtant, magie de la littérature, des liens très forts les unissaient.

L

Lerolle, Paul

Jean aimait citer cette polémique à la Chambre des députés entre Paul Lerolle et un député anticlérical, Viviani, ministre du Travail, qui s'exclamait à propos de la séparation des Églises et de l'État : « Nous avons arraché les consciences humaines à la croyance. Nous leur avons dit que, derrière les nuages, il n'y avait que des chimères. Nous avons éteint dans le ciel des lumières qu'on ne rallumera plus. » Paul Lerolle lui répondit : « Croyez-vous qu'il soit bon à toutes ces douleurs, à ces souffrances, qu'on ne supprime pas, d'affirmer avec une audace si bruyante le néant de ces espérances chrétiennes où elles trouvaient au moins une consolation et l'espérance ? Êtes-vous sûr qu'en minimisant le nombre des pauvres vous n'augmentez pas celui des malheureux ? Attendez donc au moins d'avoir tenu vos promesses avant de fermer le ciel, avant de décréter que la plainte humaine n'y est plus entendue et qu'il n'est pas d'espérance au-delà de cette vie. »

Littérature

Elle représentait à peu près tout pour lui. Sa vie, ses rêves, son travail, ses amis, ses voyages et même ses amours, tout tournait autour de la littérature. Véritable addiction, il n'y avait pas de jour sans qu'il lise un livre ou soit en train d'en écrire un. Pourtant, dans sa famille, personne, en dehors peut-être de sa mère qui était une lectrice, et de son oncle Wladimir, qui avait écrit quelques livres, n'avait la passion de la littérature. Il a raconté son émerveillement en lisant *Aurélien* d'Aragon au cours d'un voyage à Londres où il devait apprendre l'anglais. Il en avouera la raison quand il écrira *Une autre histoire de la littérature* : « La première est que j'aime ça. J'aime les livres. Tout ce qui touche la littérature – ses acteurs, ses héros, ses partisans, ses adversaires, ses querelles, ses passions – me fait battre le cœur. Le triomphe du *Cid* m'enchante. La petite société autour de Chateaubriand et de cette raseuse de Mme de Staël m'amuse à la folie. La mort de Lucien de Rubempré me consterne autant que Wilde ou le baron de Charlus. Aragon me transporte. Et, j'aime mieux le dire tout de suite, Proust me fait beaucoup rire. » Ce qui détermine ses choix en matière de lecture, c'est avant tout le plaisir. Et suivant le conseil de son ami Kléber Haedens, il faut éviter avant tout de considérer la littérature comme un cimetière. Jean d'O aime aussi la littérature parce qu'elle apparaît comme le dernier obstacle à la barbarie galopante.

Mais, en matière littéraire, il oscille souvent entre l'optimisme que lui communique l'admiration qu'il éprouve pour toutes les grandes œuvres de l'esprit et le pessimisme que lui inspirent les pratiques du monde des lettres, le système des prix. « Longtemps, la littérature avait reposé sur les œuvres. Elle reposait maintenant sur les tactiques, appuyées sur des pouvoirs. Elle était encore, en partie, une question de talent. Mais elle était liée plus que jamais à un jeu compliqué de structure et de réseaux. Le lien entre l'auteur et le lecteur était submergé sous une foule de relations annexes. Le plaisir que pouvait donner un livre ne comptait déjà presque plus. L'œuvre elle-même s'effaçait. Ce qu'on appelait jadis une œuvre se réduisait au rôle d'un pion sur l'échiquier littéraire. La littérature était une partie de go. Une bataille. Une épreuve de force à l'intérieur d'un grand jeu dominé par le commerce et par la politique. Elle n'était plus rien qu'une guerre menée avec d'autres moyens. Le Goncourt, comme les autres prix, ne couronnait plus seulement des auteurs : il couronnait aussi des éditeurs. Il y avait entre eux un équilibre à respecter Des alternances s'imposaient. Des échanges se négociaient. La littérature était un art. Elle était aussi une bourse où des coups se jouaient. »

Autre sujet d'inquiétude : non seulement la profusion des livres publiés, « la mauvaise monnaie chasse la bonne », mais aussi la difficulté pour un lecteur, distrait par tant d'autres sollicitations, de trouver l'écrivain qu'il serait susceptible d'aimer dans l'encombrement des rayons des libraires. Pour lui, l'avenir semble sombre. Souvent il se demande si l'homme et la femme de demain auront encore besoin d'avoir recours au livre, pour rêver, pour s'évader de la tyrannie de la réalité. Le livre n'a-t-il pas fait son temps ? Comme ses indispensables alliés, l'humanisme, l'imprimerie. Il craint pour le futur l'avènement d'un monde où la littérature ne sera plus qu'une curiosité pour quelques esthètes et quelques érudits : « On se demande si la littérature est quelque chose d'éternel, confie-t-il à Bernard Pivot. Et si la littérature disparaissait ? Là-dessus, dans son dernier livre, Roger Caillois a l'air de dire que la culture est si extraordinairement fragile et même tellement étouffante qu'on peut vouloir s'en débarrasser. Et qu'adviendra-t-il du roman ? L'épopée était liée à la féodalité, la tragédie à l'aristocratie, et le roman est lié à la bourgeoisie et à la lutte du prolétariat contre la bourgeoisie. Je ne dis pas que nous allons nécessairement vers le communisme, mais nous allons obligatoirement vers le déclin de la bourgeoisie. Qui le niera ? Inutile de se dire : mais non, la bourgeoisie, elle, elle tiendra éternellement ! Évidemment pas ! L'aristocratie n'a pas tenu, la bourgeoisie ne tiendra pas non plus. Est-ce qu'elle entraînera le roman dans sa chute ? Ce n'est pas sûr, mais ce n'est pas exclu. Et une littérature sans roman, avec des mémoires et des essais, ce n'est pas très gai. »

Voir : Écrivain.

M

Malcy

Le « Bleuet » est des personnages féminins longtemps mystérieux de la vie sentimentale de Jean d'O. Un demi-mystère puisqu'il lui a dédié plusieurs livres. Il y a de fortes chances qu'elle se dissimule sous la dédicace du *Vent du soir*, « *Semper eadem* ». Ou dans la dédicace de *Mon dernier rêve sera pour vous* : « Pour Vous » ou « Pour M. à qui je dois tant ». Derrière ce nom de fleur se dissimule une belle femme aux yeux bleu pervenche prénommée Malcy, qui a occupé une grande place dans sa vie comme éditrice, conseillère littéraire et plus encore comme égérie. Jean n'a rien dissimulé de leur rencontre chez Claude et Simone Gallimard en présence de Romain Gary. Il ne cache ni son nom ni son rôle dans sa vie, éditrice aux éditions Lattès, puis Robert Laffont, jusqu'à sa présence chez Antoine Gallimard pour fêter la publication de Jean dans la Pléiade. Il écrit : « Je pourrais consacrer plusieurs heures et plusieurs volumes à vous parler de Malcy Ozannat. Je l'ai aimée, admirée, vénérée. Et je l'aime, je l'admire et la vénère toujours. J'ajouterai que plus aucun de mes livres n'aurait pu voir le jour sans sa présence et son concours. »

Malraux, André

C'est peut-être le seul écrivain devant lequel Jean perdait ses moyens. Il l'écoutait, mais, paralysé par le trac, il n'osait lui parler. Inutile de dire qu'il l'admirait. Pour de multiples raisons : sa stature historique d'ancien combattant de la guerre d'Espagne, organisateur de l'escadrille España, le résistant de Dordogne, le colonel Berger de la brigade Alsace-Lorraine ; le gaulliste héraut lyrique du RPF devenu ministre de légende aux côtés de De Gaulle. Le séduisait aussi l'aventurier qui avait pris des libertés avec la légalité en s'emparant des statues khmères du temple de Banteay Srei, même si cette légende sulfureuse l'a contraint d'annuler une conférence de Malraux à l'Unesco devant les protestations des représentants qui refusait d'accueillir un ancien pilleur de temples. Quant au romancier, il l'admire même si ses grands romans ne font pas partie de ses livres de chevet. Le côté âpre, rugueux, syncopé du style ne semble pas son genre. D'autre part, Jean d'O s'est toujours plus intéressé aux tentatives novatrices en matière romanesque qu'à ceux qui continuaient à écrire dans une veine relativement classique.

Bien sûr, l'intéresse aussi chez Malraux la passion de l'histoire. Il cite souvent sa phrase : « Ce qui nous distinguait de nos maîtres, à vingt ans, c'était la passion de l'histoire. » De ce point de vue celui-ci apparaît comme un anti-Proust. Il est également sensible au caractère prémonitoire d'une œuvre, qui, décrivant le monde actuel, en a deviné de manière magistrale son devenir : « Notre monde s'est mis à ressembler à ce que Malraux en avait dit. » Et de ce paysage contemporain bouleversé, il admire la hardiesse d'une vision qui brasse les contradictions entre l'ordre et le désordre, l'emprise du rationnel et la fascination de l'irrationnel, toutes choses qui le poussent à essayer de concilier Lautréamont et Nietzsche, Marx et de Gaulle, Max Jacob et le colonel Lawrence. Contradictions qui apparaissent dans sa vie entre le jeune homme pilleur de temples khmers et le ministre attaché à la sauvegarde du patrimoine, le presque compagnon de route des communistes et le patriote chantre de la France éternelle. Enfin l'admirateur de Trotski opposé aux étudiants de Mai 68. Et il a cette formule savoureuse pour résumer ce périple hors normes, qui parvient à la cohérence tout en frisant la discontinuité lyrique : « On dirait une carrière de Talleyrand d'épopée, coulée dans une mythologie à la Chateaubriand, accompagnée d'érotisme, de statuettes orientales et de maniement d'armes à feu. »

Jean s'interroge sur l'avenir de Malraux. Est-ce une œuvre qui défiera le temps ou, bien trop liée à nos enjeux contemporains, sera-t-elle condamnée à s'effacer avec eux ? Mais il ne peut s'empêcher d'être bluffé par cette personnalité hors du commun, alliage de tant de talents contradictoires : « Un croisement assez hybride et un peu bizarre du colonel Lawrence et de Charles Baudelaire avec de Gaulle pour parrain, ou encore si vous préférez, d'une reine khmère et de Trotski, avec un zeste de Nietzsche et une pincée de Corbière. »

Quand Jean dirigeait *Le Figaro*, j'avais écrit une de ces célèbres chroniques de première page, réservées aux académiciens – ce que j'étais alors très loin d'être – et aux grandes plumes – ce que je n'étais pas non plus. Elle était consacrée à Malraux. Je me permettais avec l'insolence inconsciente de la jeunesse de regretter que le Malraux flamboyant des Brigades internationales et le sulfureux voleur de statues soit recouvert par le flonflon des honneurs postministériels. Jean s'amusa beaucoup de mon texte. J'eus quelques heures à savourer ma gloire future. Mais patatras : on apprit dans la soirée la mort de Pompidou. C'était une grande catastrophe pour la France et une petite catastrophe pour moi. On imagine le branle-bas d'un journal comme *Le Figaro*. Mon article, bien frêle esquif devant l'aquilon, était voué au naufrage. Je me résignai à le voir rejoindre ce qu'on appelle en jargon journalistique le « panier », ces limbes où finissent tant de ces déjà éphémères écrits de circonstance. Les rédacteurs en chef surmenés m'avaient déjà sacrifié sans états d'âme. Jean intervint avec détermination et, pour une fois intraitable, imposa l'article. Cette anecdote sans beaucoup d'importance me révéla, plus que bien d'autres manifestations de son amitié, le respect religieux qu'il vouait à tout ce qui touchait à la littérature, même dans un moment historique et politique crucial. Et aujourd'hui encore, cela m'émeut et relie Jean et Malraux par une chaîne mystérieuse compréhensible pour moi seul.

Mariage

Qui est mieux placé que Françoise, son épouse, pour dire ce que Jean pensait du mariage : « Jean a tout fait pour me dissuader de l'épouser. Il m'a répété cinquante fois de long en large que le mariage n'était pas fait pour lui. Il voulait sa liberté, voyager quand il le voulait, avoir des aventures, ne rien devoir expliquer et surtout, disait-il, ne pas avoir la moindre responsabilité. Alors un enfant… On peut dire que j'étais prévenue ! Il ne m'a pas prise en traître. » Dans le même entretien avec Arnaud Bizot pour *Paris Match*, elle est loin de se plaindre de la vie qu'elle a menée avec lui : « J'ai passé cinquante-cinq ans avec un homme très attentionné et très amusant, d'une politesse inouïe, d'une éducation extrême. Tout l'amusait, il me racontait des histoires drôles ou l'Histoire avec un grand H […] Je ne riais pas tous les jours, mais je ne regrette rien. Je referais tout de la même façon. Je n'ai jamais eu le sentiment de vivre avec un monstre égoïste. Avec Jean, rien n'était jamais dramatique. À la moindre petite tension, je me trouvais idiote. On passait à autre chose. Lorsque Jean était là, il était vraiment là. »

Dans un entretien avec Anne Fulda pour *Le Figaro*, elle exprimera les mêmes sentiments : « Jean n'a jamais été un mari, mais ce fut un compagnon délicieux. »

Jean, de son côté, se montrera toujours sans enthousiasme sur le mariage. Il s'en sortait par une maxime : « Dans le mariage, ce sont les cinquante premières années qui sont difficiles. Après c'est beaucoup mieux. »

Voir : Françoise.

Mauriac, François

Jean admirait Mauriac, qui l'avait précédé comme grande plume et conscience du *Figaro*. Pourtant on ne peut pas imaginer deux hommes et deux écrivains plus dissemblables. Mauriac a un sérieux compte à régler avec la bourgeoisie qu'il identifiera toujours à la morgue et à la fatuité sociales des grands propriétaires des Chartrons. Il pourrait répéter avec de Gaulle : « Les possédants sont possédés par ce qu'ils possèdent. » Catholique vibrant, déchiré entre les tentations de la chair et la crainte du péché, il vit dans les drames de conscience dont il nourrit ses romans : pécheurs et pécheresses y abondent, alors qu'on n'en trouve pas trace dans les livres solaires de

Jean où règne un paganisme voluptueux. Enfin, politiquement, Mauriac est un chrétien révolté par l'injustice, qu'elle soit sociale ou coloniale. Pour cette raison, il sera contraint de quitter un *Figaro* que Jean d'O ne quittera jamais. Pour Jean, la politique est un théâtre qui le passionne dans lequel il ne s'implique pas totalement, il n'y engage pas tout son être. Il est trop sceptique et trop hédoniste pour un rôle de martyr. Contrairement à Mauriac, il déteste avoir des ennemis, ces ennemis que suscite sans cesse Mauriac pour ses positions en faveur de la décolonisation ou ses articles contre la torture en Algérie.

Ce que Jean aime chez Mauriac, c'est moins le grand romancier, catholique, nobélisé, que l'esprit libre, l'irrégulier, qui lance des flèches tous azimuts avec un talent comparable à celui de Rivarol ou de Bernanos. Le journaliste étincelant, malicieux et redoutable du « Bloc-notes » qui, tout en commentant l'actualité, fait œuvre d'écrivain. Il sent en se comparant à son grand devancier tout ce qui lui manque : la foi religieuse, la conviction politique chevillée au corps, le courage d'affronter des ennemis, l'indifférence à l'idéologie dominante. Mauriac fonce, frappe et donne le coup de grâce ; Jean retient ses coups et son profond scepticisme, son relativisme viscéral l'amènent à comprendre les raisons de ses adversaires. À être, sinon d'accord avec eux, du moins à juger le sang inutile. Y a-t-il une seule idée qui vaille que l'on meure pour elle ? Jean aime plus la vie, sa vie, que n'importe quelle idée. Et que valent les idéaux pour lesquels on se déchire du point de vue de Sirius ? Parfois, il l'envie. Mais il sait que l'hédoniste, le jouisseur en lui, ne pourra jamais rejoindre cette figure tourmentée de moine du

Greco, vivant dans les drames de conscience et les tortures de la chair.

Aussi leur magistère au *Figaro* comme éditorialistes sera très différent : Mauriac, tantôt vibrant, acéré, emporté, tantôt sensible, incantatoire, charitable, connaîtra une trajectoire brillante mais hérissée de polémiques, de chamailleries qui l'obligeront à claquer la porte du journal avant d'y revenir pour y chanter la gloire de De Gaulle. Jean est très éloigné de ce parcours en dents de scie. Opposant à Mitterrand, aux socialistes et à Le Pen, il manie le fleuret moucheté, l'ironie, mais n'entre jamais en transe dans ses combats. Il sait toujours raison garder. L'opposition entre eux tient à leur expérience sociale et philosophique : Jean, partisan de l'ordre existant, ne perçoit que de très loin les injustices de classe. Mauriac, en défendant les déshérités ou les condamnés comme Brasillach à la Libération – ce qui lui vaut le surnom de « saint François des Assises » –, ne cesse de prendre sa revanche sur les humiliations qu'il a subies.

Peut-être les grandes colères de Mauriac appartiennent-elles à un temps révolu où l'indignation fleurissait encore, où la conscience se rebellait devant l'injustice, alors que l'époque récente a fini par en prendre son parti. Jean a exercé son magistère intellectuel dans une époque plus consensuelle. Il a accepté le monde tel qu'il était, se contentant d'exercer sa critique sur les politiques. Face à un chrétien révolté, il n'y avait rien en lui ni d'un chrétien ni d'un révolté.

Autre différence entre eux : Mauriac a renoncé à écrire des romans. Il transfuse dans le journalisme sa sève créatrice inemployée. Chaque article est vécu avec l'intensité d'un chapitre. C'est sa vie profonde qu'il joue chaque semaine dans les colonnes du « Bloc-notes ». Tandis que Jean n'accorde à ses éditoriaux qu'un souci épidermique. Si perfectionniste soit-il, on sent qu'il réserve l'essentiel pour ses livres.

Mélenchon, Jean-Luc

Que vient faire l'irascible et tumultueux Mélenchon dans l'univers tempéré et ultra-policé de Jean d'O ? Y a-t-il eu erreur d'aiguillage ou malentendu ? Non, mais en dehors des qualités culturelles qui ne sont pas la partie la plus visible de cet iceberg habitué des éruptions volcaniques, il faut faire la part de la coquetterie et du caprice monarchique de Jean qui se voulait accessible à tous ses sujets – pardon, à tous ses lecteurs et admirateurs potentiels. Il n'était pas mécontent de se montrer au-dessus des préjugés de sa classe sociale et d'accueillir chez lui un admirateur de Castro et de Lula. En toutes choses, il faut faire la part de la comédie. À un certain niveau, les hommes publics jouent à être ce qu'ils sont. En dehors de l'attrait médiatique, on distingue mal leurs atomes crochus. Chacun cherchait la bénédiction de l'autre.

Merci

S'il est un défaut de caractère qui ne l'a pas effleuré, c'est l'ingratitude. Jean a passé sa vie à remercier Dieu, le destin, ses parents, sa famille, les femmes, de tout ce qu'ils lui avaient accordé. Il n'en revient pas. Cette chance insolente lui inspire un perpétuel acte de dévotion à la vie. Ce merci n'est pas seulement une politesse, c'est une attitude de permanent émerveillement devant les bienfaits et les grâces qui lui sont échus. De ce point de vue il est aussi éloigné qu'on peut l'être des écrivains romantiques qui ne cessent de prendre le ciel à témoin de leurs malheurs, des injustices qui leur sont faites, de l'infidélité des hommes et de la traîtrise des femmes. Seul sentiment d'injustice : le peu de succès que remportent ses premiers livres, que lui-même juge sans complaisance. Il exprime ce mécontentement dans un livre où il annonce d'un ton pète-sec qu'il renonce à la littérature : *Au revoir et merci*. Heureusement, il ne tiendra pas parole.

Mère

Quand Jean perd sa mère en 1975, un monde s'écroule. Née Marie Anisson du Perron, elle était tout pour lui comme il était tout pour elle. Elle aura occupé une place que tient rarement une mère dans la vie d'un enfant : non seulement elle va l'entourer d'affection et de tendresse, mais ce sera elle la dispensatrice de la culture puisqu'elle va se muer, au gré des postes diplomatiques de son mari, en préceptrice. C'est elle qui lui apprendra les rudiments de la langue française, de l'orthographe, de la grammaire, qui orientera ses lectures, mais qui aussi lui enseignera le grec et le latin. D'où ce lien affectueux et tendre qu'il conservera vis-à-vis des connaissances et de la culture vues non comme un pensum mais comme un jeu amusant.

Au lendemain de sa mort, il lui consacrera une chronique dans *Le Figaro* dans laquelle il s'abandonne – c'est assez rare chez lui – à l'émotion qui le submerge. « En ce jour des défunts, du souvenir et de tous les saints, j'ai vieilli d'un seul coup : ma mère est morte. Longtemps, j'ai été son fils, son enfant, son garçon, et elle m'appelait “mon petit”. Voilà que je ne suis plus l'enfant de personne et que je n'ai plus personne pour me séparer de la mort. Je n'ai plus derrière moi que l'image à jamais évanouie du visage de ma mère et son souvenir chéri. Derrière les souvenirs atroces de ce sombre combat du jour et de la nuit où nous finirons tous, jusqu'au dernier, par être vaincus et massacrés, voici que fleurit en moi, plein de fraîcheur et de vie, le souvenir lumineux du bonheur qui naissait de ma mère. »

Milieu

Un terme très important dans sa famille. Dans les fréquentations, les amitiés, les mariages, il fallait avant tout tenir compte de cet impératif catégorique : rester dans son milieu, terme pudique qui n'était nullement péjoratif. À défaut de quoi, on risquait beaucoup d'ennuis et de déconvenues : mésententes conjugales, divorces, scandales, et divers inconvénients dont le pire était la mise au ban de la société. Ce milieu, c'était celui qui englobe tous ceux qui ont un certain nombre de valeurs et d'usages en commun, une bonne éducation, des bonnes manières, un minimum de culture, des pratiques religieuses connues et des mœurs pas trop excentriques. N'étaient pas de ce milieu les prolétaires : ceux-ci, sans en être formellement exclus, devraient attendre quelques générations, des diplômes ou des carrières exceptionnelles pour y être acceptés ; les nouveaux riches n'y étaient pas non plus les bienvenus avec leur ambition sociale trop criarde, leurs ostentations de richesses, de vêtements trop chers et de voitures trop luxueuses. Une certaine modestie dans le comportement était nécessaire et surtout une parentèle connue pour appartenir depuis longtemps à cette caste, et ne pas s'y être fait remarquer par un comportement inadéquat ou tonitruant. Ambassadeurs, conseillers d'État, directeurs d'administration, rentiers, anciens milliardaires, adeptes du Jockey étaient les professions où se recrutaient ses membres de préférence. Ministres, journalistes, acteurs, chanteurs, danseurs, peintres et artistes en tout genre étaient plutôt mal vus. Jean admettait qu'il n'était pas loin de souscrire à ce critère familial. Même si, pour lui-même, il s'octroyait toutes les dispenses et les dérogations, à commencer par le privilège de l'intelligence et celui du talent.

Dans *Je dirai malgré tout que cette vie fut belle*, il développe longuement la conception que son père et sa famille se faisaient de ce milieu : « Le langage était un domaine plus subtil encore que le vêtement. Une grossièreté de langage était acceptable sous certaines conditions. Il était permis de dire "merde" ou "connard", mais interdit de prononcer les mots tels que "mince" ou "au plaisir". "Bonjour" au contraire, "bonsoir", "merci", "pardon" étaient recommandés. Mais "bon appétit", "bonne continuation" étaient bannis avec rigueur. On avait le droit et peut-être le devoir de "causer", mais "échanger" était intolérable. On disait "dix heures du soir" et "après le dîner" mais jamais "22 heures" réservé à la SNCF, ni "ce midi". Nous prenions des petits déjeuners, nous déjeunions, nous goûtions, nous dînions, nous soupions, nous raffolions des raouts et des médianoches, nous croquions et nous chipotions, mais nous ne "mangions" jamais. La seule idée de "manger" avec Pierre ou Paul suffisait à nous révulser. La convivialité, la solidarité, le partage n'étaient pas notre fort. Nous discriminions. »

Mitterrand, François

Était-ce parce que Mitterrand penchait vers la droite et que Jean d'O se disait des sympathies pour les idées de gauche qu'ils se sont si bien entendus au-delà des apparentes polémiques ? Non, je ne le pense pas. Leur entente résidait dans la distance barrésienne que l'un et l'autre introduisaient dans leur conduite. Ces deux lecteurs du *Culte du moi* ont retenu de leur mentor qu'il est un peu vulgaire d'adhérer sans nuance à un parti, que l'être est toujours plus vaste que l'appartenance politique ou sociale. L'un et l'autre voulaient montrer à leurs proches en se fréquentant qu'ils étaient des hommes libres, mais surtout qu'ils évoluaient bien au-delà de la sphère étroite de leurs opinions affichées. Sorte de coquetterie ou de dandysme à la Léon Blum. La première fois que je rencontrai Mitterrand à la brasserie Goldenberg, en 1978, il m'interrogea sur Jean d'O qu'il connaissait très peu et qui manifestement l'intriguait. Il aimait son style vif-argent, décontracté, et son esprit léger qui le changeait agréablement des commentaires barbifiants des lourds percherons de la presse. Il pressentait que, même s'il faisait les frais de son esprit polémique – on était en pleine Union de la gauche –, une entente était possible. Je crois que c'est alors qu'il songea à un pont possible entre eux par-delà les divergences. Il ne s'est pas trompé. Jean, qui brûlait toujours de pactiser avec l'adversaire, n'a pas manqué de répondre à ses avances dès son élection à la présidence de la République. Ce double jeu flattait également, chez Mitterrand, ce virus des contacts secrets, en dehors des voies officielles, contracté pendant la Résistance, ce côté relation adultère, en cachette d'une opinion incapable de saisir cette ineffable attraction qui unit entre elles les âmes fortes par-delà les préjugés et les passions communes.

La clé de leur bonne entente – à l'exact contraire de Giscard d'Estaing –, c'est leur goût pour la littérature. Non seulement l'un et l'autre sont de grands lecteurs, des hommes de culture, mais ils vivent dans une conception littéraire de l'existence. Seule la politique introduit une divergence dans des relations cordiales.

Dans les portraits que Jean d'O brosse, très tôt, en 1973, du futur Président, on distingue tout de suite l'intérêt qu'il porte, non pas au énième figurant de la vie politique, mais à un vrai personnage de roman. Il lui accorde beaucoup de qualités, l'intelligence, la culture, l'esprit manœuvrier, tout, sauf la sincérité. Et cette duplicité ajoute au romanesque : « Longtemps le sourire de M. Mitterrand à la télévision n'a pas été un succès. On aurait dit un pastiche un peu raté du traître de *L'Ambigu*. Le battement des yeux n'était pas non plus très heureux. Tout était forcé dans le personnage jusqu'à la générosité. Il était moins bon que Servan-Schreiber, moins bon que Rocard, moins bon que Duclos. Plus que la chaleur ou la faconde socialiste, il y avait en lui quelque chose d'un élève caricatural des bons pères, quelque chose de confit et même de papelard. À force de leçons et d'efforts, le progrès est assez net. Au petit conservatoire des candidats à la présidence, le chef de l'opposition de gauche a fini par rejoindre, en s'essoufflant un peu, le peloton de tête des professionnels du charme et de l'énergie maîtrisée. » Mais comment un provincial d'Angoulême, de plus chrétien, peut-il se retrouver sans imposture à la tête de la coalition socialo-communiste ? « C'est son triomphe. Et c'est son drame. » Et il conclut par une prédiction dictée par le bon sens, mais qui se révélera bien erronée : « Un destin ironique, aidé par l'ambition et par l'habileté, a choisi un chrétien pour mieux aider les communistes à s'emparer du pouvoir. »

Hélas pour sa divination politique, il revient avec obstination sur ce thème, en 1978, qui devient un véritable leitmotiv : « Le succès de la gauche serait un désastre pour beaucoup. Mais pour son principal artisan, ce serait une catastrophe. M. Mitterrand donne l'exemple d'un homme pour qui la victoire serait sans doute plus dure que la défaite. »

Deux fois hélas : Mitterrand est élu et Jean ne désarme pas ; dans un article à la fois chateaubrianesque et un peu fou, mais plein de verve et de talent, il brandit non plus la menacc communiste subitement éclipsée, mais le spectre de la ruine économique, de la faillite qu'il voit poindre inexorablement. Et n'y allant pas de main morte dans sa vision d'apocalypse, il prophétise : « Je crains, monsieur le président de la République, que vos malheurs passés, vos échecs successifs, vos angoisses et vos catastrophes, ne soient qu'un faible essai de ce qui vous attend dans l'avenir » ; et dans une apostrophe théâtrale, il s'exclame : « Je vous convoque au tribunal de l'histoire quand elle se mettra à rugir, parce que vous n'aurez pas su défendre notre monnaie, parce que l'inflation fera rage, parce que le niveau de vie, préservé par M. Giscard d'Estaing et par M. Raymond Barre, se mettra à baisser, parce que les entreprises, écrasées, ne pourront plus embaucher. »

Un texte certes un peu surjoué, juste dans son analyse, mais qui dramatisait les choses. Mitterrand était assez habile pour ne pas s'entêter dans ses erreurs et assez machiavélique pour ne pas hésiter à se contredire.

Après cette surchauffe dans l'invective, le ton ne peut que s'apaiser, et Jean revient vite à la séduction première qu'il éprouve : « Plus encore qu'un homme politique, M. Mitterrand – et qui le lui reprochera moins que moi – est plutôt un artiste et un littérateur. Je le vois coincé, acculé par ses songes dont il n'imaginait que très vaguement qu'ils pussent se réaliser. Je ne suis pas tout à fait sûr que si c'était à refaire il referait le même chemin. » Tu parles, Charles ! Mitterrand, dans son palais de l'Élysée, a dû savourer l'encens qui se dissimulait sous le reproche de maladresse. Maladresse, cette fabuleuse conquête du pouvoir menée en vingt années à partir d'un infime club politique, la Convention des institutions républicaines, avec quelques amis dévoués, pour s'emparer du parti socialiste puis du pouvoir ! Bizarre Jean : on peut faire toutes les critiques à Mitterrand, sauf lui dénier son génie manœuvrier, il est dans la stratégie de la prise de pouvoir aussi génial que l'était Bonaparte à Austerlitz.

Avant d'adopter une allure de croisière sur le mode de l'opposition ferme mais courtoise, leur duo devenant presque aussi convenu que celui des fameux clowns Foottit et Chocolat, Jean va encore fulminer contre cet adversaire dont il se sent curieusement si proche. Quel crève-cœur d'estimer celui dont on déteste la politique, après avoir été obligé de jouer le rôle inverse avec son prédécesseur en louant la politique menée par un homme dont il se sentait éloigné ! « Vous aimez la France parce qu'elle est socialiste. J'aime la France quand elle est plus grande, plus vraie, plus belle que les autres. Je me sens européen tout autant que français et, pardonnez-moi de vous le dire après votre homélie de clocher, je me sens chez moi à Rome, à Grenade, à Bruges, à Elseneur, à Heidelberg, à Delphes, à Coimbra, tout autant que rue de Solferino où siège, si je ne me trompe, le parti socialiste. C'est une forme que prend chez moi votre "conscience universelle". Il suffit que vous me disiez que je ne dois plus acheter de whisky, de gondoles vénitiennes, de culottes de peau bavaroises, de guitares espagnoles, pour que je me sente une envie irrépressible de vous désobéir. »

Leur joute continuera mais comme un scénario sans surprise, mêlé de désaccords fondamentaux et d'agréables rencontres plus ou moins fortuites. Plusieurs à l'Élysée pour la remise de la Légion d'honneur à Jorge Luis Borges ou pour la présentation glaciale de Michel Debré, vieil ennemi de Mitterrand, nouvel élu à l'Académie. Ils se rencontreront aussi à Venise sur les Zattere, à la terrasse du restaurant Riviera, face à la Giudecca, où Jean lui présentera l'actrice Lauren Bacall.

Pour que leur histoire atteigne le plus haut degré dans le romanesque, il faudra que François Mitterrand lui téléphone pour le convier à être son dernier visiteur avant son départ de l'Élysée. Quel génial metteur en scène aurait pu avoir cette idée ? Imagine-t-on Napoléon conviant Chateaubriand aux adieux de Fontainebleau ? Ou Clemenceau invitant Marcel Proust avant de quitter la sphère politique ?

La scène dans sa tranquille irréalité a quelque chose d'hallucinant. On pense à Napoléon à Erfurt, insistant pour avoir un entretien avec Goethe. Le Président accueille Jean dans l'antichambre : « Heureux de vous revoir, monsieur d'Ormesson. » Et il le conduit dans ses appartements privés où s'accumulent les malles et les caisses de dossiers préparés pour le départ. Commence alors une conversation à bâtons rompus. Tout y passe : des remarques assassines sur les politiques du camp adverse comme sur ceux de son bord. Puis à propos de bottes surgit le nom sulfureux de Bousquet, fréquentation certes plus que douteuse, qui est alors largement exploitée contre le Président. C'est alors que, en guise d'explication sur les remous qu'elle provoque, le Président laisse tomber la fameuse phrase qui fera scandale : « Vous constatez là, monsieur d'Ormesson, l'influence puissante et nocive du lobby juif en France. »

Alors les deux vieux duellistes en viennent au vif du sujet qui depuis si longtemps les avait opposés : les communistes. Mitterrand donne à Jean d'O une très courtoise leçon de politique dont celui-ci est bien obligé d'admettre qu'elle est bien méritée : sur ce point, il s'est trompé sur toute la ligne. Ce ne sont pas les communistes qui ont pris le pouvoir grâce à Mitterrand, comme il le prophétisait, c'est grâce au pouvoir que Mitterrand a réussi à éliminer les communistes : « Ce que vous n'avez pas compris, c'est que, comme votre de Gaulle, j'ai mis les communistes au pouvoir pour les embarrasser et pour mieux les combattre. Deux personnes, et deux personnes seulement, ont fait reculer le communisme en France : le général de Gaulle et moi. Peut-être aussi, ailleurs, Jean-Paul II. » « Il m'a fait honte de ma stupidité », conclut Jean d'O.

Mais l'heure tourne. Les deux vieux adversaires s'aperçoivent sans doute avec un peu d'émotion qu'il faut se dire adieu, et qu'ils ne se verront plus, que leur querelle s'effacera, comme eux, comme la vie.

Le docteur Tarot vient leur dire comme à des condamnés : « Il est l'heure. M. Chirac arrive dans cinq minutes. » Mitterrand, cherchant probablement un mot qui puisse s'envoler sur les ailes de la légende, dit simplement : « Prévenez-moi quand il sera là. Je passerai de M. d'Ormesson à M. Chirac. »

Cette scène où l'on entend battre le cœur de l'histoire, il faut être bien insensible pour ne pas en être ému. À travers Jean d'Ormesson, ce que François Mitterrand honorait de manière symbolique, c'était cette littérature française qui n'appartient pas à un clan mais est le bien commun de tous les Français, et qu'il estimait avoir plus de chance de durer que les péripéties de la politique. Et combien il avait raison.

Mohrt, Michel

Michel Mohrt était un trait d'union entre Jean et moi. Nous l'aimions l'un et l'autre pour ses grandes qualités humaines, la droiture, la franchise, la fidélité, qui éclairaient son caractère parfois bourru, soupe au lait, et ses brefs accès de colère auxquels nous étions habitués. Mais c'étaient ses livres qui faisaient notre admiration.

Son œuvre romanesque est celle d'un grand blessé de la dernière guerre qui, si elle l'a laissé intact physiquement, l'a atteint moralement jusqu'au fond de l'âme. Il ne s'est jamais relevé du traumatisme de la défaite. Ses livres restent marqués d'une empreinte plus ou moins visible qu'a laissé l'effondrement militaire français sur un jeune homme sensible, un Breton au regard bleu, la tête farcie d'idées chevaleresques, de grands principes patriotiques et de littérature guerrière. Le jeune Rastignac rêveur de Loquirec s'est retrouvé à vingt ans avec un désastre sur les bras. Et le sentiment délétère de commencer sa vie dans un monde de décombres, sans autre horizon que l'humiliation de l'Occupation, lui qui se sent né pour les grands espaces de la gloire, le vent du large. Ses premières amours déçues, le goût amer des passions rabrouées vont le conduire à cet attrait pour les belles causes perdues qui depuis Chateaubriand attirent les cœurs mélancoliques. Tout ce qu'aime Michel Mohrt, tout ce qui constitue le thème de ses livres : l'amitié, le courage, la fidélité, la femme rêvée, c'est la panoplie littéraire d'une chevalerie disparue. Même si elle évoque souvent l'Occupation, ce serait une erreur de politiser une œuvre avant tout éprise d'universalité. Son auteur n'a jamais appartenu avec ferveur qu'à un seul parti : celui de la littérature. Et tous ses romans, même les plus autobiographiques, élargissent la question politique ou historique à la question fondamentale du destin. Son amour de la liberté romanesque l'a détourné de rester prisonnier d'un parti pris idéologique. Comme chez Drieu la Rochelle qui l'a marqué, on retrouve chez lui un pessimisme amoureux, un sentiment vif de la décadence, qu'expriment la plupart de ses héros.

Jean aimait donc Michel Mohrt autant pour ses qualités qui étaient grandes que pour ses défauts de caractère qui, pour être rares, existaient. Il avait pour lui une affection profonde et constante qu'il lui manifestera jusqu'à ses derniers jours, ne laissant pas passer une semaine sans aller lui rendre visite dans son appartement de la rue du Cherche-Midi. Pourtant, Dieu qu'ils étaient différents ! Physiquement, Mohrt était grand, élancé, habillé à Londres comme un véritable gentleman. Il avait un maintien solennel et pondéré qui faisait contraste avec le côté agité et sautillant de Jean ; moralement, ce Breton entêté était aussi rugueux, mauvais coucheur, d'une humeur imprévisible, que Jean se montrait souple, arrangeant, d'humeur égale. Mohrt, qui plaçait la fidélité au-dessus de toute autre considération, conservait une indéfectible amitié à ses amis de Vichy, notamment à Bassompierre, son capitaine en 1940 sur le front italien, devenu chef de la Milice, et fusillé à la Libération. Jean, plutôt gaulliste, et viscéralement hostile à Vichy, ne tenait nullement rigueur à son ami de son pétainisme ni de son antigaullisme. Enfin, romancièrement, si on peut user de cet affreux néologisme, Mohrt était aussi classique dans ses merveilleux romans, *La Campagne d'Italie*, *Mon royaume pour un cheval*, *La Prison maritime*, que Jean se plaisait à dynamiter les formes romanesques classiques en y introduisant des perspectives philosophiques. Michel Mohrt fut l'introducteur de Jean chez Gallimard où il publia *La Gloire de l'Empire* ; Jean à son tour le reçut à l'Académie, prononçant un discours aussi brillant qu'affectueux.

> Vous êtes délicieux, monsieur. Et tout à fait impossible. Votre caractère est abrupt, entier, franchement difficile et souvent ombrageux. Le milieu littéraire parisien, qui a remplacé autour de vous la rudesse des tempêtes et des aspérités de votre Bretagne natale, n'a guère réussi à vous entamer. Vous êtes peu enclin à la flatterie et à la compromission. Vous

avez la fâcheuse manie de dire ce que vous pensez et de penser ce que vous dites. Que venez-vous donc faire parmi nous ? La réponse, je crois, est qu'avec votre élégance naturelle, votre droiture, votre probité, vous êtes, de la pointe de vos moustaches celtiques jusqu'au revers de votre pantalon de flanelle et aux souliers de marin que vous ne portez pas aujourd'hui, un homme de bonne compagnie. Il était tout naturel de vous voir rejoindre la nôtre.

Solitaire, sauvage, et ennemi de toute concession, vous êtes l'ami le plus fidèle et le plus loyal, le compagnon le plus gai, un de ceux dont on recherche, plus que de personne, la familiarité et la confiance. Très loin d'un Philinte phraseur ou de ces amis de tout le monde qui ne sont les amis de personne, je vous verrais volontiers sous les traits d'un Alceste tout particulièrement aimable. Vous êtes de ces êtres d'exception qui ne font rien pour être aimés et qui le sont d'autant plus. Cet Alceste un peu rugueux, tenté par le refus, l'amertume, par le chagrin, on l'imaginerait volontiers en train de fuir, loin des hommes trompeurs et doubles, sur des côtes battues par les flots et les vents, vers une thébaïde dans le désert ou d'être homme d'honneur on ait la liberté. Voilà que ce sauvage au cœur tendre, qui avait négligé les honneurs et que les honneurs avaient négligé, se retrouve au cœur des institutions et de l'établissement français. Rattrapé par un système auquel il avait cru devoir échapper, Michel Mohrt ne revêtira ni le suroît du marin breton, ni les défroques farouches du protestataire obstiné. Il a revêtu l'habit vert et, je vous prends à témoin, il lui va comme un gant.

L'éternité du souvenir, la fidélité aux morts, la présence du passé... Avec la mer du bout du monde qui se déchaîne en tempête et le vent du large qui nous apporte l'écho des lettres anglo-saxonnes, le troisième thème favori de Michel Mohrt, le plus fort sans doute, le plus amer aussi peut-être, est la tradition.

La Maison du père surgit du trésor du passé. Votre Bretagne est toute bruissante de rumeurs immémoriales. Votre exil américain n'est que l'envers de votre passion pour la tradition. Il est l'amour en creux de la patrie déchirée et du pays des ancêtres. Vos relations avec la tradition sont difficiles et douloureuses. Vous vous demandez parfois si elle ne vous a pas trahi. *Mon royaume pour un cheval*, *Les Nomades*, *La Campagne d'Italie* et *La Guerre civile* sont tous pleins de ces souffrances qui se mêlent à la fidélité et au goût du bonheur. Le ton ici devient plus grave. Très loin de toute ironie et de toute légèreté, il faut nous arrêter un instant sur cette passion malheureuse. Elle est tapie au cœur de votre personne et de votre œuvre. Breton et catholique, vous êtes aussi un chouan. Et ce n'est pas assez dire. Trois, quatre fois peut-être, cinq fois par adhésion directe ou par imagination interposée, vous avez partagé les souffrances et les rêves de ce monde maudit et sacré qui est le camp des vaincus. Bien loin de vous accabler parce que vous avez fait le mauvais choix, je me souviens aussitôt de la formule foudroyante empruntée aux tragiques grecs par l'héroïque Simone Weil : « La justice, cette fugitive du camp des vainqueurs ».

En évoquant à la fois votre attachement à Styron et à Faulkner, et vos débats de conscience au sein de votre époque et de la France contemporaine, je dirais volontiers que vous êtes un Sudiste. Oui, voilà : avec la mer qui bat la côte du Finistère, le cœur même de votre vie et de votre inspiration. Vous êtes un marin naufragé, un Chouan débordé et accablé par le monde moderne, un traditionaliste convaincu d'avoir été trahi par l'histoire, un Sudiste vaincu qui se souvient d'un passé qu'il préfère au présent.

Vous n'êtes pas un homme politique. Vous êtes un romancier. Le drame de la patrie déchirée et vaincue, vous l'avez vécu dans la douleur, avec toute la dignité que vous inspirait l'idée que vous vous faisiez de la fidélité et de l'honneur. Et il n'a jamais cessé d'être une des sources secrètes et majeures de votre inspiration. Vous êtes romancier, le charme de votre talent suffit à emporter vos lecteurs. La force du romancier, c'est qu'il impose son univers à tous ceux qui le lisent. On est communiste avec Aragon, on est fasciste avec Brasillach, on est chouan avec Barbey, on est pacifiste avec Barbusse. Avec vous, monsieur, on est soldat militaire, on est marin breton, on est catholique de tradition. On est surtout votre ami.

L'amitié, la fidélité, l'honneur sont les seuls recours dans le grand drame de l'histoire. Ils sont cruels comme l'histoire et douloureux comme elle. Il reste de chanter dans la nuit, dédier aux amis morts et aux illusions évanouies des chansons de marins bretons et ces rengaines mélancoliques où passent des capitaines espagnols et des amours désastreuses pour des jeunes filles américaines semblables à des chevaux sauvages.

Moi (Lui)

L'égocentrisme lui était aussi naturel que de respirer. Mais un égocentrisme courtois, bien élevé, souriant, gentil, qui s'épanouissait dans ses livres, mais qui étrangement se traduisait assez peu dans son comportement. Il écoutait beaucoup les autres. Il aimait leur présence (pas tous). Il s'intéressait aux choses et aux êtres, aux questions de l'érudition la plus pointue jusqu'aux potins qu'il savourait comme des expressions banales de la vie. Mais, dès qu'il avait le crayon à la main, un « je » tyrannique l'empoignait. Certes, ce n'était pas le « je » impérialiste de

Wagner – « le monde me doit ce dont mon art a besoin » –, ni le moi orgueilleux et méprisant de Montherlant, ni celui souverain de Chateaubriand, ni ce « je » de Montaigne qui sans pudeur et sans fard s'aventure dans les territoires inexplorés de lui-même : c'est un « je » qui feint de ne pas se prendre au sérieux, qui fait souvent des cabrioles et parfois le pitre, tout en cherchant à exister par les mots, pour lui la véritable réalité. C'est par le « je » que ce Gémeaux, divisé en lui-même, happé par toutes les curiosités et les sollicitations du monde extérieur, retrouve l'épine dorsale de sa personnalité. Il a reconnu la menace de dispersion mentale qui pesait sur lui, la fameuse *fluctuatio animi* qu'il avait étudiée chez Spinoza.

Voir : Jean.

Moi (Moi)

Et lui, que pensait-il de moi ? Je ne m'aventurerai pas dans cette scabreuse problématique. Dans l'amitié comme dans l'amour, on passe par des phases si variées qu'aucun jugement n'est vraiment stable : on s'aime souvent, on s'irrite parfois, on s'agace, on se jalouse, bref on passe par toutes les variations de l'arc-en-ciel des sentiments. Le mieux est donc de le lui demander. Il a écrit un texte dans lequel il s'exprime sur moi avec beaucoup de tendresse dans *Je dirai malgré tout que cette vie fut belle*. Mais je crois que c'est à la remise de mon épée d'académicien dans les salons de l'hôtel de ville de Paris qu'il a le mieux dit ce qu'il pensait :

> Mon cher Jean-Marie,
>
> Au moment de parler de toi les images me reviennent à l'esprit si nombreuses qu'il faut faire vite un choix. Je crois que la première image qui se présente, c'est toi au cours d'une visite au Brésil. On t'emmène chez une sorte de sorcière vaudou et qui pratique ce qui s'appelle le candomblé. Cette personne te regarde et, s'imaginant que tu es une sorte d'explorateur ou d'ethnologue, te dit : « Je vous vois entouré de quarante perroquets verts. » Jamais voyante n'avait vu aussi juste.
>
> Quand je pense moi-même à toi, l'image qui me vient, la première, c'est celle du *Figaro*. Je me rappelle qu'à cette époque-là il y avait une affaire qui s'appelait l'affaire Gabrielle Russier. Et j'avais lu un article épatant qui était de Jean-Marie Rouart, « Daphnis et Lycénion ». Lycénion est une femme un peu plus âgée qui introduit Daphnis au plaisir qu'il connaîtra auprès de Chloé. C'était évidemment une allusion à cette

enseignante qui avait eu une aventure avec un de ses élèves, et tout l'article était merveilleux et très sensible. Dès que j'ai été directeur, je me suis vite vengé de ton talent, car le premier souvenir que j'ai de mon directorat, c'est que je t'ai mis à la porte. Non seulement toi, mais quelqu'un d'autre avec qui je suis lié maintenant et qui joue un grand rôle dans nos lettres, qui est Bernard Pivot. Si j'ose dire : les copains d'abord. J'avais si peur qu'on m'accuse de me débarrasser de mes adversaires que j'ai pensé qu'il était plus convenable de me débarrasser de mes amis ! Je crois que c'est une phrase de Léon Bloy – qui a des tas de phrases merveilleuses : « Je vous ai roulé dans la boue et vous devez m'en avoir de la gratitude. » Il est permis d'y voir là l'inverse du complexe de Perrichon. Voilà que j'ai mis ces deux amis à la porte : l'un m'a invité une bonne douzaine de fois à « Apostrophes », et l'autre m'a demandé de lui remettre son épée. C'est une espèce de pardon des injures.

Ta famille constitue une espèce de labyrinthe auquel on ne comprend rien du tout, une espèce de tapioca de musiciens, de peintres qui fait que tu es au centre d'un bouillon de culture stupéfiant de peintres et d'écrivains. [...]

S'il fallait te situer rapidement, je dirais que tu es un romantique post-moderne et que tu es quelque part entre Musset et Drieu – le Musset de la *Confession d'un enfant du siècle* et le Drieu de *Gilles*. Je te vois souvent comme une sorte de Fantasio mélancolique et de Gilles désespéré sous des allures de gaieté. Une formule de Drieu pourrait t'aller très bien : « Il faut rêver sa vie et il faut vivre ses rêves. » Je pense que c'est ce que tu as essayé de faire et que tout ce que tu as écrit se situe quelque part entre le goût du plaisir – qui est si fort chez toi –, l'ambition – qui existe chez toi – et le désespoir. Je soutiendrais volontiers que c'est dans ce triangle-là que tu évolues.

Quand j'ai relu tes livres, j'ai été frappé de quelque chose : ce mélange de gaieté et de tristesse, d'ambition et de plaisir, de chagrin et d'enthousiasme. Quand tu traces des portraits d'ambitieux – et dans un sens tu es ambitieux. Quelqu'un que j'aime beaucoup a dit que tu étais « un arriviste sentimental ». Quand tu t'occupes d'hommes de pouvoir, tu choisis des hommes qui ont aimé le plaisir, et le plaisir l'a peut-être emporté chez eux sur l'ambition. Les deux exemples sont frappants : Morny et Bernis. Voilà des hommes qui te séduisent à cause de cette opposition entre l'ambition et le plaisir. Je crois que tu ne seras jamais un homme politique parce que tu aimes trop le plaisir. Mais à l'intérieur même de la littérature et de tes romans, ce qui m'a frappé, c'est l'être de fuite et d'inquiétude que tu es. Je pense à des titres qui sont si frappants tout à coup : *La Blessure de Georges Aslo*, *Le Cavalier blessé*, *La Fuite en Pologne*, *Ils ont choisi la nuit*. Il me semble que ce qui est profond chez toi, c'est ce chagrin et cette fêlure que tu essaies de camoufler sans cesse. Et je crois que c'est l'explication de tout un pan de ta vie sur lequel nous passerons très vite. Nous savons tous que les femmes aiment deux choses : la fragilité et le succès. Tu donnes à ces chères personnes les deux en même temps, ce qui est si rare. Je crois que beaucoup de très belles âmes, affublées quelques fois et même très souvent d'un très beau corps aussi, se sont penchées sur tes échecs pour te consoler. Eh bien ! elles auront fort à faire maintenant pour te consoler de tes succès, puisque les succès sont pour toi peut-être plus inquiétants que les échecs. Cette blessure, cette inquiétude, on les voit dans le sort qui s'est acharné sur quelqu'un dont tu t'es beaucoup occupé, dont je veux prononcer le nom ici, et qui est Omar Raddad. Tu t'es engagé très fortement dans cette affaire et ça a été un des aspects les plus surprenants peut-être de ton œuvre.

Je n'oublie pas que je suis là pour te remettre une épée. Je te félicite de l'avoir prise aussi simple que possible. Il n'y a presque rien sur cette épée. C'est celle d'un officier de santé.

Pourquoi ? Parce que bien au-delà de Julie Manet, de Henry Lerolle, de Paul Valéry, un de tes ancêtres s'appelait Stanislas Rouart. Il était officier de santé dans les armées de la Convention, il a été fait prisonnier à Maëstricht. Avec beaucoup d'affection, mon cher Jean-Marie, je te remets cette épée, dans le souvenir de tous ceux de ta famille que j'ai nommés, dans le souvenir des écrivains qui nous sont si chers et aussi dans le souvenir de ton père et de ta mère, que le destin, qui ne donne jamais tout en même temps, a empêchés d'assister ici à la gloire et au triomphe de leur fils, qui est si aimé des dieux et, si j'en juge de la délégation qu'elles ont envoyée ici, aussi de quelques déesses.

Morand, Paul

Morand peut apparaître à certains égards comme la caricature sociale de Jean d'O. L'auteur de *L'Europe galante*, qui ne se prend pas pour une queue de cerise, se considère comme une parfaite mécanique humaine. Un prototype dont les performances sont remarquables. Pas étonnant qu'il ait été membre du très chic Automobile Club. En effet, tout ce qu'il nous révèle de lui dans son *Journal inutile* montre l'excellence de sa fabrication : une classe sociale supérieure dont sont issues les meilleures bêtes à concours, une intelligence rapide, flexible, qui ne s'embarrasse pas de ce qui pourrait la troubler ; une conduite sociale qui ne franchit jamais la ligne jaune ni ne brûle les stops, un style rapide avec de puissantes accélérations, des dérapages contrôlés et qui tient excellemment la route. Enfin un engin sexuel dont il est avec raison assez fier, et qui ne connaît aucune panne. Il ne se résignera à le mettre au garage, ce sexe, qu'à l'âge de quatre-vingt-cinq ans sonnés avec ses vieilles torpédos hors d'usage. Déjà atypique, Morand tranche avec l'écrivain d'ordinaire abonné à l'autodénigrement, à la flagellation, à l'insatisfaction. Lui est très content de lui-même, de ce corps sans faille et de ce parcours sans faute, mis à part l'accident de juin 40 qui l'a envoyé dans le décor. Ce sceptique regarde les hommes et leurs jeux sans trop de bienveillance (et sans beaucoup d'illusions). D'où lui viendrait-elle ? Pas de Dieu en qui il ne croit pas, pas de l'amour dont il se méfie, encore moins de l'idéal qui est pour lui un attrape-nigaud. Né sans goût particulier pour les époques démocratiques, le nivellement par la base, se méfiant des assemblées populaires, des grandes fièvres syndicales et des ivresses révolutionnaires, il a craint comme la peste ce grand legs romantique qui consiste à mettre du sentiment partout, y compris en politique. Ce sceptique préférait se tenir à distance des liesses populacières qui commencent par des embrassades fraternelles et finissent dans le sang. Il aimait beaucoup son époque, très peu ses idées. Morand a la particularité d'être limité par des préjugés sociaux, raciaux, et de les dépasser par son génie : d'être un homme du monde imbu des prérogatives de sa caste et un artiste bohème et plein de fantaisie.

Jean d'O le considérait avec raison comme un maître de style. Morand de son côté appréciait plus l'intelligence de son jeune ami et son arbre généalogique que ses premiers romans qu'il jugeait indigents : « Comment peut-on être aussi intelligent et écrire de telles niaiseries. » Indigence qui englobait tous les jeunes écrivains qui lui faisaient une cour assidue dans l'attente improbable d'un satisfecit. Pas beaucoup mieux traité que Déon, Guimard, Blondin,

Frank, Nourissier, Laurent, à l'exception de Nimier qui était le chouchou, mais dont il attendait encore des merveilles. Morand espère que ces jeunes amis vont le remettre en selle auprès des lecteurs qui l'ont oublié ou qui ne se souviennent que trop de son vichysme. En attendant ce jour de la consécration, en l'occurrence son entrée à l'Académie, auquel cet homme qu'on imagine revenu de tout rêve avec la candeur et les frissons d'une jeune fille attendant le prince charmant. Il en devient obsessionnel.

C'est autant une liaison littéraire qu'une idylle entre gens du meilleur monde. Morand, qui est snob comme un pot de chambre et en a sa claque des vieux barbons, aime d'autant plus fréquenter Jean qu'il a une charmante épouse à laquelle il fait les yeux doux. De plus, elle est la fille de Ferdinand Béghin. Morand n'a jamais aimé s'aventurer en territoire inconnu, sauf à l'époque des Ballets russes et du Bœuf sur le Toit. Comme pour les chevaux, il aime en matière de fréquentations mondaines s'assurer du pedigree des gens chez qui il dîne. Insupportable morgue sociale qui n'ôte rien au grand écrivain qu'il est. Son intelligence mieux trempée que son caractère décèle très vite les qualités de Jean qui n'iront qu'en s'épanouissant avec le succès qui le bonifiera. Il note à propos du succès d'*Au plaisir de Dieu* : « Ce qui m'amuse devant le succès du roman de Jean d'Ormesson, ce ne sont pas les ennemis (il n'en a pas), mais les méchants : ils n'arrivent pas à mordre. »

Morand tutoie Jean, mais celui-ci le vouvoie. Il existe entre eux une grande connivence. Morand, qui n'a pas d'enfant, adopterait bien ce brillant et talentueux sujet qui en plus l'admire, en dépit de son père l'ambassadeur qui n'a pas oublié sa légèreté lorsqu'il était attaché d'ambassade à Londres. Il adopterait bien aussi ses amis écrivains de *Arts* : « Tu vois, je n'ai pas eu de fils. Mais j'ai eu des petits-fils. »

Ce que Jean admire le plus chez lui, en dehors de sa légende mi-mondaine, mi-cosmopolite avec un zeste de modernisme (ses attaches dadaïstes et cubistes), c'est le styliste : « le trait en éclair, le ton cassant, l'image qui fait sursauter », comme dit Chardonne. Un style moderne, syncopé, rapide, jazzé, qu'il définit lui-même comme « la contraction de l'huître qui souffre sous la morsure du citron », mais qui a des racines profondes dans le classicisme. Ce contraste séduit Jean : ce côté globe-trotter qui manifeste une sorte de donjuanisme dans sa conquête fulgurante des continents et des villes, mais se montre capable d'écrire un magistral essai sur Fouquet, et d'ouvrir une voie littéraire nouvelle après Proust, le monument pourtant indépassable. Jean comprend grâce à lui que l'on peut encore écrire et exister littérairement. Morand apporte cette preuve en s'opposant aux « méandres du roman-fleuve et même au roman tout court ». Cette influence renforce Jean dans son peu de goût pour le roman traditionnel qui lui semble ou ennuyeux chez les suiveurs de Zola, de Martin du Gard et de Jules Romains, ou désincarné et illisible chez les sectateurs de Robbe-Grillet.

Il n'est pas non plus impossible que Jean ne retrouve en lui des similitudes de caractère : son égotisme jouisseur qui flirte parfois avec l'égoïsme, ce côté enfant gâté qui pense que, à l'instar de sa maman, le monde lui doit tout – l'argent, les femmes, le bonheur. Sans compter ce sentiment, heureusement combattu chez Jean par un fond de gentillesse, d'appartenir à une élite sociale et d'avoir à se défendre contre l'invasion de ces nouveaux barbares que sont les ploucs. Jean échappera grâce à la tradition aristocratique de ne jamais se couper des classes populaires à la morgue grande-bourgeoise si horripilante parfois chez Morand.

Enfin Jean connaîtra auprès de Morand un grand bonheur comme la vie en réserve peu : après avoir été son jeune admirateur, sans beaucoup de réciprocité car Morand jugeait assez mauvais ses premiers livres, il va pouvoir enfin l'épater avec *La Gloire de l'Empire*, même si le critique Matthieu Galey doute qu'il l'ait vraiment lu. Lu ou pas lu, il va entreprendre avec succès de lui faire obtenir le Grand Prix du Roman de l'Académie française. En revanche, non seulement il a lu *Au plaisir de Dieu*, mais il ne tarit pas d'éloges sur le livre. Il le confie à Hélène son épouse : « On m'avait parlé d'un roman amusant à lire, c'est beaucoup plus, il rivalise avec J. Romains ou Roger Martin du Gard sur grand écran. » Il ajoute : « Il a fait un excellent roman. Avec quarante pages de moins (les dernières), il arrivait au chef-d'œuvre. »

C'est Morand également qui entreprend de le faire entrer à l'Académie. Il lui téléphone pour lui demander, presque lui ordonner, de poser sa candidature. Jean, un peu étonné, s'exécute. « Nous étions en juin. Les vacances approchaient. Je quittais Paris en juillet. J'allais au Brésil en septembre. J'envoyai ma lettre. Je fus élu en octobre. L'affaire n'avait pas traîné. C'était Morand. » C'était aussi Jean, cette alliance insolente de la chance et du succès.

Jean restera fidèle à Morand, qui pourtant par bien des aspects ne lui était pas sympathique par-delà la mort. Il écrira de magnifiques articles sur lui et ses ouvrages posthumes, notamment son *Journal inutile*, dans lequel, dans un style royal, s'épanouissent ses incorrigibles défauts de caractère. Il est également attristé des deux obsessions du grand écrivain, deux marottes empoisonnées : son antisémitisme et son antigaullisme. L'article qu'il publie dans *Le Figaro* sous le titre « Morand, ennemi de lui-même » exprime son déchirement : « D'un bout à l'autre de l'ouvrage, le lecteur d'aujourd'hui balance entre nausée et bonheur, entre stupeur devant tant d'aveuglement au bord de la sottise et l'admiration enthousiaste pour un grand écrivain. » Tout en exprimant son admiration sans réserve pour le maître du style, il note ses faiblesses de cœur, son absence totale de patriotisme : « Morand est un curieux homme de droite qui n'a jamais aimé ni la patrie ni la famille, qui s'est dérobé à deux guerres nationales, qui est toujours plus proche du refus que de l'assentiment et qui a, plus que personne, le culte de la liberté. On dirait volontiers qu'il est un anarchiste de droite s'il ne cultivait en même temps une variété très poussée de snobisme social et de vénération du protocole. » Et il conclut : « Il reste un modèle dont il est à la fois impossible et recommandé de s'inspirer. »

Jean aura bien retenu la leçon de Morand : mais il se gardera autant que possible de l'imiter dans ses erreurs, il évitera le poison du snobisme et des *a priori* sociaux qu'il regardera toujours comme de regrettables œillères, limitations de l'intelligence et du cœur.

Morale

Il s'en méfie. Il a les donneurs de leçon en abomination. Il n'est pas loin d'adhérer à la morale nietzschéenne du surhomme, mais d'un surhomme qui lui ressemble, jouisseur, bien élevé, ennemi du scandale. Seul compte pour lui d'écrire un bon livre quels que soient les moyens employés. On peut tout faire à la condition d'être César, Napoléon, Chateaubriand, Wagner ou… Jean d'O. De la vie, il retient une grande leçon épicurienne, il faut jouir, jouir de tout, des femmes, de l'amitié, des livres, de l'art, des paysages et des bains de mer. Ne pas trop se préoccuper de ce qu'il adviendra après. Personne n'en sait rien. Quant aux prescriptions chrétiennes sur la chasteté, la fidélité, le mépris de l'argent et des plaisirs, cet idéal austère si rarement mis en pratique par les pharisiens qui le professent, il les regarde avec suspicion, sachant qu'elles ne s'adressent pas à lui mais à ce troupeau de fidèles que l'Église entretient dans les illusions afin qu'ils ne brisent pas les chaînes de leur esclavage. Quelle société serait viable si elle n'était composée que de Proust, de Montaigne ? Aucune révolte nietzschéenne, dans cette attitude. Loin de lui l'idée de proclamer orgueilleusement la mort de Dieu. Bien au contraire, il va jouer avec lui au jeu des devinettes. L'athéisme, qui intellectuellement le tente, lui paraît à sa manière une religion simpliste à l'usage des nihilistes et des bouffe-curés. Nier ce qu'on ne comprend pas conduit tout droit sur le chemin de l'idiotie. Et c'est une voie que Jean d'O se gardera toujours d'emprunter.

Mort

Plusieurs fois le héros d'un livre de Jean d'O est mort, vient de mourir ou va mourir. Chez cet écrivain qui ne cesse de célébrer la vie, la mort, loin d'être un scandale, est la chose la plus naturelle du monde. Dans *La Douane de mer*, il n'y va pas par quatre chemins : « Le 26 juin, un peu avant midi, il m'est arrivé quelque chose que je n'oublierai plus : je suis mort. La vie est injuste. La mort aussi. J'ai eu de la chance. Tout s'est passé assez vite. Le cœur a lâché. Je suis tombé d'un seul coup, sans la moindre égratignure, dans les bras de Marie, devant la Douane de mer, d'où la vue est si belle sur le palais des Doges et sur le haut campanile de San Giorgio Maggiore. »

Ce sujet occupe aussi une grande partie de *Voyez comme on danse*, qui commence d'ailleurs par un enterrement. Celui de Romain, l'ami du narrateur qui semble un mélange de son ami Sam Mansour et de Romain Gary. D'où beaucoup de réflexions métaphysiques : « La grande affaire de la vie, c'est la mort. La vie est là quelques années, la mort est là pour toujours. Notre naissance nous échappe. Notre mort nous appartient. Elle boucle notre vie et décide de son sens. Nous pouvons penser ce que nous voulons de ce qui se passe après la mort : quelque chose ou peut-être rien. » Et il poursuit sa méditation funèbre : « Romain avait tout misé sur la vie. Il l'avait réussie. Il ne demandait rien d'autre. Il se moquait de la mort. Il n'en pensait rien du tout… La mort rattrape toujours la vie. Elle règne parce que la vie règne et toute vie, quelle qu'elle soit, se termine par la mort. La seule question sérieuse est de savoir si cette mort, qui est le dernier mot de la vie, est le dernier mot de tout. Romain le croyait, de toutes ses forces. »

N

Napoléon

Il préfère incontestablement l'homme d'esprit génial aux phrases immortelles, le législateur incomparable au conquérant qui accumule les morts sur les champs de bataille. La guerre n'a jamais été son truc. Il est profondément pacifiste comme son père, l'ami de Briand. Mais ce prodigieux destin l'intéresse, le fascine. Politiquement il est plutôt du côté de Talleyrand, de ceux qui se demandent pourquoi cet inlassable conquérant s'aventure dans de folles entreprises qui ne pourront que mal se terminer. Il n'a pas non plus pour lui l'indulgence d'un Balzac qui s'identifie à lui. Jean appartient de ce point de vue à l'Ancien Régime qui ne hisse pas l'ambition à la place où la met Balzac. Cette ambition qui fait des ravages dans les régimes démocratiques égalitaires. L'arriviste, l'ambitieux ne font pas partie de son univers, car il n'a jamais vraiment ressenti leurs affres, leurs passions dévorantes. D'ailleurs, sa vie sera plus comblée de succès par la chance que par une ambition féroce. Il s'étonnera du résultat dont il n'avait nullement rêvé.

Il l'avouera : « J'ai toujours manqué de cette âpreté qui fait les ambitieux. » Napoléon exfiltré de la réalité lui apparaît comme un formidable personnage de roman. Dans sa pièce *La Conversation*, il se plaît à exposer deux visions de l'Histoire, l'une héroïque, empruntant son idéal aux héros de l'Antiquité, l'autre avec Cambacérès, élastique et pragmatique, non pas terre à terre mais réaliste, subordonnant tout aux intérêts matériels. Jean citait souvent le mot de Napoléon qui pourtant n'était pas à l'honneur de son idole : « Mon embarras n'est pas d'acheter Chateaubriand mais de le payer le prix qu'il s'estime. » Il citait aussi souvent sa phrase fameuse prononcée sur la tombe de Jean-Jacques Rousseau dans l'île de Peupliers : « Peut-être eût-il mieux valu pour le bonheur des peuples que lui et moi n'eussions jamais existé. »

C'est bien sûr par Chateaubriand qu'il est arrivé à Napoléon, et par les mémorialistes de l'Empire, Mme de

Rémusat et Mme de Boigne. Mais ce qui l'intéresse dans le personnage tel qu'il apparaît dans sa pièce, *La Conversation*, c'est moins l'énigme d'un destin fabuleux, l'irrationnel d'une aventure qui a peu de précédents – aucun dans l'histoire de France –, que l'homme du XVIIIe siècle aux reparties brillantes et aux aphorismes cyniques. Un Napoléon à l'opposé de la figure christique que lui donne un Léon Bloy ou du mythe révolutionnaire prométhéen qu'il incarne chez Abel Gance. C'est un Napoléon en réduction, très brillant, mais loin du champ de bataille, le dos à la cheminée, un peu salonnard, réduit à son bicorne. Un bicorne qui parle et qui fait la leçon, avec du génie en plus.

Nine

Son premier grand amour. Il a vingt ans. Elle en a dix de plus que lui. Elle est très belle, très féminine, imposante. Elle s'appelle Nine de Montesquiou. Elle vit séparée de son mari et a trois enfants. On ne va pas tarder à entrer en plein marivaudage : Jean pique la jeune femme à son ami Philippe Baer, et se la fait piquer à son tour par Maurice Herzog, qui l'abandonnera pour épouser une ex de Jean : Marie-Pierre de Brissac. Il lui dédie son premier roman : « Pour Nine et puis à qui voudra. » Mais, comme on est dans la meilleure société, ces échanges se produisent sans éclat ni fâcheries. Sans coups de poing, injures ou rancune, comme chez les ploucs. Les protagonistes restent les meilleurs amis du monde et continuent de célébrer l'adorable femme volage.

Noirmoutier

Cette paisible île vendéenne aux longues plages de sable est l'occasion pour Jean d'écrire un article d'une ironie féroce sur l'aristocratie en vacances. Envoyé spécial de *Paris Match*, en août 1950, à l'occasion d'une fête donnée par la famille de France et des réjouissances qui l'accompagnent : jeux de plage et cocktails auxquels s'adonne le gratin des jeunes filles autour d'Isabelle de France, Pauline Murat, dite Popo, Salomé dite Salo et enfin Thamar qui, elle, n'a pas de surnom, il tourne en ridicule cette petite colonie de gens huppés fiers de leur nom à rallonge. « Discrètes, effacées, timides, ce sont des petites filles modèles, mais avec une couronne sur la tête. » Cette charge est aussi une façon de se moquer de lui-même, de ce milieu qui est le sien, et dont il voudrait s'émanciper. Ce premier article people mais détourné va faire scandale : je me souviens de la colère de la princesse Pauline Murat, femme pourtant compréhensive, au souvenir de ce reportage qui l'avait, elle et ses amies, tournée en ridicule. Ce qui l'irritait, on peut la comprendre, c'était que Jean avait profité de ses liens avec ces familles de l'aristocratie et de leur confiance pour régler un compte psychanalytique avec lui-même. Mais à leur détriment.

Normale sup

Cette aristocratie-là, Jean y a aspiré de toutes ses forces. Il avait compris que l'autre ne suffisait plus dans la République. La méritocratie lui a offert l'occasion de se faire une place dans ce monde de la bourgeoisie triomphante où l'on règne non plus par la vertu de ses quartiers de noblesse démonétisés, mais par les diplômes et l'argent. Tous les tours et détours qu'il emploiera pour diminuer son mérite, ironiser sur son rôle de premier de la classe, ne parviendront pas à nous convaincre du contraire : il était fier d'être normalien. Fier de voir son intelligence reconnue, fier de constater qu'elle était jugée supérieure non seulement à la moyenne, mais à celle de beaucoup d'autres. Sinon pourquoi, si elle lui importait si peu, aurait-il porté cette peau d'âne comme une oriflamme ? Jusqu'à la fin, dans ses notices biographiques, où pourtant des distinctions apparemment supérieures sont signalées (Académie, grand-croix de la Légion d'honneur : à moins, *horresco referens*, qu'il n'ait considéré ces honneurs-là comme moins significatifs, voire aléatoires), il n'omettra d'indiquer ce premier éclatant succès. D'où lui vient cette tenace satisfaction qu'auraient due en bonne logique relativiser ses prestigieuses récompenses ultérieures ? Est-ce modestie à la manière des grands peintres d'autrefois qui ne manquaient pas, la célébrité venue, de faire suivre leur signature d'« élève de » ? Est-ce un doute sur son art pour avoir besoin de se créditer lui et ses œuvres d'un brevet universitaire ? Est-ce enfin, en dépit de ses efforts pour se libérer de sa gangue sociale et de proclamer sa liberté, un indéfectible attachement à ce premier verdict de la société qui le sortait du lot ?

Un critère d'exception dont il a la coquetterie de parler en l'enveloppant de sarcasmes, insistant sur ses côtés canularesques, comme lorsqu'il évoque son bizutage : il est abandonné par ses condisciples dans un train, nu comme un ver, et ne devra son salut qu'au chef de gare qui lui prêtera sa casquette pour dissimuler ses parties honteuses. Ou en évoquant le harcèlement sexuel de Jean Beaufret. On sent que cette époque studieuse, dans l'antre du savoir, éclairée par la curiosité et les rencontres, fut particulièrement heureuse.

Il parlera toujours avec affection de ses maîtres. Il écrira certaines de ses plus belles pages en les évoquant, que ce soient ceux de khâgne, d'hypokhâgne et de la rue d'Ulm : Alba, Boudout, Dieny, Jean Hyppolite, Althusser. Très savoureux aussi sont les récits dans lesquels il décrit ses brillants condisciples comme Pontalis, neveu de Louis Renault, Claude Lefort, Laplanche dont il découvre avec stupeur les penchants politiques : ils sont tous « trotskistes tendance Lambert ». Révélation qui plonge Jean dans la plus profonde perplexité.

Voir : Normale sup ; Philosophie ; Professeurs.

Nourissier, François

En voilà deux qui ne semblaient pas destinés à s'entendre. Et pourtant, quelle longue complicité, quelle durable amitié en dépit des restrictions mentales. Nourissier n'avait pas un physique avenant : le visage masqué sous une barbe semblant dissimuler un air cauteleux de pope orthodoxe, des yeux qui tantôt fuyaient l'interlocuteur tantôt l'affrontaient d'un regard myope, il ne séduisait pas, sinon par son étincelante intelligence, son grand talent de plume. On l'aimait moins qu'on ne le craignait. Il faisait peur en raison de son esprit sarcastique et de la formidable puissance de dissuasion des postes qu'il occupait : directeur littéraire, président du prix Goncourt, critique littéraire à la puissance de feu illimitée. Ce n'est qu'en forçant la barrière de corail de l'homme public qu'on découvrait un écrivain très sensible, fou de littérature, fidèle à ses amis. Jean et lui avaient partagé les mêmes difficultés à s'imposer dans le monde des lettres. Ce sera d'ailleurs l'une des bonnes idées à mettre au crédit de Jean de le faire engager au *Figaro* où il excellera comme critique littéraire. Il fera également appel à Michel Mohrt et au grand critique dramatique Pierre Marcabru.

Dans leur jeunesse, alors qu'ils étaient de jeunes Rastignac rêvant de conquérir Paris, ils avaient constitué une sorte de club littéraire d'entraide dont faisaient partie également Louis Pauwels, Pierre de Boisdeffre et André Bourin, patron des *Nouvelles littéraires*. Cette association fut éphémère. En revanche l'amitié entre Jean et Nourissier ne fit que croître et embellir. Son mariage avec la peintre Cécile Muhlstein, proche parente des Rothschild, ainsi que son amitié avec Maurice Rheims resserrèrent encore leurs liens. Ils allèrent à plusieurs reprises skier ensemble en Suisse. Mais leur entente la plus forte était fondée sur une même passion pour la littérature.

Dans les années terribles où, atteint de la maladie de Parkinson, la fameuse « Miss P. » selon son expression d'un humour noir, le sort s'acharnera sur lui – il perdra sa femme – et où ses facultés seront atteintes par la maladie, Jean ne cessera d'aller le voir et de lui apporter dans sa nuit la lumière de son réconfort.

Jean a parfaitement résumé le drame ontologique de Nourissier : « Je crois qu'il était malheureux parce qu'il était obligé de vivre avec une créature pour laquelle il n'avait ni estime ni affection : c'était lui-même. » Mal dans sa peau, en permanent déséquilibre entre sa vie rêvée et la réalité morose qu'il vivait, ce n'est que dans les livres, ceux, excellents, qu'il écrivait et ceux qu'il analysait comme critique dans l'éclairage de sa magnifique intelligence, qu'il trouvait une forme d'équilibre. Jean, son exact contraire, lui apportait des vitamines d'optimisme en même temps que l'amertume de se sentir aussi éloigné de son bonheur d'exister.

Leur point commun – il existe en dépit de leurs abyssales divergences – est d'être eux-mêmes la mesure de toute chose. Leur moi les tracasse : il est leur préoccupation majeure. Ils s'examinent, se jaugent, soupèsent leurs pensées et leurs désirs, avec un égotisme lancinant. Nourissier, obsédé par sa tare petite-bourgeoise, ne cesse d'en analyser les symptômes dans des livres impitoyables qui décrivent sans fard ni indulgence un monde rongé par la médiocrité. Jean d'O, plus intéressé par le soleil que par les ombres, nous livre, lui, un roman familial qui à côté du misérabilisme étriqué de Nourissier tient du conte de fées, mais témoigne de l'inquiétude secrète d'être trop favorisé. L'un et l'autre sont bizarrement soumis à un passé dont ils veulent se débarrasser. Avouons qu'ils n'y parviendront jamais tout à fait. Ni la très brillante carrière littéraire de l'un culminant à la présidence du jury Goncourt et à un mariage avec une Rothschild, ni la célébrité tonitruante de l'autre, l'Académie, la Pléiade, ne les délivreront jamais tout à fait de leur passé. Un beau sujet de réflexion pour Freud ou pour Otto Rank, le spécialiste du traumatisme de la naissance.

Ces deux grands égocentrés commencent par des essais d'analyse sur eux-mêmes, *Un petit-bourgeois*, *Du côté de chez Jean*, dans le goût d'Amiel, ou de Joubert, pour se lancer très vite dans le genre obligé du roman pour lequel ils se sentent plus d'ambition que vraiment d'appétence. Dans ces années 1950 de leurs débuts, le ciel littéraire est bouché par deux monstres qui ne laissent guère de place aux nouveaux venus : le roman sartrien de l'engagement ou le Nouveau Roman des sectateurs de Robbe-Grillet. Quant au roman traditionnel des Martin du Gard, des Gide, des Romain Rolland, des Chardonne, il semble vieillot, perclus de rhumatismes, démodé. Il n'a rien d'exaltant. Ils ne sentent ni l'un ni l'autre la fibre poétique, vagabonde et délirante d'un Marcel Aymé ou d'un Romain Gary.

Les romans qu'ils écriront, d'une facture parfaite, talentueux, *Au plaisir de Dieu* ou *Histoire du Juif errant*, *Le Bar de l'Escadrille* ou *La Fête des pères*, montreront leur capacité à faire aussi bien dans ce genre que les meilleurs romanciers contemporains. Mais, en dépit des succès qui salueront leurs tentatives, ils resteront sur leur faim : un moi insatisfait les taraudait qui ne trouvait pas d'issue ni d'expression dans leurs romans. D'où ces autobiographies tardives, *À défaut de génie* ou *Je dirai malgré tout que cette vie fut belle*, qui montrent que, après tant de détours, ils ont regagné le genre qui avait la préférence de ces indéracinables barrésiens : le culte du moi.

O

Olivier

C'est le moins célèbre des familiers de Jean d'O et certainement l'un de ceux qui l'ont le mieux connu. Même si son portrait dans le journal *Libération* et ses apparitions dans le film de Laurent Delahousse *Monsieur* l'ont projeté sous les feux de l'actualité. En apparence cuisinier de profession (et quel merveilleux cuisinier !), Olivier Cadot était le majordome, le Leporello, l'homme indispensable qui prenait les appels téléphoniques (mission périlleuse), éconduisait les fâcheux, si tant est qu'aucun ait jamais été éconduit. Discret, sachant tout de la vie de Jean, il serait mort sous la torture plutôt que de divulguer un seul de ses secrets. Passionné d'alpinisme, il était curieux de tout comme son maître. Dans toutes les grandes occasions de sa vie, Jean tenait à ce qu'il fût présent, notamment à l'Élysée lorsque François Hollande lui remit les insignes de grand-croix de la Légion d'honneur.

Omar Raddad

Ce n'est certainement pas en raison de son tropisme en faveur des erreurs judiciaires, comme Mauriac, que Jean accepta l'un des premiers à faire partie du comité de défense d'Omar Raddad, le jardinier marocain accusé d'avoir tué Mme Marchal. Mais je n'eus aucun mal à le convaincre de l'innocence du jardinier et à obtenir son adhésion. Quand vint pour moi l'heure de rendre des comptes devant la 17e chambre pour répondre d'une plainte en diffamation intentée par le bâtonnier du Granrut et sa famille, il vint me soutenir avec beaucoup de courage et de détermination. Il me défendit contre le feu nourri de mes adversaires. À Georges Kiejman, avocat de la partie civile, qui m'accusait de manière un peu saugrenue de m'être engagé dans la défense d'Omar Raddad afin de me faire élire à l'Académie française, il eut cette réponse qui suscita une franche hilarité dans la salle d'audience : « Maître, vous semblez ignorer les us et coutumes de l'Académie : si on veut y être élu, mieux vaut faire une biographie du roi du Maroc que celle d'un jardinier marocain. »

P

Païen

Si, selon Marthe Bibesco, « Mauriac n'avait pas assez de santé pour être païen », Jean, lui, en avait assez pour l'être de toutes les fibres de son corps, adonné aux bains de mer, au soleil, au ski et aux dames. Le catholicisme ne semblait pas avoir beaucoup imprimé sa marque sur cet être dionysiaque, inaccessible aux notions de péché, de culpabilité, de repentir.

Parachutisme

Jean a eu deux sauts en parachute à son actif. C'est à cause de son oncle, Pierre de Chevigné, ministre de la Défense, devant lequel il s'était vanté d'avoir échappé légalement aux obligations militaires, que celui-ci le fit appeler pour trois mois au service. Affecté à une unité du train des équipages, il demanda par bravade à être versé chez les parachutistes étrangers, les bérets rouges.

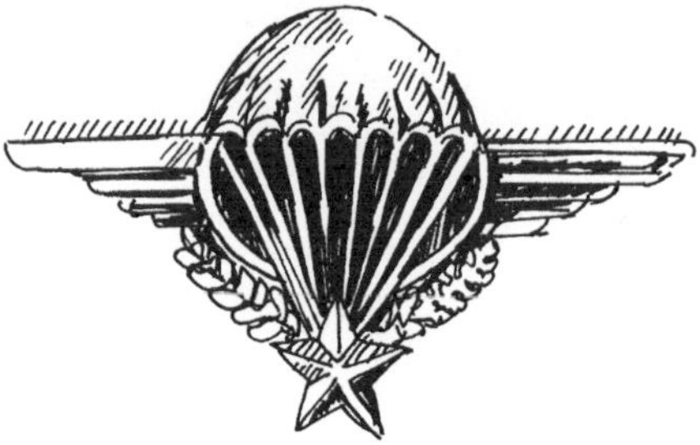

Il a raconté dans *Je dirai malgré tout que cette vie fut belle* les conditions bizarres de son incorporation, à la fois comme neveu du ministre de la Défense et comme normalien. Il reconnaît avoir aimé l'armée et le courage des parachutistes prêts à mourir pour une misérable solde, ce qu'ils n'allaient pas tarder à faire à Diên Biên Phu. Il décrit le mélange d'excitation, de bravoure et d'angoisse qui précède les sauts avec des camarades qui racontent des histoires de parachutes qui ne s'ouvrent pas. Il n'a pas caché sa peur, ni sa crainte de n'avoir pas le courage de se jeter dans le vide. Heureusement les choses se déroulèrent le mieux possible : « Vous tombez. Plus rien à faire. C'est trop tard. Vous n'avez plus le temps d'avoir peur. Il n'y a plus qu'à attendre. Les choses vont très vite et lentement. Soudain, le parachute s'ouvre. Un bonheur fou s'empare de vous. Vous flottez quelque part entre le ciel et la terre. Le parachute, dans mon cas, était automatique. Il s'est ouvert tout seul. Heureusement. Je me demandais si j'aurais été capable de tirer sur la ficelle. Et surtout de tirer le plus tard possible, pour profiter de la chute libre. J'imaginais, en flottant au-dessus des arbres et des champs, les sentiments de griserie et de fragile éternité que devaient éprouver les artistes de ce sport tout au long de leur ballet, retardé à l'extrême, sur le plancher mouvant de l'air. »

Parménide

Son philosophe préféré. Normal, ils ont la même obsession : le temps. Jean l'a sans doute sorti d'un injuste oubli. Il ne cesse de lui rendre hommage. Même si cela n'a pas suffi à lui apporter tous les lecteurs d'*Au plaisir de Dieu*.

Partir

« Jean est parti » : cette expression employée par Françoise d'Ormesson dans ce petit matin du 5 décembre m'a glacé. Comme est foudroyé le narrateur de la *Recherche* lorsqu'on lui annonce : « Mademoiselle Albertine est partie. » Mais j'étais loin de penser à Proust dans ce matin fatal. J'attendais ce moment depuis longtemps en en repoussant l'idée sans cesse. Et maintenant, j'allais devoir vivre sans cet écho si ancien et si présent de ce que j'étais. Trois ans plus tôt, hospitalisé pour son cancer au moment même où je subissais une intervention cardiaque à l'hôpital d'Ajaccio, il m'avait adressé un message dont j'ai tiré un livre de souvenirs, *Ne pars pas avant moi.*

Pauvreté

C'est peut-être la seule expérience qu'il n'ait pas faite : être pauvre. Il n'a connu ni la misère comme Romain Gary dont la mère se privait de nourriture pour pouvoir offrir un bifteck à son fils ; ni la faim comme Jack London ou Knut Hamsun ; ni la vie familiale nécessiteuse d'un Drieu la Rochelle, ni les humiliations sociales d'un Aragon fils naturel du préfet de police Andrieux, d'un Malraux poursuivi par la honte d'être né à Bondy et d'avoir une mère qui tenait une mercerie. Il n'a pas non plus connu à douze ans le harassant travail en usine comme Dickens. D'où cette idée iréniste des relations sociales, cette croyance un peu candide en une harmonie qui unit les hommes de bonne volonté par-delà leurs origines. D'où aussi tous les malentendus qu'a pu susciter son attitude comme directeur envers les journalistes du *Figaro*. Il voyait la vie comme un roman de Stendhal où il n'est jamais question ni d'argent ni de gagner sa vie. Au *Figaro*, il a affronté durement le monde de Balzac où le travail se paie, où les hommes ont des femmes et des enfants à nourrir. La pauvreté avait pour lui l'étrangeté brumeuse d'un concept. Il savait intellectuellement ce que c'était, mais n'en ayant jamais éprouvé la morsure dans sa chair, il la rangeait dans un cadre esthétique ou idéologique. C'était des thèmes d'opéra, *La Bohème*, le sujet des livres de Dickens ou d'Hector Malot. La Cosette et la Fantine des *Misérables* lui tenaient lieu d'expérience sociale. En voyant des communistes à travers le directeur de *L'Humanité*, il avait la griserie de côtoyer ce monde des damnés de la terre, des parias. Il croyait ainsi un peu naïvement enrichir son expérience du peuple et des ouvriers. Cette ignorance sociale a accru dans sa vie et dans ses livres qui en sont l'écho son impression de vivre dans un perpétuel conte de fées. L'abîme qui était à ses pieds, peut-être se refusait-il à le voir de peur de perdre cet optimisme qui coloriait ses livres de toutes les couleurs du bonheur.

Pendules

M. Machavoine est un personnage essentiel dans la mythologie romanesque dormessonnienne. Il a une tâche essentielle, cruciale. Son domaine plus vaste que le monde, c'est le temps. L'horloger de Roussette, un petit homme bossu, toujours vêtu de noir, a la charge de remonter, chaque samedi, les trois cent soixante-cinq pendules du château du Plessis-lez-Vaudreuil *alias* Saint-Fargeau. Et pourquoi le samedi ? Pour permettre aux pendules de sonner toutes ensemble le dimanche, à midi, en présence du fameux grand-père et du doyen Mouchoux venu déjeuner au château : « La clef de chaque pendule était glissée derrière les nymphes, les rocailles, les colonnettes de porphyre, ou accrochées avec un ruban. Mais l'idée de s'en servir soi-même ne serait venue à aucun d'entre nous. » Quand une des pendules s'arrête, il faut attendre le retour de M. Machavoine pour la remettre en marche : « C'était que nous vivions dans un ordre et une hiérarchie qu'il s'agissait de maintenir jusque dans les détails les plus minuscules et où le principe "une place pour chaque chose et chaque chose à sa place" s'appliquait aussi aux hommes, peut-être surtout aux hommes. Le rôle de M. Machavoine dans cette vallée de larmes où Dieu nous avait jetés était de remonter nos pendules. Le nôtre était de l'attendre et de le regarder. »

Père

Leurs relations pleines d'affection et de respect ne furent pas toujours faciles. Jean admirait son père, mais, dans sa période de crise de l'adolescence, il s'opposera à lui. À un système de valeurs morales qu'il jugeait austère et janséniste, à une conception de la vie qu'il estimait trop étriquée, trop paisible. Il regrettera son attitude de révolte. Nul doute que dans ses efforts pour devenir moins frivole, en composant avec les grandes institutions, *Le Figaro*, l'Académie, il ne voulût de manière posthume rejoindre une carrière dont son père, qui ne s'intéressait que modérément à la littérature, eût pu s'enorgueillir. Dans un aveu qu'il fera dans ses mémoires, il va jusqu'à faire intervenir la psychanalyse. Il cite un passage de *La Confusion des sentiments* de Stefan Zweig pour justifier son comportement dont il a du mal à comprendre les causes inconscientes : « La nature, conformément à son devoir mystique qui est de préserver l'élan créateur, donne à l'enfant l'esprit de révolte et le mépris des goûts paternels. Elle ne veut pas d'une succession tranquille et indolente, d'une simple continuation, d'une répétition d'une génération à l'autre : elle commence toujours par introduire la discorde entre les êtres de même nature, et ce n'est qu'après un pénible et fécond détour qu'elle permet aux descendances de rejoindre la voie des aïeux. »

Personnages

D'où vient que, dans une œuvre romanesque abondante, il ait créé une foule de figurants, mais au fond peu de personnages vraiment marquants ? Bien sûr, il y a la figure du grand-père dans *Au plaisir de Dieu*.

Mais ensuite ? Romain, le héros de *Voyez comme on danse* ? Les quatre sœurs O'Shaughnessy, Pandora, Atalanta, Vanessa, Jessica, dans *Le Vent du soir*, qui évoluent au milieu d'une quarantaine de comparses comme Roméro, Wronski, le rabin polonais Isaak Finkelstein, son épouse Sarah et leur fils Jérémie, l'esclave Florinda, Gabriella, la fille du consul d'Italie à Pékin, lord Lansdown, Nadia, ainsi qu'une myriade de maris, d'amants et d'aventuriers qui évoluent dans une folle sarabande sur le fond d'une histoire à la fois réelle et imaginaire ? C'est le même procédé que dans *La Gloire de l'Empire*, mais cette fois transposé dans l'histoire contemporaine entre le milieu du XIXe siècle et la guerre de 1914. Roman étourdissant d'intrigues, de folles aventures qui se déroulent sur quatre continents, il est d'un romanesque échevelé, mais – c'est la seule critique qu'on puisse lui faire – on se perd devant tant de figurants définis plus par leurs aventures qu'en tant que personnages.

C'est ce qui le sépare diamétralement de Balzac, de Proust ou même de Maupassant. On ne trouve pas chez lui un Vautrin, un Rastignac, un Bel Ami, ni une Boule de suif, ni un Angelo, comme chez Giono ou une Lady L comme chez Gary. On est réduit à des hypothèses. A-t-il, par voie de ricochet, été sensible aux injonctions de Robbe-Grillet et du Nouveau Roman ? C'est peu probable. Sinon, il en aurait parlé. Est-ce par défiance envers la psychologie, refus de remettre ses pas dans les traces du roman traditionnel dans lequel les personnages sont essentiels ? Jamais il ne s'attarde sur une description physique, jamais il ne se préoccupe de l'énigme d'un être. Il les décrit rapidement, pressé de les placer dans les péripéties de leur vie. Il trace plus des destins que des personnages. Plus des êtres de raison porteurs d'un concept philosophique, comme dans *Histoire du Juif errant*.

Pétroliers

Quand je lus dans un minuscule entrefilet publié par un journal du soir qu'un revendeur de pétrole de Marseille, Roger Bodourian, accusait les compagnies pétrolières d'avoir organisé sa faillite, je n'imaginais pas les conséquences que ce fait divers aurait dans ma vie. Comme le *Candide* de Voltaire, j'étais loin de penser que, par un mystérieux engrenage de causes premières et de conséquences imprévisibles, j'allais connaître un maelström de vicissitudes, qui au total auraient un résultat positif. Tant la vie est imprévisible dans ses desseins secrets. J'ignorais que cette banale enquête journalistique m'amènerait au cœur d'une affaire aux implications multiples au cœur de l'État ; que je devrais mener un combat non seulement contre les agissements frauduleux des Seven Sisters, mais au sein même de mon journal, *Le Figaro*. Contre une partie de la hiérarchie qui hésitait à déplaire à de juteux annonceurs ; que je devrais me livrer à un bras de fer – ô orgueilleuse faiblesse ! – avec Raymond Aron, ce Titan qui jugeait insupportable qu'un journaliste osât ne pas obtempérer à ses oukases, en l'occurrence dans un domaine hors de sa compétence ; je dois avouer que je tombai de haut de mon admiration pour l'auteur de *L'Opium des intellectuels* et de tant d'œuvres maîtresses, en voyant l'énergie que déployait cet immense intellectuel à m'empêcher de publier les preuves que j'apportais des fraudes énormes opérées par les pétroliers, preuves n'émanant pas de moi, de mon imagination de romancier comme il le prétendait, mais des juges.

Qu'enfin j'allais devoir affronter dans cette affaire Jean d'O, l'homme le moins à même de juger d'une enquête judiciaire ultrasensible qu'il examinait avec effroi, puisqu'elle allait l'obliger à l'acte qu'il détestait le plus : trancher, prendre parti ; enfin que le psychodrame que cette affaire allait susciter me contraindrait à quitter *Le Figaro*. Jean a avoué que le drame qui se nouait entre les différents protagonistes, et entre lui et moi, l'a souvent empêché de dormir de ce merveilleux sommeil qu'il a privilégié toute sa vie.

Je nous revois à cette époque au cours de discussions marécageuses, dont il essayait de se dépêtrer en fuyant la réalité. « Si tu as tort, me menaçait-il avec un sourire complice, je te mets à la porte ; si tu as raison – tu imagines le ridicule d'avoir raison contre Aron qui n'est tout de même pas ce qu'on peut appeler un idiot –, je double ton salaire. » J'eus hélas raison. Les dirigeants des compagnies pétrolières furent durement condamnés pour s'être entendus et avoir truqué un grand nombre de marchés publics, puis une commission d'enquête parlementaire leur infligea également des sanctions.

Pour me punir de ma pugnacité, la hiérarchie du journal décida – j'étais journaliste politique – de me rétrograder aux informations générales, les chiens écrasés. Je me retrouvais dans le bureau de Jean à qui je demandais la raison de cette humiliante et injuste mutation à l'allure de destitution. Il s'empêtrait dans ses explications, gigotait sur son fauteuil directorial, manifestement à la torture. Je lisais dans ses yeux bleus qu'il m'implorait de faire cesser son supplice. Voyant que je ne tirerais rien de lui, je lui jetai, espérant réveiller en lui un improbable sens de ses responsabilités, voire de faire vibrer la fibre d'un sentiment d'amitié : « Dans ces conditions, puisque vous ne me soutenez plus, je vous donne ma démission. » Cette annonce mélodramatique, loin de l'accabler, parut au contraire le soulager. Je lui retirais un poids. Dans son regard passa un sentiment de délivrance, presque de reconnaissance. Je lui évitais ce qui était pour lui la plus épouvantable des corvées : choisir, décider. « Ton geste ne manque pas de noblesse », me dit-il – phrase qui m'enfermait habilement dans mon choix et lui évitait d'autres aussi désagréables tête-à-tête. Il n'essaya pas de me retenir.

Je me retrouvai au pied du *Figaro*, sur le rond-point des Champs-Élysées. Il faisait nuit. J'avais froid. J'avais passé huit années passionnantes dans ce journal et – paradoxe ! – j'étais contraint de le quitter non seulement pour avoir eu professionnellement raison, mais à cause d'un homme qui avait incarné ce qui comptait le plus pour moi, la littérature. Et cet homme, je savais que son attitude décevante n'était pas due à de l'antipathie, bien au contraire, ni à des fautes commises, mais à une carence de son être. Il n'était nullement fait pour affronter les tempêtes, ni occuper le moindre poste dans la réalité. Je pensais curieusement à la scène au cours de laquelle le jeune Louis XIV répudie Marie Mancini, que pourtant il aime. « Vous êtes roi, vous pleurez et je pars. » Il était directeur général du *Figaro*, il était attaché à moi, et pourtant j'étais sur le pavé. Le chômage m'attendait.

Nous allions rester brouillés trois années. Je ne fis pas la moindre tentative pour le revoir.

Je retirai de cet épisode douloureux une profonde blessure et un roman : *Les Feux du pouvoir*, qui obtint le prix Interallié (encore un paradoxe : une période cruelle se muait, par la magie de la littérature, en succès). Il fallut beaucoup de temps pour que la blessure se cicatrise et que Jean, la colère retombée et l'humour revenu, signe les lettres qu'il m'adressait du nom de Dorsac, le personnage principal de mon livre inspiré par lui et par notre différend. Des événements qui, en passant par l'alambic des mots et de la fiction qui en ont distillé l'amertume, ont étrangement perdu pour moi de leur réalité.

Peuple

Pour Jean, le peuple est surtout une idée. Le peuple qui fait les révolutions et qui apparaît dans les romans de Victor Hugo, de Jules Vallès ou de Zola. Il en connaît des représentants à travers les domestiques et les paysans de Saint-Fargeau, les journalistes, les employés, mais c'est au fond un monde qui lui est étranger. Il ne le déteste ni ne l'aime. Un jour que je citais une phrase de Chateaubriand : « J'aime le peuple. Je suis prêt à mourir pour lui mais à la condition de ne pas le rencontrer », Jean entra dans une grande colère (une grande colère chez lui était aussi rapide que rare). Il niait que cette sentence fût de Chateaubriand. Je n'en démordais pas. Et nous voilà téléphonant à Marc Fumaroli qui, lui non plus, ne voulait pas si peu que ce fût faire tomber l'Enchanteur de son piédestal. Puis au conservateur de la Vallée-aux-Loups, l'érudit Bernard Degout. On ne retrouva pas la phrase. Et chacun resta sur ses positions.

Philosophie

Agrégé de philosophie, Jean n'avait nullement la prétention d'être un philosophe. Il s'était passionné pour Parménide, Spinoza, Hegel, comme des intercesseurs vers les questions philosophiques qui resteront toujours au centre de sa réflexion : le temps, l'origine du monde et son avenir, le destin de l'homme. Ses professeurs ont imprimé sur lui une influence qu'il reconnaît. Il ne cessera de rendre hommage à Jankélévitch, à Jean Hyppolite, à Canguilhem, à Althusser. Pour autant, il ne voudra jamais suivre leurs traces et leur ressembler. En réalité, ce sont ses livres qui sont le plus marqués par les questions philosophiques. Il semble même que, en tant qu'écrivain, Jean ait eu plus à cœur d'illustrer des concepts, d'habiller des thèmes philosophiques que de construire des personnages. À la manière des philosophes du XVIIIe siècle illustrant dans leurs essais ou leurs romans les arguments de Locke, de Leibniz ou de Newton, il tricote ses romans sur des thèmes qui appartiennent à la philosophie. Celle-ci sous-tend son œuvre de manière visible.

Pivot, Bernard

Il y aurait un roman à écrire sur les liens de complicité, de connivence, de roublardise, d'incompréhension, qui ont existé entre ces deux stars médiatiques des lettres. Ils ont compris l'un et l'autre que la littérature à la télévision n'était plus concevable sans une mise en scène et un spectacle. Ils y ont excellé. Qu'aurait été « Apostrophes » sans Jean d'O ; mais qu'aurait été Jean d'O sans « Apostrophes » ? Ils sont indissociables. Bernard Pivot a intelligemment compris qu'il lui fallait un interlocuteur privilégié pour donner à son émission de la profondeur et de la légèreté, du contenu et de l'amusement, toucher le grand public mais aussi les gens de culture. Pourtant les choses avaient bien mal commencé entre eux. Jean d'O, dans sa période noire, celle où il fut un directeur du *Figaro* hésitant quand il fallait trancher, tranchant quand il fallait réfléchir, n'avait rien trouvé de mieux que de pousser à la démission le brillant journaliste du *Figaro littéraire* qui avait à ses yeux la tare impardonnable d'être un des acteurs très actifs de la Société des rédacteurs du *Figaro* que Jean exécrait. Avec ses indemnités de licenciement, Pivot s'offrira une piscine dans sa propriété du Beaujolais baptisée « Piscine Jean d'Ormesson ». Mais Pivot jeta la rancune dans la piscine. Ce qui est normal, personne n'a pu se brouiller longtemps avec l'Enchanteur. C'est à cette réconciliation que l'on doit de grands moments de télévision (vingt-huit apparitions en trente ans) : sur tous les modes : admiratif avec Yourcenar, agressif avec Roger Peyrefitte ou polémique avec Jean Daniel à propos de Soljenitsyne. Remords, contrition, Jean d'O n'y va pas avec le dos de la cuillère quand il évoque Pivot : « Il est devenu une sorte de mythe. Il ne sera pas possible d'écrire une histoire sociale de la littérature de la fin du XXe siècle sans citer Pivot. »

Pléiade, la

Ce jour fut peut-être l'accomplissement de sa vie littéraire qui se confondait chez lui avec sa vraie vie. Un rêve de jeunesse exaucé dans l'âge adulte. A-t-il rêvé au prix Nobel ? Probablement. Mais entrer dans la Pléiade était certainement son vœu le plus cher. Le seul moyen d'exorciser ses doutes sur sa place dans la littérature. Jamais il n'en parlait. Il n'exprimait pas ses ambitions, craignant le ridicule de l'infatuation. Antoine Gallimard s'entretint longuement avec moi, au cours d'un déjeuner, sur la manière à employer pour faire revenir dans le giron de Gallimard l'enfant prodigue. Bien que Jean ne m'ait jamais chargé d'une telle mission (ce n'était pas dans son style), il me semble que c'est moi – mais il faudrait qu'Antoine Gallimard le confirme – qui prononçai le fameux Sésame, « la Pléiade ». Antoine Gallimard s'éclaira et mit aussitôt le projet en route. Le retour de Jean lui tenait à cœur : symboliquement et sentimentalement, il considérait que sa place était au cœur d'une maison où il avait connu ses plus grands succès. Quand j'ai reçu l'exemplaire que Jean me destinait orné d'une dédicace – ce qui arrive rarement avec la Pléiade –, j'ai éprouvé une sensation irréelle. Un rêve venait de se réaliser sous mes yeux.

Pour fêter l'événement, Antoine Gallimard convia Jean à déjeuner en compagnie de Malcy, le « Bleuet », et de moi. C'était bien sûr émouvant pour le principal protagoniste, pour le Bleuet qui avait rencontré Jean quarante ans plus tôt à la table de Simone Gallimard. Et aussi pour moi : n'était-ce pas le Bleuet qui avait renoué les fils rompus d'une amitié durement compromise par *Le Figaro* ? La boucle était bouclée.

Ce premier volume parut avec une très belle préface de Marc Fumaroli et un remarquable ensemble de notes dû à Bernard Degout, conservateur de la maison de Chateaubriand. C'est lui qui réalisa les notes avec Philippe Berthier, pour le second volume qui parut quelques mois après la mort de Jean. Cet appareil critique relativement succinct pour la Pléiade, collection illustre mais qui parfois tombe dans l'excès des notes en bas de page, correspond à la volonté de Jean d'O et est en tout point une réussite.

Poésie

Ce que Jean place au plus haut dans les productions de l'esprit humain, au-delà même des grandes constructions philosophiques, c'est la poésie. Elle est pour lui la plus haute expression de l'âme humaine. Et dans ce domaine il est d'un éclectisme total : son goût le porte autant à Homère qu'à du Bellay, à Verlaine qu'à Apollinaire, à Valéry ou à Edmond Rostand. Mais ses poètes préférés restent Aragon, Toulet, Apollinaire, auxquels il emprun-tera nombre de titres de ses livres. Combien de leurs poèmes connaissait-il par cœur ? Des centaines, peut-être des milliers de vers qui jaillissaient naturellement de ses lèvres.

Politique

Il aimait son théâtre. Ce sceptique avait néanmoins des convictions. Même s'il est passé facilement du gaullisme au pompidolisme, puis au giscardisme et au sarkozysme, ses déambulations dues à son réalisme et à son pragmatisme se sont toujours déroulées au sein de la droite libérale. Héraut de la droite, portant haut ses couleurs du haut de la citadelle du *Figaro*, il n'a cessé de condamner les erreurs de la gauche, le collectivisme, l'égalitarisme, les excès du pouvoir syndical. Mais si le combat des idées l'intéresse, s'il s'oppose au communisme, c'est la dramaturgie politique qui le captive. Peu enclin à introduire de la psychologie dans ses romans, il aime ce fumet des joutes entre les candidats, les rivalités pour le pouvoir, toutes les passions mobilisées.

Lui qui a appartenu brièvement à des cabinets, celui de Maurice Herzog à la Jeunesse et aux Sports, n'a jamais eu d'ambition ministérielle. Un jour que je lui demandais ce qu'il ferait si on lui proposait le ministère de la Culture, il m'avoua : « Je crois que je n'aurais pas le courage de refuser. » Heureusement, personne n'eut l'idée de le lui proposer : c'eût été une épreuve peut-être encore pire que le calvaire qu'il avait vécu au *Figaro*. Nicolas Sarkozy, à qui on posait la question, a répondu que mieux valait pour Jean d'écrire des livres qu'il était le seul à pouvoir écrire que d'occuper un poste ministériel qu'un autre pouvait tout aussi bien remplir.

Presque rien sur presque tout

Jean d'O doit être lu à l'éclairage des révolutions qui ont bouleversé l'esthétique littéraire. *Presque rien sur presque tout*, intitulé roman à la fois par provocation et par incrédulité sur la survie d'un genre littéraire pour lui obsolète, est en effet l'antiroman par excellence. De sa coquille vidée du personnage, de la psychologie, de la morale, de l'intrigue, il a conservé le style, les idées, une formidable culture : il a entrepris une saga de la connaissance, un feuilleton des concepts, où les idées auraient remplacé les héros, et où l'intrigue serait le destin de l'univers. C'est la tentation du livre absolu qui n'a jamais eu d'exemples et qui n'aura pas d'imitateurs, ce livre total dont a rêvé Flaubert avec *Bouvard et Pécuchet*, celui auquel a songé Mallarmé avec *Igitur* et *Un coup de dés jamais n'abolira le hasard* ou le *Finnegans Wake* de James Joyce ; le livre où l'auteur, secouant les règles et les conventions esthétiques qu'il avait acceptées, aspire à s'ébrouer dans une liberté sans bornes. Certains pourraient s'étonner d'un tel état d'esprit iconoclaste, révolutionnaire, chez Jean d'O, homme que tout semble prédisposer à être un conservateur des formes esthétiques et du genre romanesque traditionnel. Comment s'explique cet anticonformisme ?

D'abord, Jean d'O adore être de son temps. Il y a chez lui une jubilation à exister ici et maintenant, à connaître l'époque de Sartre, de la psychanalyse, de la pilule, de De Gaulle et de Mitterrand, du socialisme, de la théorie de la relativité, des bébés éprouvettes, de la conquête de la Lune et de la télévision. C'est curieusement très peu un homme de nostalgie. En tout cas, il le cache bien. S'il s'était confondu avec ce monde aristocratique dont il est issu, il n'aurait probablement rien écrit. Il s'est construit contre ce monde qui regarde en arrière. Il s'est découvert une autre aristocratie où les noms qui comptent ne sont plus les Noailles, les Rohan, mais ceux d'Einstein, de Claudel, de Roger Caillois, de Marx et de Freud. Il n'est pas homme à compulser de vieux parchemins généalogiques, ni des romans de Maurois. Ce qui l'intéresse, c'est l'excitation des idées de notre temps, et de vibrer à l'unisson des palpitations intellectuelles du siècle.

La seconde explication tient à son attitude personnelle vis-à-vis du roman. C'est pour lui un genre d'emprunt. Il l'a trouvé tout prêt, et il s'y est embarqué, sans beaucoup d'illusions, parce que c'était le moyen de transmission le plus usuel et le plus adapté à l'époque. Sans doute lui reste-t-il le regret de ne pas s'être adonné à la poésie, qu'il place au-dessus de tout. Donc, va pour le roman ! Il s'y est enrôlé volontairement, en veillant chaque fois par l'ironie ou par la dérision à montrer qu'il ne se laissait pas prendre complètement au jeu. De tempérament, il est plus philosophe que romancier. Le roman renvoie toujours à une souffrance intime, une blessure, une déchirure, une inadéquation profonde avec son temps. Le romancier conçoit un équilibre précaire en remettant la vie en scène, en la réorchestrant dans l'imaginaire. Cette instabilité psychologique et ce mal d'être ne sont pas le fort de Jean. Il va intellectuellement plus que charnellement vers le roman. Il y réussit parfaitement, mais plus à la manière de Voltaire, de Diderot, de Michel Tournier, qu'à celle de Balzac ou de Maupassant. Avec *Presque rien sur presque tout*, il réorchestre les pensées de Pascal sur le mode *allegro vivace*. Pessimiste gai, pyrrhoniste primesautier, il se livre à des pirouettes philosophiques devant le néant comme s'il voulait le narguer, préférant la fantaisie au risque mortel du sérieux, qui est pour lui, plus que la mort, son véritable ennemi. C'est ainsi qu'il désamorce le tragique. De ce point de vue, il se montre un anti-Chateaubriand. Il donne un hymne au plaisir de vivre et de penser, le grand roman de la connaissance, de ses connexions et de ses liaisons adultères avec la poésie, l'art, la culture. C'est le bonheur d'exister avant le grand saut dans les espaces infinis. L'ivresse d'être un roseau pensant devant le grand Rien qui le fascine plus qu'il ne l'inquiète. Car cet éternel curieux regarde l'au-delà comme une ultime pérégrination de l'esprit. Et il vit trop dans l'universel pour larmoyer sur son sort d'éphémère.

Professeurs

Jean a voué à ses professeurs une admiration et une reconnaissance qui transparaissent dans la plupart de ses livres. Il n'a pas de mots pour leur exprimer sa gratitude. Et cela sans exception. Je n'ai pas souvenir qu'il ait jamais évoqué un professeur grincheux, ennuyeux ou antipathique. Sans doute parce qu'ils portent tous le savoir, quelque chose de plus grand qu'eux-mêmes. Cette révérence perce dans le portrait du jeune précepteur d'*Au plaisir de Dieu,* Jean-Christophe Comte, qui apporte dans un univers aristocratique confiné, au bord de l'asphyxie, cette source d'émerveillement : les livres. « Il nous révélait seulement ce que nous portions en nous. Nous portions un monde en nous, et nous ne le savions pas. »

Dans *Je dirai malgré tout que cette vie fut belle*, il consacre de très belles pages à brosser les portraits des maîtres qu'il a aimés. En khâgne, au lycée Henri-IV, c'est d'abord la figure de Jean Boudout, son professeur de français, qu'il évoque avec des trémolos dans la voix : grand, élégant, un peu distant derrière ses lunettes, il abordait les grandes œuvres non seulement dans leur contexte, mais en s'attachant passionnément au texte : « Boudout traquait le texte jusqu'à l'épuisement. Il lui faisait rendre gorge. Il le poursuivait dans ses derniers retranchements. » Et il pousse un cri d'admiration qui jaillit rarement sous sa plume : « Boudout, le grand Boudout, que son nom soit béni, enseignait moins l'histoire de la littérature que la littérature elle-même. » Grâce à ce grand professeur, il va faire la découverte de cet élément mystérieux qui resplendit au cœur de la littérature : le style. En hypokhâgne, il a une autre révélation avec un professeur de philosophie : Jean Hyppolite, spécialiste de Hegel, traducteur de la *Phénoménologie de l'esprit*, dont la pensée lui paraît d'abord totalement absconse. « Mais je m'accrochais. J'écoutais bouche bée dans une espèce de sommeil hypnotique. Le plus étrange était qu'Hyppolite s'adressait souvent à moi comme si j'avais compris quelque chose à ce qu'il m'enseignait. Il m'encourageait avec bonté. Il lui arrivait de me demander mon avis. Je bredouillais n'importe quoi. Je l'aimais. »

Autre grand professeur qui lui laisse un souvenir impérissable, André Alba, spécialiste d'histoire moderne et admirateur de Robespierre, qui répandait autour de lui comme son idole « le respect et la terreur ». Son pendant pour l'histoire ancienne s'appelait Dieny, un homme modeste et exquis, « sorte de professeur Nimbus au cœur d'enfant, un funambule plein de tendresse qui se perdait dans ses fiches et bégayait d'émotion » : « Je l'adorais. »

Aussi ne faut-il pas s'étonner de la froideur, « au bord de l'hostilité », que Jean manifestera devant le psychodrame de Mai 68. Cela pour une raison toute simple, l'attachement à ses maîtres : « Lorsque j'appris qu'une poubelle d'ordures avait été déversée à Nanterre à la tête du doyen Ricœur, l'indignation me prit. L'hostilité, non seulement à de Gaulle, mais aux maîtres, c'était trop. »

Proust, Marcel

Jean d'O oscille dans ses fascinations littéraires entre les deux géants, Chateaubriand et Proust. Autant il peut s'identifier à Chateaubriand dont le destin social, amoureux, littéraire, contient des points de rencontre avec sa vie, autant Proust, vie mondaine mise à part, appartient pour lui à une autre planète pour laquelle il ne se sent aucune affinité. Ayant une santé de fer, aimant le soleil, les bains de mer, le ski et les femmes, comment se serait-il senti en sympathie avec un être souffreteux, geignard, qu'un courant d'air terrasse et que le parfum des fleurs asphyxie ? Et c'est pourtant vers lui que le porte une folle passion littéraire. La littérature seule est leur trait d'union. Elle est pour eux l'essentiel. Proust est l'écrivain – poètes mis à part – qu'il cite le plus souvent. « L'amour, c'est l'espace et le temps rendus sensibles au cœur », « Le comble de l'intelligence, c'est la bonté », « Plus je vais et moins je crois au pouvoir de l'intelligence », « J'appelle ici amour une torture réciproque ». Il admire l'écrivain qui non seulement a cassé le moule romanesque traditionnel, mais a réussi à introduire une large part biographique dans une œuvre de fiction. Il aime sa philosophie, son bergsonisme, et comment ne serait-il pas fasciné par un homme qui a choisi le temps comme personnage principal de son œuvre ? Le temps hissé à la hauteur d'une ample symphonie dans laquelle s'insèrent des personnages. Mais Jean a beau admirer Proust, il sait que jamais il ne pourra concurrencer une œuvre « fruit du silence et de l'obscurité », et qu'il serait bien incapable pour une telle entreprise de sacrifier les plaisirs païens de sa vie. Il ne se sent aucun goût pour la vie monastique d'un Flaubert reclus à Croisset ni pour celle de l'écrivain prisonnier de sa chambre capitonnée de liège. « Dans le labyrinthe des passions il a trouvé son fil d'Ariane : le temps. Le temps qui fait durer les choses et qui les bouleverse, le temps qui nous fait vivre et mourir, le temps qui nourrit l'amour et qui le détruit. Il est le romancier de la mémoire, de la jalousie, de tout le malheur de l'amour parce qu'il est le romancier du temps. »

Sans doute par ailleurs s'est-il identifié à sa jeunesse paresseuse, mondaine, dispersée, d'où ne surnageaient que des œuvres mineures qui ne présageaient rien du génie futur ?

Il a raconté comment, adolescent, au château de Saint-Fargeau, il était tombé sur un volume dépareillé qui contenait sa formidable cathédrale de mots. Mais le livre lui est d'abord tombé des mains. Ce n'est que quelques années plus tard que la révélation lui est venue : « Je me plongeais dans Proust avec un bonheur sans fin. Je vivais avec Françoise, avec Odette, avec Charlus et Julien, avec le clan Verdurin, avec notre belle duchesse de Guermantes. Ce qui me frappait le plus chez Proust, c'était sa drôlerie. Il passe souvent pour trop long et même parfois pour ennuyeux. Il ne cessait jamais, non seulement de m'émerveiller par des formules brèves et incisives, mais aussi de me faire rire. Je dois avouer que toute grande littérature me paraît toujours amusante. Je crois, comme Voltaire, que tous les genres sont bons, hors le genre ennuyeux – qui atteint des sommets dans la seconde moitié du siècle passé. »

Psychanalyse

Il déteste. Personne n'est plus réfractaire que lui à la théorie freudienne. Il a sûrement lu Freud d'un œil distrait avec plus d'exaspération que d'intérêt. Tout ce qui ressort de l'inconscient lui apparaît comme des sornettes. Il range la psychanalyse dans la catégorie des grandes impostures comme la découverte de la pierre philosophale et autres charlataneries à la mode. Il est résistant à la psychanalyse sans qu'aucun argument puisse le convaincre de se pencher sérieusement sur les questions qu'elle pose. Il cite volontiers tous les contempteurs de Freud, comme le psychiatre suisse Piaget : « La psychanalyse, c'est une pratique très intéressante pour les personnes très équilibrées ; pour les autres, c'est une catastrophe. » Ou encore Karl Kraus : « La psychanalyse est une maladie qui se prend pour son remède. » Les exemples de Pierre Jean Jouve, de Jean Rostand et de Hermann Hesse, véritables miraculés de la psychanalyse, ne le font pas changer d'avis. Il demeure intraitable. Une seule fois dans sa vie, dans les rapports conflictuels avec son père, il se posera la question du conflit œdipien. Déjà à Normale sup, son condisciple Jean Laplanche, qui devait s'illustrer dans la théorie freudienne, le taquinait : « Ton hostilité à la psychanalyse est telle qu'elle relève elle-même de la psychanalyse. »

Psychologie

Ça ne l'intéresse vraiment pas. Non seulement elle appartient pour lui à une conception dépassée, celle des romans de Paul Bourget, de Chardonne, de Mauriac, mais ce n'est pas son approche des hommes. Les hommes à ses yeux sont surtout une espèce animale, certes un peu spéciale, qui se distingue des autres espèces par l'intelligence technique et conceptuelle. Si des individus sortent du lot, comme Archimède, Chateaubriand, Einstein, Alexandre ou Napoléon, cela ressort d'un phénomène naturel aux espèces qui ont besoin d'un mâle dominant, ou d'une reine des abeilles. Les ressorts psychologiques de leur ascension lui semblent secondaires par rapport au vouloir-vivre qui les domine. Il les regarde en entomologiste et les étiquette sur ses planches romanesques selon des critères de société, de race, de religion, de climats. D'ailleurs, dans ses romans ou ses livres autobiographiques, il s'attarde très peu sur la description physique et morale de ses personnages ou des personnes qu'il a côtoyées. Ce sont plus des êtres de raison que des hommes et des femmes de chair et de sang. Ceux-ci, comme les héros des tragédies antiques, sont mus par le *fatum* et non par une quelconque particularité de leur psychologie. Ce pourrait être son point commun avec les sectateurs de Robbe-Grillet et du Nouveau Roman si leur sérieux de plomb, leur sécheresse et leur approche peu artistique ne l'en avaient dissuadé. Un psychanalyste verrait peut-être dans cette vision romanesque non individualisée un relent d'Ancien Régime, époque où la distinction des hommes ne se faisait pas par individu mais par états, noblesse, clergé, tiers état. Car l'hypothèse d'une contagion par le marxisme ne semble guère pouvoir être retenue…

R

Rapport Gabriel, Le

Avec *Le Rapport Gabriel*, il offre une rhapsodie de sa vie et de ses thèmes de prédilection. Tous les vieux amis sont là : le big bang, Chateaubriand, Venise, Robert Hersant, Mitterrand, Jean Hyppolite, Roger Caillois, Emmanuel Berl, Saint-Fargeau, Dieu, bien sûr, une vieille connaissance, le temps, Parménide, Spinoza, et Marie qui est sa Sylphide. Comme celle de Chateaubriand, elle tient de l'Anne-Marie d'*Au plaisir de Dieu*, de la jeune fille de Symi, de celle de la rue du Dragon, d'autres encore tout aussi inidentifiables et mystérieuses. Qu'il l'avoue ou non, il nous livre ses mémoires et même son testament. Mais il a trop réfléchi sur le genre suranné des mémoires pour nous raconter sa vie depuis sa première dent de lait jusqu'à son dernier best-seller. La confession dans le genre de Rousseau ne lui convient pas non plus : il est trop bien élevé pour raconter ses émois lors de la première fessée donnée par la femme du pasteur Lambercier. Quant à Chateaubriand, qui a réorchestré Rousseau dans le style noble, il a exploité à fond une ressource que son existence trop favorisée ne lui permettait pas d'employer : le contraste entre un présent glorieux et un passé dans l'adversité et la misère. Cette opposition nécessaire, Jean d'O, qui ne cesse pas d'être un philosophe romancier, l'a trouvée dans le contraste entre l'infini et le fini, entre Dieu et une créature vivante, entre le big bang et un amour. Son livre, c'est l'éternité plus un jour. L'histoire du monde et l'histoire de Jean. Les romanciers sont d'ordinaire tout entiers dans leurs passions, dans cette passion inutile qu'est leur vie. Ils introduisent rarement dans leurs peines de cœur, dans les événements qui parsèment et éclairent leur vie la perspective *sub specie aeternitatis*, comme disent les pédants qu'il déteste. C'est là son originalité. Au regard du temps qui passe, de l'éternité, rien n'a d'importance, et pourtant nous aimons, nous souffrons. Ce livre brillant, drôle, laisse une impression mélancolique. Il bat comme la systole et la diastole du cœur entre deux mouvements : l'un, celui de l'intelligence, qui nous dit que l'homme est très peu de chose sur la surface de la Terre et un ciron dans la Voie lactée ; l'autre, notre sensibilité, continue néanmoins à nous attacher à notre malheureuse petite vie souffrante, aimante, si infime et si merveilleuse. Ce sont ces deux mondes infinis, le grand et le petit, que Jean d'O tente de réunir dans un livre, le seul tribunal des conciliations dont dispose un écrivain : un livre.

Regrets

En a-t-il jamais eu ? L'instant dévorait sa vie, même si son esprit errait sans fin dans le temps. La frustration lui était inconnue. Ce qu'il désirait, voyager, se baigner, écrire, aimer, il le faisait. Si une contrariété survenait, il s'en accommodait et échangeait le plaisir prévu par un autre. Il était de ce point de vue le contraire de Chateaubriand, qui se lamentait sur son sort et vivait en proie aux aigreurs dans les ambitions frustrées et les nostalgies.

Remise d'épée, ma

C'est à l'hôtel de ville de Paris, sous une fresque de mon arrière-grand-père Henry Lerolle, que Jean procéda à ma remise d'épée d'académicien. Nous étions en famille puisque Françoise, la femme de Jean, avait accepté de présider mon comité de l'épée. Là, sous une imposante cheminée, eut lieu une cérémonie à la fois intime, puisqu'elle ravivait beaucoup de secrets de notre amitié, et publique, car nous étions devant une assistance nombreuse d'amis qui remplissait les vastes salons ; Jean me remit mon épée, à la fois nue et chargée de symboles. Il prononça un discours émouvant car il y révélait les étapes de notre amitié.

Voir : Moi (Moi).

Rencontre

J'avais dix-huit ans. J'étais amoureux d'une jeune fille appelée Solange qui habitait chez ses parents, rue de la Pompe, dans le très chic XVIe arrondissement. Une famille très bourgeoise et délicieusement snob. Solange avait une sœur plus âgée que j'ai déjà évoquée, très belle, appelée Anne-Marie, qui traînait tous les cœurs après elle. Un après-midi, dans la chambre de cette sœur si belle et si courtisée, je découvris dans sa bibliothèque un roman qui portait une flatteuse dédicace. Je me demande même s'il ne lui était pas dédié. Il s'intitulait *L'amour est un plaisir*. Le nom de son auteur me frappa. Il appartenait à la cohorte des Hussards amis de Roger Nimier, dont je lisais les articles dans l'hebdomadaire *Arts*. Je demeurai songeur. Qu'y a-t-il de plus merveilleux qu'un livre publié ? Un roman d'un auteur vivant. Et de sentir la palpitation de son écriture toute fraîche. J'ouvris le livre, je le parcourus, je le refermai avec la sensation d'être initié à un rituel magique. Bien sûr, j'avais déjà vu des dédicaces, mais leurs auteurs étaient morts. Tandis que là, j'avais affaire à un écrivain vivant, en chair et en os, qui bénéficiait de la chance inouïe de voir son nom imprimé sur une couverture. Mais ce qui me fascinait le plus, c'était qu'il puisse y avoir une confluence possible entre la famille de Solange et mes aspirations littéraires ; entre deux mondes que j'imaginais irréconciliables : cette grande bourgeoisie positive et compassée, et les folies de l'imagination. C'était la chose la plus improbable qui soit. Pourtant, maintenant, cet improbable avait un nom : Jean d'Ormesson venait d'entrer dans ma vie.

Sur lui, désormais, je cristallisais mes rêves. J'interrogeai Solange. Je voulais tout savoir. Elle me dit qu'il venait voir sa sœur et qu'avec un peu de chance je pourrais l'apercevoir un jour. Lui parler ? Non, il n'en était pas question. Être un mauvais élève n'était pas un viatique suffisant pour me mettre en présence d'un écrivain, d'un agrégé de philosophie, d'un fils d'ambassadeur, qui plus est d'un ami de sa grande sœur, ce qui dans l'ordre des prestiges était peut-être supérieur à tous les autres. Je devais rabattre mes prétentions. Je l'admettais volontiers. Et la concession qu'elle m'accorda de l'apercevoir un jour, sans me faire remarquer, me parut mirifique. C'est ainsi que, posté sous une porte cochère au coin de la rue de la Pompe, je le vis sortir de l'immeuble d'un pas rapide et s'engouffrer dans son coupé Mercedes décapotable qui démarra en trombe, me laissant pétrifié. Il filait vers la gloire, vers le soleil. Je me rencognai dans l'ombre.

Je sortis de cet appartement encore plus pauvre que je ne l'étais en y entrant, déconfit, douloureusement conscient de mon infériorité. Je regagnai ma chambre de bonne qui me sembla encore plus exiguë. Comme pour confirmer mon sentiment de déréliction, des relents de poisson frit cuisiné dans la chambre voisine diffusaient une âcre odeur prolétarienne. Je me mis à ma table pour écrire. Si au moins je pouvais réaliser mes ambitions littéraires, au moins les esquisser ! Quel autre moyen avais-je d'échapper au prosaïsme de la réalité, à l'odeur de la friture ? J'étais devant la feuille blanche. Aucun mot ne venait, aucune idée. J'étais condamné au rien. Comment la vie pouvait-elle être aussi injuste en favorisant à ce point des êtres qui publiaient des livres, alors que d'autres comme moi étaient condamnés à l'impuissance ? Un chemin obscur s'ouvrait devant moi. Jean d'Ormesson venait d'éclairer un instant une ambition qui risquait de dégénérer en velléité. Quel hasard me permettrait jamais de le rejoindre dans son monde du succès ? Une certitude s'imposa à moi avec la force du principe géométrique qui régit les parallèles : je ne le rencontrerais jamais.

Quelle sottise que cette prémonition ! Quatre ans plus tard, je publiai dans *Le Figaro* un article consacré à Gabrielle Russier, cette professeure de Marseille accusée d'avoir séduit un de ses élèves mineurs et qui plus tard se suicida. Le téléphone sonna à mon bureau. C'était Jean d'O. Il venait de lire ma chronique. Elle lui avait plu. Il voulait me connaître. Il m'invita à déjeuner.

Retrouvailles

Après mon départ du *Figaro*, pendant trois ans, je n'eus plus de nouvelles de Jean d'O. Sans doute m'associait-il à ce soviet de journalistes qui lui avaient pourri la vie au journal en lui demandant de défendre ce principe d'indépendance auquel il ne croyait pas. De mon côté, déçu par un homme que j'avais paré de toutes les qualités, y compris celles qu'il n'avait pas, je pointais au chômage, ressassant mes désillusions dans un roman qui reconstruisait sous forme de fiction notre rendez-vous manqué. Puis, soudain, l'horizon s'éclaircit : j'obtins le prix Interallié pour *Les Feux du pouvoir*, et Philippe Tesson m'engagea au *Quotidien de Paris* où il me confia bientôt la direction de son supplément littéraire. Une intermédiaire de charme, qui était aussi une amie indéfectible et bienfaisante, se chargea de s'entremettre pour réparer les dégâts : Malcy me proposa de revoir Jean. J'acceptai en dépit de ma blessure toujours à vif. C'est peu dire qu'il m'avait manqué. Du moins l'écrivain qui avait incarné pour moi la littérature. Quant à l'autre Jean, dont les tergiversations et les faiblesses de caractère m'avaient fait souffrir, je décidai de lui pardonner un mal qui ne me concernait pas seul. Je ne voulais pas me priver de la présence d'un homme que je jugeais, et que je juge toujours, exceptionnel, pour des reproches touchant à la vie réelle, cette vie si périssable qui, pour lui comme pour moi, ne représentait que la surface de notre vie véritable. Rendez-vous fut pris chez Davé, un restaurant chinois situé alors près de l'avenue de la République, dont le délicieux et cérémonieux propriétaire vous tirait les cartes après les bananes flambées. J'ignorais quel avenir il allait me prédire ce jour-là. Si heureux que je sois de ces retrouvailles, je n'imaginais pas qu'elles tariraient mes griefs. Mais c'était compter sans l'Enchanteur. En le voyant, je mesurai à quel point sa présence m'avait manqué. Avec quel autre écrivain pourrais-je avoir de tels échanges ? Rire, bien sûr, mais surtout communier avec un homme dont tout l'être était non seulement imprégné de littérature, mais dont la conception de la littérature m'était à ce point fraternelle ? Depuis ce déjeuner, comme si le passé et le passif n'avaient jamais existé, nous ne nous sommes plus quittés.

Rêve
(*Mon dernier rêve sera pour vous*)

En choisissant de nous faire découvrir Chateaubriand à travers les femmes qui l'ont aimé, chacune à sa manière, Jean d'O promène sur la légende de l'écrivain un miroir à plusieurs faces : « Pauline ou la gloire », « Natalie ou la folie », « Juliette ou l'amour », « Hortense ou le plaisir ». On pense aux Grecs qui employaient pour notre seul mot amour une variété de termes appropriés. C'est vrai, chaque femme réinvente le mot « amour » dans une acception nouvelle. Et personne autant que Chateaubriand ne s'est donné à la frénésie amoureuse de son « inextricable cœur » : les chimères, les corps, les rêves, le plaisir s'entremêlent dans cette farandole de femmes aimées que Jean aime à son tour et réveille comme de belles endormies. Biographie sentimentale ? Y en a-t-il d'autres pour un écrivain ? Un grand roman à épisodes qui tente de répondre à une question qui aurait bien embarrassé le principal intéressé : quelle est la femme que Chateaubriand a réellement aimée ? Est-ce Charlotte Ives, la fille du pasteur de Bungay à l'époque de la misère, à laquelle il avouera trente ans plus tard, ambassadeur à Londres : « Vous étiez mon premier rêve » ? Est-ce Pauline de Beaumont, la belle phtisique, échappée des cachots de la Révolution, qui ira mourir à Rome, près de l'Enchanteur, en murmurant : « Je tousse moins, mais il me semble que c'est pour mourir sans bruit » ? Déjà il la trompait avec Delphine de Custine, la châtelaine de Fervaques, où « il y avait une grotte et un petit cabinet orné de deux myrtes triomphants où se passèrent des choses obscures et très claires qui devaient laisser à Delphine un souvenir impérissable ». Peut-on être à la fois inconsolable de la perte d'une femme et rêver d'en retrouver une autre dans le petit cabinet orné de deux myrtes triomphants ?

Jean d'O est trop pécheur lui-même et a trop d'intelligence du cœur pour porter sur ces contradictions le regard froid d'un inquisiteur sentimental, celui d'un Sainte-Beuve qui a cru pouvoir dans une jolie formule enfermer un cœur : « C'était un épicurien qui avait l'imagination catholique. » Et Natalie de Noailles qui fait irruption dans sa vie comme un vent de volupté et de folie ? Se dirigeant vers Jérusalem et les Lieux saints, il ne pense qu'au rendez-vous qu'il lui a fixé à Grenade. Elle est comme le symbole du déchirement de sa vie : le plaisir sous le prétexte d'un pèlerinage. Il s'en défendra :

« L'idée d'une volupté advenue par les voies chastes de la religion révoltait ma conscience : être aimé à travers le *Génie du christianisme*, aimé pour l'extrême-onction, pour la fête des morts ! Je n'aurais jamais été ce honteux Tartuffe. » Cette Natalie de Noailles qui est la grande absente des *Mémoires*, Jean la fait revivre. L'épisode du domestique Drule qui oublie de porter une lettre à l'aimée est irrésistible.

Avec Juliette Récamier retrouvée au chevet de Mme de Staël, c'est la plus belle des histoires d'amour. Cette femme, la plus imprenable du siècle, est grisée par l'Enchanteur. « Il est impossible à une tête d'être plus tournée que n'était la mienne du fait de monsieur de Chateaubriand : je pleurai tout le jour. » Mais bientôt il la trompera avec Cordelia de Castellane, avec Mme Hamelin, avec tant d'autres. Elle le fuira en Italie. Ils se retrouveront alors pour ne plus jamais se quitter. Leurs retrouvailles douces et amères sont un des plus beaux passages du livre. Dédié à Mme Récamier puisqu'il tire son titre d'une phrase que l'Enchanteur lui adressait : *Mon dernier rêve sera pour vous.* Hortense Allart, démon de midi romain auprès de laquelle, à plus de soixante ans, il trouve de singuliers plaisirs dans un couvent désaffecté via delle Quattro Fontane, clôt avec l'Occitanienne la longue liste des « Démones ».

Ce livre qui a les apparences d'une biographie est en fait un roman. Construit avec les riches matériaux que lui donnait une superbe existence dans un siècle passionnant, Jean d'O s'est tout entier identifié, non seulement à son héros, mais à tous les personnages qui l'entourent. Il n'y a pas une phrase de ce livre, pas un mot qui n'ait une connotation secrète avec ce que nous connaissons de l'âme de Jean d'O. Il y a des instants où l'on sent des connivences entre le peintre et le modèle, une pudique confession entre les mots, à l'instar de Chateaubriand dans la *Vie de Rancé*. Ainsi Jean écrit à propos de l'Enchanteur : « Personne n'est plus simple, plus honnête, plus transparent et peut-être plus naïf que ce menteur et ce cachottier. Il finit par être désarmant à force d'inconstance et presque d'inconscience. Il y a tout un côté débridé et rieur chez ce conservateur engoncé et volontiers moralisateur. » Ôtons le mot moralisateur… Ce qui fait de ce livre un roman, outre son prodigieux héros, la passion cathartique de son auteur, son identification au modèle, son désir de se comprendre en le comprenant, de dépeindre des époques qu'il aime, l'Empire, la Restauration, où les dernières gloires se sont évanouies, ce sont les petits personnages qui apparaissent dans la vie de Chateaubriand à des périodes diverses : Joubert, l'opportuniste Fontanes, Chênnedolé, « le corbeau de Vire », Mathieu de Montmorency, Bertin, célèbre à jamais grâce à son portrait par Ingres, ou même Julien Potelin ou Hyacinthe Pilorge, qui eurent un rôle modeste. Ils constituent le tissu vivant de ce roman. Ne sont pas négligés non plus quelques importants dont le caractère est en dessous du talent, comme Molé : « Molé a réussi et tous les gens de sa sorte réussissent : il est médiocre, bas avec la puissance ; arrogant avec la faiblesse. » Mais l'identification la plus frappante que l'on trouve entre le peintre et son modèle, c'est que ces deux infidèles forcenés n'ont été fidèles qu'à une seule maîtresse : la littérature.

Revel, Jean-François

J'avais devant moi un homme râblé, le crâne rasé, la mâchoire carnassière, qui, en dépit d'un solide coup de fourchette, débitait des arguments d'un ton péremptoire avec une régularité de mitrailleuse lourde. Le visage rouge, semblant au bord de l'apoplexie, son crâne rasé et son cou de taureau lui donnaient un faux air de Mussolini et d'Erich von Stroheim. Devant un tel interlocuteur, inutile de dire que je n'en menais pas large. Je n'étais pas le seul : les convives, appartenant pourtant tous à l'élite pensante et écrivante, subissant l'averse de ses sentences prononcées d'un air docte qui semblait n'attendre aucune réplique, l'écoutaient sans piper mot. Cette torrentielle machine à penser s'appelait Jean-François Revel. Personnage important, qui se jugeait tel, et qui regardait sans aménité ceux qu'il hésitait à considérer comme des interlocuteurs valables, c'est-à-dire dignes de lui. Le déjeuner se déroulait chez Jean d'O à Neuilly. C'était la première fois qu'il m'invitait. Et vu la déficience manifeste de mon éloquence, je me disais que ce serait probablement la dernière.

À part moi, tout en me désespérant de ma nullité apparente, je me faisais des réflexions sur l'énigme que représentait la rencontre de deux personnalités aussi manifestement opposées que ce rougeoyant taureau du logos et le raffiné causeur, tout en charme et en subtilité, qu'était Jean. J'avais vingt-trois ans et encore beaucoup de choses à apprendre, autant sur mon hôte que sur les us et coutumes de ce milieu à la fois littéraire et mondain.

Inquiet tout de même de la mauvaise impression que pouvait donner mon silence dans une assemblée de beaux parleurs, silence qu'on pouvait interpréter à mon détriment comme une forme d'idiotie, je décidai de vaincre ma timidité et de me jeter dans l'arène : de parler, de me mêler à la conversation. Or dans cette arène régnait de toute sa puissance de feu le terrible taureau. Tremblant, d'une voix fluette, altérée par l'émotion, étonné moi-même de mon audace, je lançai une phrase qui apparut comme un défi : « Je ne suis pas d'accord avec vous. » J'avais profité d'un moment d'accalmie au cours duquel le bouillant Revel, pour arroser sa verve, lampait un verre de pommard. Geste qui eut pour effet immédiat de rougir plus violemment encore son visage rubicond et de faire saillir les veines de son encolure.

Ma phrase n'avait rien de particulièrement original – je n'en demandais pas tant –, même si, aussi modeste que je fusse, je m'étonnais tout de même des énormités que pouvaient proférer des gens qui appartenaient à l'élite de la pensée et à la crème du savoir. À commencer par Revel lui-même, qui venait de proclamer comme une évidence que seule une bombe atomique mettrait fin à la guerre du Vietnam. Préconisation que, dans son anticommunisme, il estimait parfaitement justifiée. C'est alors que j'en profitai pour émettre une réserve, une toute petite réserve. Pourquoi mon exclamation « Je ne suis pas d'accord avec vous ! » eut-elle le don de rendre soudain Revel fou furieux ? Étaient-ce les effets du pommard, le souvenir de son ancienne appartenance au parti communiste, ou je ne sais quelle mystérieuse alchimie dans l'alambic surchauffé de son cerveau ? Il exprima sa fureur avec violence et martela des mots qui dépassaient sa pensée – du moins je l'espère –, car dans les noms d'oiseaux dont il me gratifia devant les invités soulagés de ne pas être sa cible, j'entendis très distinctement, mais dans une vapeur irréelle, fuser les noms de « crétin », d'« idiot », de « mauvais journaliste », d'« indécrottable idéaliste ».

Je ne laissai pas passer l'orage sans envoyer quelques arguments à mon adversaire. Ils ne firent qu'augmenter sa fureur et déclenchèrent de nouvelles salves de mots insultants. La fin du déjeuner mit un terme aux hostilités. Tandis qu'on servait le café au salon, je remarquai que les convives m'évitaient et me regardaient sans compassion comme quelqu'un qui a eu la malchance d'attirer la foudre. Je ne revis Revel que trente ans plus tard à un Salon du livre où, venant vers moi, il évoqua ce déjeuner et me dit, manifestant un bizarre et très tardif repentir : « J'ai été ignoble. »

Ce déjeuner, suffisamment marquant pour que Matthieu Galey en fasse le récit dans son *Journal*, me révéla pour la première fois des traits insoupçonnés du caractère de Jean : loin de craindre les conversations un peu chaudes, voire explosives, entre ses invités, il y trouvait un certain plaisir. Le ronron des papotages mondain l'ennuyait à mourir. L'imprévu, le choc des personnalités au contraire l'amusaient. Je mesurai également son extraordinaire faculté d'adaptation à toutes les formes d'intelligence. Même les plus violentes, sectaires, péremptoires, comme pouvait l'être celle de Revel. Il appréciait en lui l'homme de réflexion qui, au contraire de lui, ne balançait jamais entre deux arguments, deux vérités. Sans doute échaudé par cette expérience, j'avais plus de mal à admirer ce penseur sans nuance de l'ultralibéralisme et admirateur de Kissinger. Ce qui m'irritait chez Revel, c'était que sa formidable argumentation intellectuelle, engendrée par un cerveau de première force, soit mise au service de ce qu'il prenait pour la vérité – qui n'était en réalité que ses passions. Passions aussi violentes que passagères. D'où les jugements à l'emporte-pièce sur de Gaulle et les institutions de la Ve République, ou son essai *Sur Proust*, où il met beaucoup d'intelligence à passer à côté de l'essentiel, ce qui est souvent le cas lorsqu'on croit dur comme fer détenir la vérité. Il reste en tout cas pour moi le moins proustien des commentateurs de Proust, le moins sensible et le moins inspiré. Mais je fais la part de la rancune dans mon jugement, même si celle-ci ne m'a pas empêché de goûter beaucoup de témoignages de son intelligence, notamment cette maxime : « Il y a tant de gens qui ne peuvent se réaliser faute de moyens qu'on ne peut plaindre ceux qui ne peuvent se réaliser faute d'eux-mêmes. »

L'explication de son penchant, Jean d'O la donne lui-même dans un des articles très élogieux qu'il consacre à Revel : « Il est l'héritier de Raymond Aron. » Et c'est vrai que les deux hommes, remarquables dans leur genre, puits de science et courageux dans la défense de leurs opinions, gagnaient à ne pas être trop connus. À distance, on pouvait admirer leurs œuvres monumentales. À les voir de trop près, imbus de leur intelligence, on pouvait leur préférer des esprits plus amis de la nuance et du doute philosophique. En bon Gémeaux, Jean se sentait aussi à l'aise avec les uns qu'avec les autres.

Rheims, Maurice

Je me souviens de ces folles soirées en Corse, chez Maurice Rheims, devant de généreuses plâtrées de langoustes dans sa grande bergerie en pierre, la villa Okinèse, assaillie par des nuées de moustiques. Si l'art de la conversation a connu un apogée, c'est bien sous une pergola parfumée de glycine, sur cette grande table en pierre dans la moiteur tiède du soir, tandis que s'allumaient dans le lointain les lumières clignotantes de Saint-Florent. François Nourissier, brillant de culture et parfois d'une douceur inquiétante comme un sombre inquisiteur des lettres, tandis que Jean François Deniau, conteur intarissable, merveilleusement hâbleur, refaisait l'histoire contemporaine en s'en attribuant les rôles déterminants ; Guy Schoeller, grand manitou de l'édition, racontait ses frasques chez Madame Claude en compagnie de Gaston Gallimard. Pierre Combescot, précieux, décadent, jamais avare d'une médisance, décochait ses flèches empoisonnées. Puis arrivait Jean en compagnie de Françoise avec son faux air de Carmen et soudain tout devenait plus allègre. Quelle magie supplémentaire apportait-il à ces fêtes déjà étourdissantes d'esprit ?

Maurice Rheims était beaucoup plus qu'un commissaire-priseur. Une activité artistique mais qui frise parfois avec des milieux interlopes, ce qui suscitait chez de Gaulle, qu'il avait rejoint à Londres, quand il le rencontrait, une interpellation d'une ironie bourrue : « Alors, Rheims, comment va votre coupable industrie ? » C'était un esthète, un grand amateur d'art, un collectionneur subtil aussi bien de tableaux, de femmes que d'amis, tous aussi variés. Et par-dessus tout cela, c'était un conteur qui, aussi bien par ses livres – *Haute curiosité* n'est pas loin d'être un petit chef-d'œuvre d'humour – que par sa conversation, enchantait ceux à qui il s'adressait. Il ne cessait non pas de se raconter, mais de faire le récit d'une vie dont il était une sorte de Huron et qui l'avait fait multiplier les aventures les plus passionnantes et les plus cocasses. Héros de la dernière guerre, engagé dans les fusiliers marins de la France libre, il ne jouait nullement au héros. De cette expérience risquée, il ne racontait que le farfelu ou les épisodes qui ne le mettaient pas en valeur. Après avoir connu les grands artistes de son temps, Picasso, Niki de Saint Phalle, Tinguely, et noué des amitiés dans tous les milieux, à commencer par la haute société où cet ambitieux marié à une Rotchschild s'était brillamment introduit, il était devenu par une nouvelle bizarrerie de son destin l'ami et le confident de Paul Morand, qui le décrivait ainsi : « Un front d'intellectuel et une taille de sous-lieutenant. »

Rheims admirait peut-être en Jean tout ce qu'il aurait voulu être : un homme qui n'avait pas eu besoin d'être tenaillé par l'ambition pour tout obtenir. Jean, de son côté, s'amusait de ce personnage si peu fait au moule, chaleureux, d'une fidélité de dogue pour ses amis, vivant dans un somptueux bric-à-brac d'œuvres géniales où étaient réunies des œuvres de Picasso, de Toulouse-Lautrec, de Klimt, de Balthus. À Paris, chaque dimanche soir, tout ce monde, mêlé à de nouveaux arrivages, se retrouvait rue du Faubourg-Saint-Honoré devant les chefs-d'œuvre, pour y déguster des plats aux ingrédients improbables. Rheims et sa compagne, Dominique Muller, accueillaient ce monde d'écrivains, d'intellectuels auxquels venaient s'adjoindre Michel et Hélène David-Weill, Malcy Ozannat et Sam Mansour, Angelo Rinaldi et Hector Bianciotti, Pierre Nora et Gaby Van Zuylen.

Jean aimait en Maurice Rheims l'illustration d'un esthète qui avait été également un homme d'action, un résistant, un ami proche aussi de son épouse Françoise. Il lui a rendu un très bel et émouvant hommage pour ses obsèques dans la cour d'honneur des Invalides.

Ritz

Il avait ses habitudes dans ce légendaire hôtel et dans son restaurant. Cette manie était si connue qu'une jeune romancière, Catherine Decours, eut l'idée d'intituler un de ses livres *Le Ritz à cinq heures*. Elle imaginait un rendez-vous avec lui et toutes les péripéties qui pouvaient en découler. Ce n'était nullement le récit d'une expérience autobiographique. Même si beaucoup de jeunes et de jolies femmes auraient pu à leur tour raconter une histoire très proche de ce récit inventé.

Romains, Jules

Le parallèle entre Jean d'O et Jules Romains n'est nullement artificiel. Il n'est pas seulement une commodité de discours sous prétexte qu'ils ont occupé le même fauteuil à l'Académie. Jean d'O lui a succédé et a prononcé son éloge. Normaliens l'un et l'autre, journalistes, et bien sûr romanciers. Il y a surtout chez chacun d'eux le désir d'introduire dans le roman, genre qui à chaque génération semble épuisé comme s'il avait trop servi, une idée, un principe nouveau, afin de le régénérer. Cette idée qui irrigue profondément l'œuvre de Jules Romains, notamment son maître livre, *Les Hommes de bonne volonté*, c'est l'unanimisme : une idée qui lui est venue dans sa jeunesse au cours d'une promenade avec ses camarades du lycée Condorcet sur les grands boulevards ; il a soudain eu la révélation non seulement d'un lien qui existait entre tous les personnages de ce Paris populeux et grouillant, mais aussi d'une communion avec les fiacres qui circulaient, les becs de gaz. C'est modernisée, adaptée au siècle mécanique et industriel l'idée panthéiste des Grecs qui imaginaient une harmonie universelle. Un roman avec un tel point de départ intellectuel, c'est évidemment ce que Jean d'O entreprendra à sa manière dans nombre de ses romans, notamment *Histoire du Juif errant* et *Le Vent du soir*.

Dans son discours de réception, Jean d'O dira son admiration :

> Il n'y a pas de honte à être inférieur à Jules Romains, parce que Jules Romains était de toute évidence un de ces géants dont nous cherchons en vain, de nos jours, autour

de nous, les successeurs et les jeunes émules. Une pensée et une œuvre qui s'insèrent dans l'histoire, qui la traduisent et l'expriment et qui, en revanche, la modifient. Car le propre du grand créateur est sans doute d'abord de s'inscrire dans son temps. Mais aussi, peut-être et surtout, de le marquer à son tour et de le transformer.

C'est un fait bien remarquable que vers le début de ce siècle, dominé plus qu'aucun autre par la science et la raison, une espèce – je prononce les mots avec prudence –, une espèce d'ivresse mystique et quasi religieuse ait été le point de départ de l'œuvre de Jules Romains. Et ce n'est pas un cas isolé. Claudel frappé par la foi derrière un pilier de Notre-Dame, le Salavin de Georges Duhamel, la vision du monde en tant qu'amour qui constitue le fondement des *Leaves of Grass* de Walt Whitman et même la madeleine de Proust, les deux clochers de Martinville, les trois arbres d'Hudimesnil ou le pavé mal équarri de la cour des Guermantes pourraient tous être confrontés à la rue d'Amsterdam du jeune Louis Farigoule. Je livre aux jeunes gens de l'avenir ce travail fascinant : l'étude dans le détail des rapports entre illumination et raison vers la fin du XIXe siècle et au début du XXe.

Ce qui frappe d'abord dans cette œuvre, c'est la puissance. Un massif. Un monument. Les noms qu'on évoque le plus volontiers à son propos, ce sont ceux de géants qui ont laissé un monde derrière eux, des personnages changés en mythe ou passés en proverbes : Hugo avec Gavroche et avec le peuple des barricades, Proust avec ses duchesses et l'effrayant Charlus, et peut-être plus encore, avec leurs créatures innombrables, Zola et le grand Balzac – ceux qui ne se sont pas contentés de peindre des caractères ou de tisser des intrigues, mais qui nous ont donné un univers. Dès les années bénies de la jeunesse et de la formation, Romains n'avait d'ailleurs jamais cessé de s'entourer des grandes ombres d'Homère, de Virgile, de Lucrèce, de Goethe et toujours d'Hugo. Nous voilà aussitôt assez loin de ces joueurs de flûte dont M. de Norpois parle avec mépris au narrateur de la *Recherche*. Avec Jules Romains, d'emblée nous reconnaissons sans beaucoup de peine l'architecture assez grandiose où nous allons pénétrer : celle des vastes ensembles, celle de la cathédrale – dans une certaine mesure qu'il serait bien intéressant de préciser, celle de la symphonie.

Une première évidence s'impose à nous, que pouvait laisser prévoir déjà l'illumination mystique d'octobre 1903 : avec Jules Romains, la vie collective et la société entrent triomphalement dans notre littérature. Toute la grande génération de 1870 a encore l'individu pour point de référence. Il serait passionnant d'étudier la place de la personne humaine chez un traditionaliste comme Maurras, chez un chrétien comme Claudel ou Péguy, chez un classique comme Valéry, chez un individualiste comme Gide, chez un analyste comme Proust. Avec Jules Romains, tout change. L'homme s'efface, et les hommes s'avancent. Dans la brèche laissée par l'homme se précipitent les masses. La crise de l'humanisme et la mort de l'homme chantées autour de nous, de Picasso à Michel Foucault, par tant d'artistes et de philosophes, Jules Romains pour sa part les ressent profondément. Il éprouve qu'un dieu s'écroule. Il cherche de toute son âme à le remplacer par un autre : le groupe, la société, tout ce qui est lié à ce phénomène formidable, vieux maintenant de cinq mille ans, mais dont l'importance et le poids n'ont cessé de s'accentuer jusqu'à l'écrasement : surdéveloppement de la ville dont nous parlaient déjà Rimbaud, Verhaeren et surtout Baudelaire, quand il évoquait en une formule saisissante « la fréquentation des villes énormes et le croisement et leurs innombrables rapports ». Elles traduisent toutes un double mouvement ou se mêlent inextricablement, comme dans la rue d'Amsterdam, la mystique et la société. Chacun sait que Jules Romains était politiquement assez éloigné du marxisme. Il reste qu'il vit dans un âge marqué d'abord par Marx et par le socialisme : un âge de la foule, de la ville, du grand monde et de la vie collective.

Cet éloge si fin et si intelligent qui éclaire avec beaucoup de talent l'œuvre de Jules Romains, était-il cependant totalement sincère ? Dans *Arts*, il avait montré les limites de l'unanimisme et des grandes machines romanesques démonstratives. Jules Romains, bien qu'il paraisse avoir eu une certaine influence sur lui, n'apparaît plus dans les anthologies qu'il consacre aux écrivains.

Roman

Grand lecteur de romans, Jean n'a jamais eu vraiment le roman dans la peau. La littérature, oui, la poésie, oui. Le roman lui a toujours paru un genre inadapté à son rêve d'une expression totale. D'ailleurs, parmi les romans qu'il a écrits, trois des plus fameux, *La Gloire de l'Empire*, *Au plaisir de Dieu* et *Le Vent du soir*, ne sont pas à proprement parler des livres de fiction : ils tiennent de la mise en scène d'une prodigieuse érudition, de l'autobiographie, ou du jeu littéraire. Il n'y engage pas sa chair. Il est plus le spectateur du livre qu'il écrit qu'engagé *perinde ac cadaver* dans la vérité de ses personnages. Le jeu l'emporte sur la croyance profonde dans le destin de ses créatures imaginées.

Côté roman, il serait plutôt d'accord avec Valéry qui conteste le genre. Mais Valéry, contrairement à Jean, n'écrira pas de romans à moins que l'on puisse qualifier de tel *Monsieur Teste*. Jean se sent frustré dans le roman traditionnel de l'absence d'un contenu philosophique ou directement autobiographique. Il peut se muer en conteur, il le fait d'ailleurs très bien dans la série du *Vent du soir*, mais curieusement il retient sa plume, il n'adhère pas en profondeur à son histoire, il en reste le spectateur. D'où ses œuvres foisonnantes, discontinues, qui mêlent réflexions philosophiques, histoire littéraire et récit autobiographique. Pourquoi cette frigidité pour le genre romanesque en dépit de quelques tentatives couronnées de succès ? C'est peut-être que le romancier, qu'il soit Balzac, Stendhal ou Maupassant, est en proie à la souffrance d'exister, à un profond mal de vivre auquel il cherche un antidote en changeant le monde, en le recréant. Jean n'a jamais connu ce genre d'affres. Le monde tel qu'il est lui convient, bonheurs et malheurs compris. Il n'y a jamais connu de souffrances insupportables ni de frustrations blessantes, ni de ces humiliations obsédantes qui traversent l'œuvre d'un Faulkner, d'un Drieu la Rochelle ou d'un Aragon. Aucun mal d'être de ce genre chez Jean. D'où l'arc-en-ciel idyllique dans lequel baigne son œuvre sans qu'apparaisse la moindre discontinuité avec l'homme heureux qu'il est et le milieu qu'il décrit.

Pourtant ce handicap du bonheur ne l'empêche nullement de parvenir à une réussite romanesque complète avec *Au plaisir de Dieu*. Paul Morand lui-même, ébloui par la prouesse de son cadet, n'en revient pas. Il l'écrit à Maurice Rheims : « Moi qui crois que c'est avec ce qui nous manque, avec ce qui nous atteint, qu'on fait les grandes œuvres, que les romans immortels sont autant de plaies, de bosses, d'envies de suicide, de noyade, d'insoumission ou de cors aux pieds, je n'arrive pas à comprendre qu'on puisse écrire si bien dans le bonheur, les dons, la réussite, l'éternel gros lot à la roue de la fortune ; ça ne me rassure pas – ni pour lui ni pour moi –, et je retourne plus confiant vers l'arthrose de Proust ou le haut mal de Dostoïevski. »

Le paradoxe, c'est que l'œuvre de Jean d'O, toujours si détachée du réel, ait pu trouver un tel écho auprès de gens vivant dans un monde fracassé, sans repères. Ou alors est-elle apparue comme le rêve d'un rêve d'une société qui n'existait plus, d'un monde définitivement englouti, remodelé par un écrivain qui appartenait lui-même à une autre planète, une de ces étoiles qui continuent de briller après avoir cessé d'exister ?

Autre symptôme de son allergie au genre romanesque traditionnel, sa critique de l'œuvre de Balzac dans *Une autre histoire de la littérature* qui a fait bondir les balzaciens dont je suis : apparemment insensible au souffle inimitable de Balzac, à sa puissante intelligence romanesque, à la prodigieuse magie de son univers, il commence par énumérer ses défauts, sa vulgarité, l'indigence de sa pensée. Ce n'est qu'au fil de l'article, mais plus pour ne pas apparaître comme un blasphémateur que par conviction personnelle, qu'il admet son extraordinaire génie, sa qualité de visionnaire que lui reconnaît Baudelaire. Mais on sent que son premier mouvement était qu'au fond il n'adhère pas à ce type d'expression littéraire. Elle lui paraît convenue. Ce manque d'enthousiasme face à l'univers balzacien se retrouve dans l'article du *Figaro littéraire* à l'occasion du deux centième anniversaire de la naissance de Balzac. On le sent contraint de dire un bien qu'il ne ressent pas. Il se bat les flancs, mais le cœur n'y est pas. D'ailleurs, il ne cite à peu près aucun roman qui lui a plu, dont il a gardé le souvenir. Ce qu'il vante en revanche, c'est le bourreau de travail, le buveur de café, ce qui est mince s'agissant d'un génie tel que Balzac. C'est ce qu'on appelle botter en touche.

On peut dire que c'est cette allergie épidermique au genre traditionnel du roman auquel il n'adhère ni par nécessité intérieure, ni par souffrance, ni par intérêt intellectuel, qu'il a entrepris par défaut d'édifier des antiromans, des machines parfois bizarres mais qui fonctionnent, même si elles n'empruntent pas les autoroutes traditionnelles du genre. C'est son côté Picasso : comme le grand peintre, on ne saura jamais s'il s'est lancé dans son entreprise révolutionnaire pour se débarrasser d'un moule contraignant dans lequel il n'aurait été qu'un talentueux suiveur, ou si cette originalité était la composante profonde de son talent.

François Nourissier, dans *Le Figaro Magazine*, exprime avec son intelligence habituelle ce grand pari littéraire à propos de *La Douane de mer* : « Ce roman de tous les romans est aussi une idée de roman, un non-roman, la condamnation du roman au silence. D'Ormesson est l'Attila de chez Gallimard : il laisse derrière lui la terre brûlée. Après cela, toutes les entreprises de narration traditionnelles paraîtront niaises, viscérales, pornographiques, idéologiques, polluées par je ne sais quelle crasse subjective. Romanciers, mes frères, flinguez-vous ! »

Son pessimisme sur le genre du roman s'étendait parfois aussi à la production romanesque. Dans un article de *Arts*, en 1962, il semble dire que le talent a disparu des librairies : « La crise de la littérature et plus particulièrement du roman, dont chacun parle aujourd'hui avec insistance mais dans le vague, vient d'abord sans doute de l'absence de grands écrivains. Cette absence contraste singulièrement avec la profusion et l'éclat des années 1920 et 1930. » Le jeune critique de *Arts* paraît singulièrement myope : comment ne voit-il pas qu'il existe près de lui d'excellents écrivains comme Romain Gary, Georges Perec, René Barjavel, Marcel Aymé, Julien Gracq, Giono, Cioran, et en germination les Déon, Blondin, Nimier…

Rome

Rome n'est pas seulement la capitale du monde antique et de la chrétienté, elle est au centre du monde culturel de Jean. Venise ne viendra qu'après, mais c'est une Venise sensuelle, littéraire autant qu'imaginaire, tandis que Rome, clé de voûte de l'humanisme, pôle inévitable de la boussole normalienne, a été le centre géographique de sa jeunesse ; dès qu'il est en âge de conduire une torpédo, c'est vers Rome qu'il file, franchissant les Alpes avec délice pour ce rendez-vous avec ce qu'il aime le plus au monde : la culture revivifiée par la vie, par le soleil, par de jeunes visages.

« Aucune ville au monde, je crois, ne s'est assurée sur les cœurs et sur les imaginations un attrait comparable à celui que, de siècle en siècle, a exercé la capitale du peuple romain, des empereurs, des papes, des peintres et des architectes ; de Sidoine Apollinaire à Stendhal et à Chateaubriand, de Du Bellay à Byron et à Goethe, chaque arrivée à Rome d'un grand Européen est un événement de l'histoire de la culture. Si le mot culture a un sens – et on finirait par en douter à voir et à entendre ce qu'on essaie de nous refiler sous ce pavillon de complaisance de plus en plus défraîchi et fripé –, c'est d'abord à Rome qu'il le trouve. »

On pourrait tracer facilement la géographie personnelle de Jean à Rome : ses pèlerinages le conduisent d'abord sur les voies impériales : Via Appia, Via Aurelia, Via Flaminia, Via Cassia, Via Tiburtina, pour rejoindre le Capitole et la Piazza Navona, la place d'Espagne dont le bel escalier aérien descend si gracieusement les marches qui conduisent à la Villa Médicis, la Piazza del Popolo, la Piazza Sant'Ignazio. Puis c'est à travers de vieilles rues sans trottoirs qu'il rejoint les églises Santa Maria in Trastevere, l'oratoire de San Giovanni in Oleo où il découvrira sur le linteau de la porte l'inscription *Au plaisir de Dieu*, San Giovanni a Porta Latina, San Lorenzo in Lucina ; enfin l'église Saint-Louis-des-Français où reposent presque côte à côte le cardinal de Bernis et Pauline de Beaumont dans le tombeau érigé pour elle par Chateaubriand.

Rome, en dépit de ses enthousiasmes, parfois l'agace. Il regrette l'époque de la Renaissance, ou ce XIXe si cher à son cœur. Il peste contre les voitures et les embouteillages qui polluent ses rêves. « Les Romains sont bien punis de leur passion pour l'automobile : elle a ravagé leur ville. » Il s'insurge contre les fièvres politiques qui périodiquement embrasent cette ville qu'il aime tant, suscitant des énergumènes qui ont souillé à coups de peinture rouge les Via San Domenico et Sant'Alesio en les rebaptisant du nom de Marx, de Mao, de Trotski ou de Lénine. Mais sa colère ne connaît plus de mesure quand il assiste aux déprédations irréversibles de magnifiques monuments victimes des fureurs révolutionnaires, comme c'est le cas du palais des Conservateurs, près de la place du Capitole, admirable construction connue pour son double escalier monumental, saccagé par des explosifs des Brigades rouges : « Je verrais volontiers rouge dans des cas comme celui-là dont la multiplication viderait le monde de tout ce qu'il a de beau, de plaisant et de noble. Voilà ce que c'est que de s'égosiller contre la peine de mort : même les pires des crétins ne pourront plus être exécutés. »

Mais la Rome à laquelle il revient sans cesse, celle qu'il chante comme une mélopée nostalgique, c'est celle de Chateaubriand. Il ne cesse de citer la si belle et si célèbre lettre qu'il adresse à Juliette Récamier après avoir assisté à la messe des Ténèbres à la chapelle Sixtine, tandis que les ombres enveloppent les fresques de Michel-Ange, et que les prières s'élèvent dans le silence et dans la nuit : « Que n'étiez-vous là avec moi ! Quand aurai-je fini mon avenir et quand n'aurai-je plus à faire dans le monde qu'à vous aimer et à vous consacrer mes derniers jours ? C'est une belle chose que Rome pour tout oublier, mépriser tout et mourir. »

Rupture

Jean n'était pas fait pour la rupture, puisqu'il avait le don de comprendre toujours les raisons de ses adversaires ou de ceux qui le décevaient. Plus profondément, sa faculté d'indifférence, qui était très grande, le préservait comme une armure des petitesses dont d'autres pouvaient souffrir.

La rupture sentimentale, qui fut lourde de conséquences, concerna Charete, l'épouse de son cousin Antoine, le fils de Wladimir d'Ormesson. Jean séduisit la jeune femme et décida de l'enlever à son mari. Puis, prenant conscience de la disproportion entre la gravité de son geste et la légèreté de son caractère, il rompit avec elle et l'abandonna en rase campagne. Ce fut un drame, source de beaucoup de mésentente familiale, de malheur pour la naïve victime et d'un sentiment de culpabilité pour le séducteur.

La seule véritable rupture, franche, irréparable, que je le vis opérer, fut celle qui l'éloigna de François Sureau, auquel il était très lié et avec qui il avait écrit un livre d'entretiens, *Garçon de quoi écrire*. La cause fut une femme : Ayyam. Mais, comme dirait Kipling, ceci est une autre histoire.

Rwanda

S'il y a vraiment un épisode mystérieux dans la vie de Jean, c'est bien sa décision de partir faire un reportage au Rwanda, en juin 1994, en pleine guerre civile entre les

Tutsis et les Hutus. Que cherchait-il dans cette guerre qui échappait à toute logique rationnelle et se révélait d'une terrible cruauté ? Jean craignait-il de s'encroûter et de se fossiliser dans son image officielle ? Voulait-il tardivement mettre ses pas dans ceux de Kessel, d'Hemingway, de Malraux ? Les articles qu'il donnera au *Figaro* pour rendre compte des atrocités qui s'y déroulent ne nous donnent aucune explication sur ses motivations. Loin d'être une excursion confortable ou une mission officielle, cette aventure comportait des risques qu'il a affrontés avec une étrange témérité. Il ne s'est pas expliqué sur ce qui l'avait amené à quitter une vie confortable et protégée pour aller côtoyer l'enfer. Sa conclusion, plus philosophique que politique, nous laisse sur notre faim : « S'il faut tirer une leçon du Rwanda, c'est que les hommes sont tous coupables et qu'ils sont tous innocents. »

S

Saint-Fargeau, château de

C'est à un château de la Puisaye que Jean doit peut-être son plus grand et plus stable succès. Celui dont il raconte l'histoire dans *Au plaisir de Dieu*, ainsi que celle de ses habitants, propriétaires, domestiques, fréquentations, meubles, curés, légendes, pendules, fantômes, bois, étangs : Saint-Fargeau. « Nous étions ce qu'on appelle les gens du château : je n'ai jamais tiré de fierté de cette conjonction de hasards. Je n'en ai jamais éprouvé de honte. » Cette grande et belle bâtisse historique, propriété de son ancêtre par sa mère, Lepeletier de Saint-Fargeau, va être le décor de son enfance, la terre nourricière de ses rêves, son Combourg. C'est là qu'il va trouver une première harmonie entre la terre et les hommes, entre nature et culture, et construire le fantasme d'une société non pas sans classes, où certes existent des différences, mais sans hostilité, sans tensions sociales, où chacun se retrouve pour communier autour du Tour de France. Ou dans des rites plus archaïques comme la chasse à courre. La bicyclette, avant la Mercedes 350 SL de l'âge adulte, sera le premier instrument de la liberté. Jean d'O aura toujours baigné dans cette délicieuse ambiance d'Ancien Régime. Il la décrira à merveille à travers le portrait de son grand-père. C'est aussi ce qui lui fera tant aimer *La Grande Illusion* de Jean Renoir.

Quand il en parle, il devient lyrique : « Nous nous contentions de nos forêts, de nos vélos, de nos étangs. Chaque pouce du paysage nous était familier. Nous connaissions chaque sentier, chaque arbre, chaque buisson. Le soir quand le soleil se couchait sur l'étang du Bourdon ou l'étang des Quatre-Vents, et serrés de toutes parts par des chênes orgueilleux, une paix mêlée d'angoisse descendait sur nos cœurs. Nous attendions tout de l'avenir. » C'est ce sentiment qui donne sa force d'évocation à *Au plaisir de Dieu* : on y voit ce château venu d'un lointain passé comme un immense paquebot dériver vers l'avenir avec ses passagers qui s'interrogent sur cette étrange traversée, la vie. Les guerres passent, comme les amours, comme les saisons, à bord de ce navire en proie aux turbulences du siècle, les révolutions, le communisme, l'impôt sur le revenu, la crise de 1929, la révolution bolchevique et la montée des fascismes. « Le château de mon père et de mon grand-père, de son père et de son grand-père et de leurs arrière-grands-pères à travers les siècles et les générations, était tout plein, comme vous pouvez bien imaginer, des legs successifs du passé. Les commodes-tombeaux, les secrétaires à cylindre, les consoles en marqueterie ou en vernis Martin, les tables rognons ou bouillottes ou demi-lunes, les bonheurs-du-jour, les régulateurs, les tapisseries d'Aubusson ou des Flandres, les tableaux d'ancêtres en grand uniforme, négligemment appuyés sur un bureau, avec une lettre à la main, sur laquelle se lisaient distinctement les deux mots sacrés : « Au Roy », tout cela et le reste, tout ce qui encombrait des enfilades de greniers pleins de poussière et de malles immenses où nous n'avions pas le droit de nous cacher et où flottaient parmi les toiles d'araignées tous les fantômes des ancêtres, tout cela avait été apporté par les vagues répétées des générations successives. Vendre et acheter était des opérations assez louches, imprudentes et vulgaires. Tout s'accumulait au fur et à mesure des mariages et des morts, des dots et des héritages. Nous n'y étions pour rien : c'était notre forme d'élégance. Notre fortune, comme notre nom, sortait de la nuit des temps. Avec Dieu, le Roi, il y a une autre présence importante pour cette famille enracinée dans sa terre, c'est la France, une France "malheureusement occupée par la République". »

En compensation de ce château de famille perdu, Jean d'O recevra des dividendes de gloire. Loin d'apparaître comme un homme du passé, un aristocrate anachronique, un nostalgique sentant la naphtaline, les lecteurs ont compris que ce château que Jean évoquait était un symbole : chacun à sa manière, ils avaient le leur. Et il leur offrait en prime une morale : comment faire d'un passé douloureux et magique une leçon de vie.

Saint-Fargeau, en devenant le mythique Plessis-lez-Vaudreuil d'*Au plaisir de Dieu*, va se hisser au niveau de la légende. Les réalités, les hommes et les choses recomposés vont éterniser les instants disparus, les mœurs surannées. De ce passé mort, de ces souvenirs et d'un château perdu, il va créer des rêves qui vont susciter d'autres rêves et des êtres imaginaires qui vont devenir plus réels que leurs modèles.

Sur le tard, Jean reconnaîtra toute l'ambiguïté de son attitude vis-à-vis de la perte de Saint-Fargeau. S'il ne s'est guère battu pour conserver cette demeure qui appartenait à la famille de sa mère depuis plusieurs siècles, c'est peut-être aussi parce qu'elle constituait pour lui un fardeau : pas seulement parce qu'elle représentait un gouffre financier, mais aussi parce qu'elle symbolisait son rattachement à un passé qui se répétait. D'une certaine façon, se soustraire au poids de Saint-Fargeau, c'était pour lui une manière de s'émanciper du passé. Il craignait plus que tout de s'enliser dans le conformisme familial et aristocratique, et répéter l'existence de ses ancêtres. Il n'a pas dissimulé le sentiment de soulagement qu'il a éprouvé en se séparant de ce monument devenu un obstacle à cette nouvelle vie, libre d'attaches, de souvenirs, de traditions, dont il rêvait. Un sacrifice nécessaire pour exister.

Salons

Jean n'a pas été un mondain comme a pu l'être par exemple un Valéry, qui avait son rond de serviette chez toutes les princesses, duchesses et comtesses de Paris.

Dans ses années de jeunesse, il a fréquenté les bals de Marie-Hélène de Rothschild à Ferrières, ceux de Charles de Beistegui au palais Labia à Venise. Mais hormis les dîners chez des amis de la meilleure société, comme Jacqueline de Ribes, Hélène David-Weill, la comtesse Isabelle d'Ornano, Marella Agnelli, le charme de la mondanité s'est vite dissipé pour lui. C'était un rituel qu'il conservait plutôt pour accompagner son épouse, Françoise, que par réel plaisir. Il avait fait le tour de ce monde et n'en attendait plus rien. Cela ne l'empêchait nullement de considérer que ces salons avaient joué un rôle considérable et que leur disparition inéluctable risquait d'avoir des conséquences importantes, notamment dans le recrutement des académiciens qui, de tout temps, étaient passés sous les fourches caudines de ces « grandes électrices » qu'étaient les maîtresses de maison en vue. Mais ces salons avaient également constitué un bouillon de culture pour le talent littéraire ou musical. « Le langage était lié au salon. On s'habillait pour descendre au salon, on changeait aussi de langage avant d'y pénétrer. C'est par le salon que nous communiquions avec ceux qui avaient des salons comme nous, et c'était le salon qui nous séparait des autres et du reste du monde. Les salons n'étaient pas uniformément répandus sur la surface de la planète. Il y avait beaucoup de salons sur la rive gauche, entre la gare d'Austerlitz et les usines Citroën, entre le zouave de l'Alma et le lion de Belfort, sur la rive droite entre Boulogne et le Châtelet… Le salon nous faisait vivre dans un univers proprement schizophrénique. Le monde était coupé en deux : ceux qui avaient des salons et ceux qui n'en avaient pas. Chacune de ces deux moitiés – très inégales – de la planète avait beaucoup de mal à s'imaginer l'autre. L'argent séparait naturellement ceux qui en possédaient et ceux qui n'en possédaient pas. Il y avait des liens évidents entre le salon et l'argent, entre les tableaux, les commodes, les bergères, les tapisseries, les pendules qui s'entassaient dans le salon et la fortune dont ils étaient l'expression et la preuve. Mais l'argent restait sinon une tare, du moins une chance. »

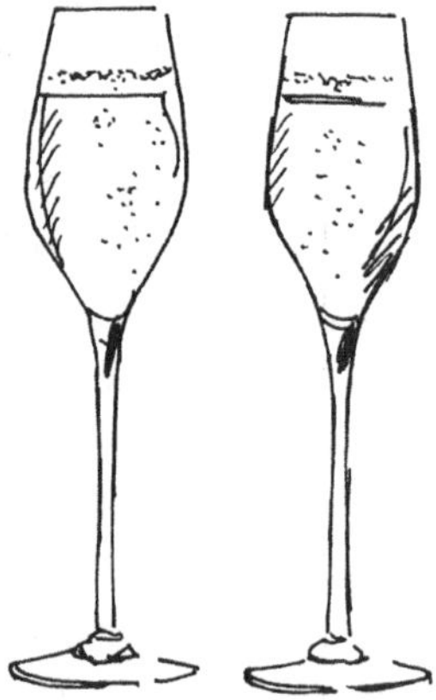

Pour lui, la fin de ces salons signifie une transformation profonde de la société avec des conséquences non seulement sur la culture, mais sur la civilisation française. Et il n'était pas loin de regretter ce monde des salons qui disparaissait, emportant avec lui tant d'œuvres littéraires qui s'étaient nourries de lui, de Marcel Proust au *Bal du comte d'Orgel* de Radiguet, sans oublier *La Princesse de Clèves* et tant d'autres chefs-d'œuvre qui s'étaient épanouis dans la serre chaude des réunions mondaines. Ces salons, ceux de la comtesse de Fels, ou de la duchesse de

La Rochefoucauld, ou encore celui de Robert de Billy, comportaient un autre avantage que ne dédaignait pas le jeune Jean : on y faisait des rencontres. Il l'avoue : « J'y ai rencontré beaucoup de belles étrangères, des écrivains, des ministres, des actrices, des danseuses et des journalistes. »

Sarkozy, Nicolas

Sa relation avec Nicolas Sarkozy n'est pas de celles qu'il a pu avoir avec les autres chefs de l'État : respectueuse avec Pompidou, ambiguë avec Giscard, rouée avec Mitterrand, formelle avec Chirac, celle-ci était naturelle, cordiale et surtout affectueuse. Il aime l'homme Sarkozy et admire le Président. Sans doute est-il sensible à la fabuleuse énergie et à son caractère anticonformiste. À son courage aussi. Leurs liens étaient anciens. C'est peut-être l'homme d'État pour lequel il s'est le plus engagé. Soutenant sa candidature en 2005, il ne lésine pas sur les louanges. Il n'hésite pas à le comparer à Bonaparte : « Nicolas Sarkozy cherchera, n'en doutons pas, tout l'indique, à incarner et à unifier la nation. Attachez vos ceintures, il va y avoir du sport. Il n'est pas impossible qu'il soit là pour dix ans et qu'il marque ce pays d'une empreinte durable. » Quand il se représente en 2010, il ne le lâche pas en dépit des sondages défavorables : « La victoire de François Hollande est à peu près acquise, et elle risque d'être éclatante. Le moment est idéal pour se déclarer sarkozyste. M. Sarkozy a été plus attaqué, plus vilipendé, plus traîné dans la boue qu'aucun dirigeant depuis de longues années. Il a pourtant maintenu le pays hors de l'eau au cours d'une des pires crises que nous ayons jamais connues. Il n'est pas même impossible que Mme Merkel et lui aient sauvé l'Europe et l'euro. »

En 2010, il brosse son portrait pour *Le Figaro* : « Il est terriblement naturel. Il n'est pas dissimulé. Pas assez peut-être. Il n'est pas faux jeton. Pas assez peut-être ? Il est plutôt moins menteur que les autres qui lui reprochent tant de mentir. Il dit ce qu'il pense. Et il pense vite. Ce n'est pas un par-dessous qui ferait ses coups en douce. Les autres se cachent, se dissimulent, mènent leur vie à la bourgeoise, genre *Nana* style 1880. Il étale tout. Il ouvre son cœur et sa vie. Il fait confiance aux autres et les autres en abusent. Les Français n'aiment pas l'importance, la suffisance, le pompeux. Il est le contraire de l'importance, de la suffisance, du pompeux. Il est décontracté. Il est moderne. » Quel autre chef de l'État a eu droit à un tel dithyrambe de la part de Jean d'O, hormis de Gaulle ?

Nicolas Sarkozy lui rendra un bel hommage au lendemain de sa mort : « Il était une partie de la France, une partie de l'histoire littéraire de la France, une partie du génie français. »

Science

Ce littéraire était un passionné de science. Pour lui, la science est le roman de notre époque et des siècles à venir, le domaine qui contient le plus d'aventures surprenantes. De Louis de Broglie à Einstein et à Stephen Hawking, de la théorie de la relativité à celle des quanta, des trous noirs au big bang, l'univers de l'infiniment grand et de l'infiniment petit le fascine. Il se grise autant de ses découvertes que de ses beautés et de ses mystères. Là encore, c'est son point commun avec les Grecs qui, de Pythagore à Euclide, de Platon à Aristote, ne séparaient pas la science de la philosophie. Si cet intérêt pour les sciences se manifeste de plus en plus dans ses derniers livres, les préoccupations de ses premiers romans paraissent très éloignées des questions scientifiques. L'hédoniste, le jouisseur égotiste des premières années, va laisser la place à un écrivain de plus en plus préoccupé par le pourquoi des choses. Il s'en expliquera dans un passionnant entretien avec l'astrophysicien Trinh Xuan Thuan, auteur de *La Mélodie secrète*. Pour lui : « La science a remplacé la poésie. » C'est cette convergence de préoccupations qui l'attire chez Borges.

Dans *Comme un chant d'espérance*, il note que nous connaissons tout en deçà du mur de Planck, grâce aux progrès de la science et de la physique mathématique sur l'explosion primitive, le big bang, nous pouvons expliquer comment les choses se sont passées : « Le pourquoi nous échappe complètement. Le comment relève de la science. Le pourquoi appartient au roman. »

Sélinonte

Ces ruines grecques de Sicile avaient inspiré à Jean dans les années 1970 une chronique pour *Le Figaro*, « Les fourmis de Sélinonte ». Le manège de ces fourmis qui escaladaient les chapiteaux de marbre renversés avait été l'occasion pour lui d'une réflexion sur son thème chéri, le temps. L'opposition entre ces insectes minuscules et les puissantes colonnes doriques, leur activité ouvrière et le silence tombé sur la Grèce conquérante, grandeur et décadence, illustraient sa turlutaine philosophique sur le temps qui passe. Cette chronique, qui avait sa source dans un épisode qui ne bouleversait pas l'histoire du monde, fut beaucoup critiquée par les amis de Jean. Ils ironisèrent sur sa futilité. Ce n'était évidemment pas un sujet d'une haute portée digne de Max Weber ou de Raymond Aron. Jean se souvenait de ces critiques avec amusement. Mais cela ne l'a nullement dissuadé de republier cette chronique dans son livre *Saveur du temps*.

Sexe

Le sexe apparaît rarement dans les livres de Jean d'O, sauf dans *Les Illusions de la mer*, roman qui contient des scènes dignes des films X et qui le feront taxer de pornographe par Paul Morand. Conscient des faiblesses de l'œuvre, de ses provocations puériles, c'est le seul livre que Jean ne republiera pas. Dans la plupart de ses romans, on reste à la porte de la chambre à coucher. Si l'amour, avec ses péripéties et ses drames, tisse la trame de la plupart d'entre eux, on trouve rarement des descriptions scabreuses sous sa plume. Il suggère le sexe plus qu'il ne le décrit.

Dans la conversation en revanche, il parle très librement de tout ce qui a trait au sexe, sans jamais être graveleux. Toujours avec humour. Il m'a raconté cette confidence que lui avait faite une grande dame, Nadine de R., que, dans sa jeunesse, il avait poursuivi en vain de ses assiduités : « Si j'avais su que tu deviendrais aussi célèbre, j'aurais couché avec toi ! »

Ski

Ce fut avec les bains de mer son autre passion. Il ne s'embarrassait pas de tenues coûteuses. Il s'habillait à la va-comme-je-te-pousse avec un vieil anorak et ne s'encombrait pas de valises. Le strict minimum lui suffisait. Je l'ai emmené skier à Val-d'Isère à l'invitation du libraire et de la propriétaire de l'hôtel Les Barmes de l'Ours. Nous y avons fait une causerie à l'heure de l'après-ski pour un public conquis d'avance par l'Enchanteur. Il avait beau friser les quatre-vingt-dix ans, il filait sur les pentes comme un bolide. Comme il était heureux, comme il souriait au soleil, au ciel bleu, tout en dévalant les pentes.

Grâce à lui, la station de Val-d'Isère semblait en proie au sortilège. Il se produisait une ivresse collective comme si les robustes skieurs, les dames emmitouflées dans leurs doudounes qui les faisaient ressembler à des ours s'étaient subitement adonnés au haschich, à la marijuana ou à je ne sais quelle drogue euphorisante. On venait contempler un phénomène littéraire, un écrivain dont le statut dépassait de loin celui que confère la littérature. On venait prendre une leçon de vie, un bain de culture, assister à un exercice intellectuel aussi vertigineux que la descente à ski de la vallée Blanche. Sa présence dans la station de ski semblait un remède au désenchantement. Il distribuait des vitamines d'optimisme, des provisions de bonheur. Avec lui, la littérature, qui avec d'autres suinte si souvent l'ennui et les doctes démonstrations, devenait une fête. Ce que le public retenait surtout, c'est que Jean d'O disait des poèmes. C'était en effet son péché mignon de ponctuer ses développements par des poèmes. Ainsi il citait Toulet, Verlaine Baudelaire. On n'avait jamais vu ça à Val-d'Isère. Les phrases musicales chantaient d'une manière étrange aux oreilles des spectateurs. Elles leur rappelaient leur enfance, leurs parents, un professeur admiré. L'effet fut prodigieux. Dès le lendemain, la poésie régnait à Val-d'Isère. Jean d'O, les skis sur l'épaule, ne pouvait pas faire un pas sur la neige sans qu'une dame d'âge mûr, entourée de marmots et traînant une luge, s'approchât de lui pour lui susurrer d'une voix sucrée : « Mon enfant, ma sœur, songe à la douceur d'aller là-bas vivre ensemble. » Courtois, il répondait : « Aimer à loisir, aimer et mourir au pays qui te ressemble. »

Sœurs

C'est un thème qui revient souvent. Il faut dire que, dans son existence, les sœurs ont joué un grand rôle : les sœurs Béghin étaient trois, Malcy avait également deux sœurs, mais Jean avait aussi un faible pour les sœurs Heredia, Marie, femme d'Henri de Régnier, Louise, femme de Pierre Louÿs, et Hélène, la femme de René Doumic. Mais ce sont les sœurs Mitford qui l'ont le plus inspiré pour la saga *Le Vent du soir*.

Soljenitsyne

Du combat de Jean en faveur de Soljenitsyne et contre le goulag, l'événement le plus saillant aura été bien sûr l'altercation qui l'a opposé à Jean Daniel sur le plateau d'« Apostrophes » en 1975. On a vu là une joute particulièrement caractéristique des débats d'intellectuels. Partant des critiques faites au monde occidental par le grand écrivain russe que Jean Daniel juge injustes, car celles-ci ne prennent pas en compte ceux qui ont combattu « contre le colonialisme et le capitalisme » – que le directeur du *Nouvel Obs* place sur le même plan que le combat de Soljenitsyne –, il s'attire la phrase assassine de Jean : « Vous n'avez pas été au goulag », qui met le feu aux poudres. Jean Daniel s'emporte. Même si sur le fond il faut admettre que l'Occident a commis certes beaucoup d'injustices, il était difficile de les mettre, comme le faisait Jean Daniel, sur le même plan que les crimes et les atteintes aux libertés perpétrés en Union soviétique.

Dans un bel hommage publié dans *Le Figaro* en 2008, il saluera « l'écrivain génie et martyr » qui a « révélé un passé et un présent enfouis sous le mensonge ».

Sollicitude

Égocentrique, il l'est assurément, de manière solaire et royale. Égoïste, le procès peut aussi lui être intenté : il ne sera certainement pas seul dans le box des accusés. En revanche, il serait injuste d'en faire un homme muré dans son ego qui ne compatit jamais à la souffrance humaine et ne cherche pas à lui venir en aide. Certes, sa générosité envers autrui ne va pas, comme celle d'un Voltaire, jusqu'à se sacrifier, à prendre des risques mortels comme celui-ci l'a fait en défendant Sirven, Calas ou le chevalier de La Barre. Il n'est pas non plus comme Gide – on le sait trop peu – un homme de bienfaisance qui consacre une grande part de son activité extralittéraire à s'ériger en bureau d'aides pour ses amis et connaissances en difficulté, sans compter bien sûr le courageux combat qu'il a mené après son voyage au Congo pour corriger beaucoup des injustices et des méfaits de la colonisation. Jean n'allait sans doute pas jusqu'à la bienfaisance, mais il était beaucoup plus secourable qu'on ne l'a dit – ou que sa personnalité d'hédoniste pouvait le laisser penser. Attentif aux jeunes auteurs, il leur prodiguait conseils, soutien, entretenant avec eux une correspondance et soutenant les plus talentueux dans les jurys littéraires auxquels il appartenait : c'est ainsi qu'il défendra François Sureau, Franz-Olivier Giesbert, Marie Ferranti, pour le Grand Prix du Roman de l'Académie. Mais il était capable aussi de montrer beaucoup de sollicitude envers ses amis vieillissants. Que ce soit Philippe Baer, Michel Mohrt ou François Nourissier, il ne les abandonna jamais dans leur solitude, même quand ces visites devenaient de dures épreuves.

Style

Le style de Jean d'O est facilement reconnaissable. Il ne s'est pas modifié au fil des années. Ses romans ont pris de l'ampleur, de la perspective. Il a hissé l'égotisme de ses débuts à un haut niveau d'orchestration et de réflexion. C'est un style qui évidemment ressemble à l'homme : fruité, buissonnier, gambadant, ludique, qui évite la solennité romantique et les amples périodes magnifiquement pompeuses de son ami Chateaubriand. Ce n'est pas non plus ce qu'on appelle une « écriture blanche », il aime les métaphores qui ont de la saveur, du sel attique. Il ne s'attarde pas dans les portraits, deux ou trois indications lui suffisent. On sent qu'il écrit sans trop s'embarrasser de frapper sa phrase comme Montherlant. Sa qualité est la rapidité. Michel Mohrt, qui était son ami et son lecteur chez

Gallimard, le définissait comme un « écrivain de premier jet ». Plutôt comme Stendhal que comme Giono ou Morand.

Suicide

C'est l'idée la plus éloignée qui soit de son esprit. Cet amoureux de la vie regarde le suicide comme une énigme qui l'effraie. À aucun moment la tentation ne lui est venue. Et pourquoi y aurait-il pensé, puisqu'il est doué d'un heureux caractère qui lui permet de chasser toute contrariété et d'opposer au malheur une formidable aptitude à ne savourer de l'instant que le positif ? Il est de ce point de vue aussi peu romantique que possible. Jamais il n'a connu les souffrances du jeune Werther, ni la mélancolie délétère des héros de Drieu.

Sureau, François

Jean éprouva un grand engouement pour ce brillant sujet, énarque, conseiller d'État, avocat passionné de littérature et qui écrivait des romans. Il était capable en outre de réciter les discours de Churchill en version française ou originale, et aussi ceux de De Gaulle, ou de chanter aussi bien les chansons de Johnny que les chants de la Légion étrangère. Il écrivit avec Jean un livre d'entretiens,

Garçon de quoi écrire. Il a reçu le Grand Prix du Roman pour son livre *L'Infortune*. Cette amitié devait bientôt se heurter à des questions sentimentales à propos d'une amie de Jean, jeune philosophe d'origine égyptienne, Ayyam. Celle-ci devint l'épouse de François Sureau.

Voir : Ayyam.

T

Téléphone

Cet appareil occupait une place centrale dans sa vie, l'équivalent du crayon dans l'écriture de ses livres. La peur panique de manquer un appel lui faisait perdre son flegme habituel. Il courait vers le téléphone dès que la sonnerie retentissait avec la hâte d'un adolescent attendant son premier appel amoureux. Cette angoisse de manquer un appel lui venait, il le disait lui-même, de l'époque où, vivant chez ses parents rue du Bac, son père triait impitoyablement les appels de jeunes filles qui lui étaient destinés : « Que lui voulez-vous encore ? », disait cet intraitable Cerbère avant de raccrocher. En dépit de cette angoisse, il ne put jamais se résoudre à acquérir un téléphone portable. Je ne crois pas qu'il ait jamais eu une adresse sur Internet.

Télévision

C'est une étrange rencontre : l'homme le plus ancré dans le passé, même s'il est aussi curieux de l'avenir et gourmand du présent, s'est merveilleusement adapté au grand outil de communication de l'époque moderne : la télévision. Il y a fait merveille. Tout de suite il a trouvé le ton juste entre l'érudition et la vulgarisation. D'abord avec Jacques Paugam et son émission « Livres en fête », dans laquelle il tient une chronique, puis pendant près de trente ans avec Bernard Pivot, dont il sera vingt-huit fois l'invité, et enfin avec François Busnel. Mais il ne s'est pas contenté d'apparaître dans les émissions littéraires, il est devenu bientôt un acteur de premier plan dans les émissions politiques, les journaux télévisés et même les émissions de variétés ou les émissions d'Ardisson, puis plus tard dans « On n'est pas couché » de Laurent Ruquier. Sa prestance et son charme audiovisuel vont faire de lui une star, ce que ne sont plus les écrivains aujourd'hui. Mais on ne peut pas dire qu'il ait participé à ces émissions à son corps défendant : il aimait ça. Il est vrai qu'il revenait de loin : le jeune écrivain traité avec dédain aussi bien par ses pairs que par ses maîtres, l'auteur quasiment désespéré d'*Au revoir et merci*, qui abandonnait la littérature faute de n'y avoir pas connu le succès, prenait enfin sa revanche. Jean ne nourrissait pas beaucoup d'illusions sur la postérité en matière littéraire, ni la sienne ni celle des autres. Il croyait au présent, à l'immédiateté, ce nouveau dieu créé par une actualité toujours plus pressante. Je crois qu'à toutes les époques il aurait développé son extraordinaire faculté d'adaptation. Avant-hier, il fallait fréquenter les salons de Mme Geoffrin ou de Mme Dupin. Hier, il fallait se faire bien voir d'Anna de Noailles. Et, aujourd'hui, être de son temps, c'était passer à la télévision.

Voir : Pivot, Bernard.

Temps

C'est le thème de tous ses livres. Sa réflexion permanente. Son dada. Sa turlutaine. Sa hantise, s'il pouvait en avoir. Le prétexte à tous ses livres. Déjà à l'agrégation, on lui pose la question de la promesse. Ce qui est pour lui l'occasion de se livrer à un développement sur son thème favori. Et pourquoi s'intéresse-t-il donc si passionnément à Chateaubriand, à Proust ? Parce qu'ils ont construit une œuvre sur le temps qui passe. Et qu'est-ce qu'un livre, une œuvre d'art, sinon une fragile digue pour retenir le temps, mais tout aussi impuissante à le vaincre que le barrage contre le Pacifique que Marguerite Duras et sa mère voulaient édifier devant l'océan pour sauver leur plantation indochinoise ?

Il l'évoque avec le critique Jean-Marie Planes : « Cette marche du temps est un mystère assez effrayant et fantastique. Il n'y a pas de présent. Il y a devant une grande masse qui est l'avenir, et derrière une grande masse qui est le passé. Et le passé grignote à chaque instant un peu de l'avenir... Vous êtes éternellement dans un présent qui n'existe pas. »

Il y revient dans *Voyez comme on danse* : « Il n'est pas impossible que le temps soit éternel. Il précéderait l'univers et lui survivrait. Il survivrait aux hommes, à la vie, au soleil, et aux astres. Il survivrait après avoir tout précédé. Le monde serait né dans le temps et il mourrait dans le temps. Le temps immuable ne serait pas éternel : il serait l'Éternel. Le Soleil serait son image passagère et mobile. Le firmament le représenterait à nos yeux égarés. Les dieux l'incarneraient pour des générations successives. Il serait permis de l'adorer. Il régnerait sur la vie comme le néant sur la mort. » Et il poursuit : « Une chose était sûre : il n'y avait pas de monde sans temps. Une chose était douteuse : y avait-il un temps sans monde. Avant le monde ? Après le monde ? Expansion sans fin de l'univers ou retournement théâtral du big bang en big crunch, ce monde, dans un milliard d'années, finirait par disparaître. Y aurait-il encore, après la fin de tout comme avant son début, quelque chose pour couler, pour durer, pour exister dans le paradoxe à la façon du temps ? »

Enfin dans *Histoire du Juif errant* qui développe ce thème dans toutes ses variations, il le définit à nouveau : « Le temps n'est pas une ligne : c'est un double cône inversé dont les sommets se rejoignent pour s'étendre indéfiniment vers le passé et vers l'avenir qui s'étrangle, au présent, sur chacun d'entre nous, minuscules infusoires dans l'infini des mondes. »

Voir : Amour.

Théâtre

Jean a certainement été plus assidu au théâtre Hébertot où l'on jouait sa pièce, *La Conversation*, avec l'excellent Maxime d'Aboville dans le rôle de Bonaparte et le non moins remarquable Alain Pochet dans celui de Cambacérès, qu'il n'a fréquenté le théâtre en général. Même si ce lecteur compulsif connaissait par cœur les pièces du théâtre classique, surtout Racine mais aussi Rostand, son approche du théâtre était surtout littéraire.

Titres

Ils sont le plus souvent tirés de poèmes d'Aragon : *Garçon de quoi écrire*, *Je dirai malgré tout que cette vie fut belle*, *Un jour je m'en irai sans en avoir tout dit*, *C'est une chose étrange à la fin que le monde*, *Ces moments de bonheur, ces midis d'incendie* ; ou de P.-J. Toulet : *Les Illusions de la mer* ; ou d'Apollinaire : *Odeur du temps*, *Et toi mon cœur pourquoi bats-tu ?*

Toujours, Jean d'Ormesson pour toujours

Le dimanche 3 décembre, Jean me laissa un message sur mon téléphone. Je le rappelai en fin de journée. Sa voix n'était pas aussi alerte que d'habitude. Lui qui ne se plaignait jamais m'avoua qu'il était souffrant. Je me souviens de son expression : « C'est assez moche. » Mais très vite il reprit le dessus et nous eûmes une de nos conversations habituelles qui mêlaient des anecdotes et les lectures. Je raccrochai sans inquiétude. Mais le surlendemain, vers six heures du matin, le téléphone sonna. Un terrible pressentiment me saisit. Quand je vis qu'il provenait de chez Jean, je fus frappé d'effroi. C'était Françoise. « Jean est parti il y a une heure. Tiens-toi prêt : il faut que tu prononces son éloge funèbre. » J'étais anéanti.

Voici l'hommage que je lui rendis dans la cathédrale des Invalides :

Je me souviens de Jean un jour tout aussi glacé qu'aujourd'hui : c'était le lendemain de la mort de sa mère qu'il adorait. Il avait néanmoins tenu à prononcer une conférence sur Mauriac devant un cercle littéraire. Il souriait, affable, un mot pour chacun. C'est tout juste s'il n'essayait pas de réconforter l'auditoire. Il fut drôle, plein d'humour, citant le mot de la princesse Bibesco : « Mauriac n'a pas assez de santé pour être païen. » Pourtant il était dévasté. Il souffrait de la pire souffrance qui soit. Mais il ne laissait rien paraître. Jean était ainsi : à la société il donnait son sourire ; ses peines et ses souffrances, il les gardait pour lui.

Et aujourd'hui que nous dirait-il ? Je crois l'entendre. Il nous réconforterait. Voyons, soyons sérieux : quelqu'un qui meurt, est-ce que cela signifie quelque chose ? C'est d'une terrible banalité. Ce n'est rien. Une bulle de savon, un ciron, une pelure d'orange au regard des étoiles, de l'infini, du big bang. Ce n'est pas à un écrivain qui dans ses livres avait fait et défait des empires, avait pris Napoléon comme personnage de prédilection et mis en scène dans ses romans toutes les catastrophes d'un XXe siècle sanguinaire et meurtrier qu'il fallait en remontrer sur la fragilité insensée de la vie, si avide de moissonner les vivants. C'est une si petite chose qu'une vie. Pourtant, à travers l'homme qu'elle habite, elle contient un principe irremplaçable qui tient du miracle : celui de s'émerveiller et d'émerveiller les autres. Cette capacité d'enchantement, Jean d'Ormesson en aura usé et abusé jusqu'au dernier jour.

Jean aimait les plaisirs de la société qui apportent à l'existence son raffinement, ses parfums, l'élégance des jolies femmes, et gomme un peu de la brutalité de la bête humaine. Mais cette société, au fond, il n'y croyait pas. C'était un agnostique social. Il savait que s'y mêlaient avec beaucoup de conformisme et d'hypocrisie le talent et l'imposture, l'honnêteté et le mensonge. Surtout ce poison mortel des gens qui croient avoir réussi : la prétention, l'esprit de sérieux, l'arrogance parfois des riches et celle tout aussi détestable des capitalistes du savoir, des pédants. L'origine de son humour malicieux provenait du décalage vertigineux entre la position prestigieuse qu'il occupait et le peu de cas qu'il en faisait.

Sa vraie vie était ailleurs. Non pas sur les plateaux de télévision, ni dans ses polémiques politiques, ni dans ses superbes conférences qui enchantaient aussi bien les vieux généraux à l'oreille fatiguée que les jeunes filles en fleurs et les jeunes gens chez lesquels il allumait la griserie de vivre et d'aimer. Oui, ailleurs : dans la littérature. La littérature était son pays, elle était sa religion, elle était sa passion. Il n'a jamais vécu que pour elle, par elle. Il la vivait, il la respirait en tout. Grâce à elle, il a reconstruit dans son œuvre non seulement un grand château historique et sa parentèle évanouie, mais également à travers tant de beaux romans sa vie selon ses rêves. Pour lui, vivre, c'était participer par la magie des mots à ce grand chant du monde célébré par les écrivains et les poètes. Le soleil, la mer Méditerranée, les bains de mer, le ski, l'amour n'étaient pour lui que les compagnons de route avec lesquels il voyageait vers cet autre monde qui l'arrachait à la médiocrité et à l'ennui du monde réel. Notre amitié est née de cette intoxication réciproque. Mais si nous communions avec les mêmes amis dans le passé et dans l'imaginaire, le rire, la fantaisie y occupaient autant de place que Proust et Chateaubriand. Jamais je n'ai autant ri qu'avec lui. Parfois, à force de rire en nageant dans la baie de Saint-Florent, nous risquions de nous noyer. Il me demandait souvent de lui répéter une phrase d'Henry James qu'il adorait et que curieusement il ne parvenait pas à retenir, lui dont la mémoire était phénoménale : « Nous vivons dans l'obscurité. Nous faisons ce que nous pouvons. Le reste est la folie de l'art. » C'étaient, résumés, sa croyance et ses doutes. Les doutes qu'éprouve tout grand artiste.

La poésie l'accompagnait toujours. Ce prosateur si mélodieux plaçait les poètes au plus haut. C'est donc par un poème que je voudrais lui dire adieu en votre nom, au nom des siens qu'il a tant aimés, son épouse Françoise, sa fille Héloïse, sa petite-fille Marie-Sarah, et aussi du « Bleuet ».

J'ai cueilli ce brin de bruyère
L'automne est morte souviens-t'en
Nous ne nous reverrons plus sur terre
Odeur du temps, brin de bruyère
Et souviens-toi que je t'attends.

Désormais, c'est lui, c'est Jean, où qu'il soit, qui nous attend.

Toulet, Paul-Jean

C'était l'un des poètes qu'il préférait. Il aimait son humour, sa discrétion, sa délicatesse, son raffinement et son art de dire beaucoup, l'air de rien. Il a beaucoup écrit sur lui, regrettant l'époque où son nom n'était connu que de quelques initiés qui se chuchotaient ses vers avec l'impression d'appartenir à une franc-maçonnerie. Quand son nom « volait de lèvres en lèvres dans les conversations intimes qui sont un des bonheurs de la vie ». Et il en vient presque à avoir la nostalgie de ce temps où son œuvre était inconnue du grand public : « La gloire de Toulet m'enchante et me consterne. Toulet passe de l'obscurité (catastrophe et fureur) à toutes les lumières de la rampe (recatastrophe, refureur). »

Il connaissait nombre de poèmes des *Contrerimes*. Il citait souvent le plus connu :

Dans Arles où sont les Aliscans
Quand l'ombre est rouge, sous les roses,
Et clair le temps
Prends garde à la douceur des choses

Mais un autre poème moins connu l'enchantait :

Vous souvient-il de l'auberge
Et combien j'y fus galant
Vous étiez en piqué blanc
On eût dit la Sainte Vierge

Il aimait aussi l'auteur voluptueusement décadent de *Mon amie Nane.*

U

Uchronie

Le genre de l'uchronie plaisait beaucoup à Jean. Cela lui permettait de donner libre cours à son esprit facétieux tout en traitant de choses sérieuses. Quand j'entrepris pour *Le Figaro littéraire* de publier une série intitulée « Que seraient-ils devenus ? », il s'empressa d'accepter. Il s'agissait d'imaginer quel aurait été le destin d'une dizaine d'écrivains s'ils avaient vécu bien au-delà de leur disparition réelle. Bernard-Henri Lévy, Gonzague Saint Bris, Jean Dutourd, Maurice Druon notamment se prêtèrent au jeu. Jean choisit Proust. Il le fit vieillir jusqu'à près de quatre-vingt-neuf ans, connaissant l'Occupation et une amourette avec un officier allemand, trois échecs à l'Académie, avant d'y être reçu en 1954.

Voir : Proust, Marcel.

Ultime adieu à l'Enchanteur

J'ai consacré beaucoup d'articles à Jean. J'ai fait la critique de plusieurs de ses ouvrages. Je n'imaginais pas que je devrais écrire un ultime texte pour *Paris Match* à l'annonce de sa mort. Rarement article m'a été aussi difficile à écrire. L'émotion me submergeait. J'étais partagé entre la douleur et un sentiment d'irréalité. Comment un homme si présent, si associé à ma vie et à la vie même pouvait-il disparaître ?

Je pensais que ce texte, je ne parviendrais pas à l'écrire. Pourtant peu à peu il s'esquissa dans mon esprit et les mots me vinrent :

> L'Enchanteur est parti. Il nous laisse égarés, appauvris de ce sel si particulier qu'il apportait à nos mornes

existences. Il redonnait de l'espoir, non par une croyance bêbête au bonheur où on l'enfermait, parfois même avec son consentement, mais par ce qu'il incarnait et insufflait : la vie de l'esprit. Un monde superficiel risque de ne voir en Jean d'Ormesson que ce qui lui ressemble : le personnage léger, ondoyant et divers, sorte de Pic de la Mirandole à l'usage du journal télévisé, interlocuteur incontournable des grands politiques, qui savait rendre intelligents tous ceux qui l'écoutaient. Un prodigieux causeur à l'égal de Malraux ou d'Emmanuel Berl. Un homme qui savait parler aussi bien à l'oreille fatiguée des vieux généraux, qu'à celle des jeunes filles et des jeunes gens chez lesquels il allumait la griserie de vivre et d'aimer. Mais on risque de commettre une grave erreur d'optique en l'enfermant dans cette image légendaire : c'était surtout et avant tout un écrivain. La littérature était son pays ; elle était sa religion ; elle était sa passion. Il n'a jamais vécu que pour elle, par elle. Il la vivait, la respirait en tout. Les livres qu'il écrivait n'étaient que le prolongement des bonheurs qu'il éprouvait à lire les écrivains et les poètes, sûrement ses seuls vrais amis, ceux avec lesquels il entretenait un commerce silencieux et secret. Mais pour lui, vivre, c'était aussi participer à la littérature, à ce grand chant du monde célébré par les poètes. Allait-il en Italie, il était accompagné de Dante, de Chateaubriand. Que ce soit dans l'amour ou dans l'amitié, marchant au soleil dans les chemins corses ou sur des skis à Val-d'Isère, la littérature, les mots, les vers étaient omniprésents. Ils affleuraient naturellement à sa bouche. Notre amitié est née de cette merveilleuse intoxication réciproque. Ensemble, nos personnes comptaient peu. Nous étions ailleurs, dans un autre monde où désormais je serai seul.

Jean d'Ormesson ne laisserait pas le sentiment d'un si grand vide si, par sa personne et par son œuvre, il n'avait contribué à colmater les brèches d'une société à bien des égards en perdition. Il incarnait un merveilleux contrepoison à la médiocrité et à la vulgarité. Tout ce que la France réunissait d'élégance, sauvegardait d'art, de légèreté et d'esprit, se résumait en lui. On l'aimait parce qu'il illustrait le Français éternel, tel qu'il a été et ne sera plus après lui : léger et profond, comme Voltaire, amusant et primesautier comme Sacha Guitry, ayant gardé du XVIIIe siècle le goût des sciences humaines et du romantisme les grands envols de l'imagination. On l'aimait parce qu'il représentait toutes les qualités qui ont constitué un pays exceptionnel qui a su allier l'élégance de la pensée, la légèreté amusante, l'humour et la tolérance. Il avait aussi réussi cette gageure de réunir dans sa personne les anciens parfums fanés de l'aristocratie et la méritocratie républicaine. Aussi chaque Français doit-il avoir le sentiment douloureux aujourd'hui de perdre un ami, et partage, comme nous la partageons, la peine de Françoise, son épouse, et de sa fille Héloïse qui lui ont donné tant de joies.

Rien n'a jamais mieux résumé pour moi Jean d'Ormesson que la formule qu'emploie Shakespeare pour définir l'amour : « L'éternité plus un jour. » Personne n'a éprouvé comme lui une curiosité plus avide sur l'homme, son origine, son avenir, tout en ayant une aussi grande conscience de l'impermanence des choses et du caractère éphémère de la vie. Ce jour intense, lumineux, radieux, comme il a passé vite. Comme il nous manquera.

V

Valéry, Paul

C'est l'écrivain qu'il admirait et que, jeune homme, il a voulu rencontrer. Il a raconté cette visite dans le bureau de l'écrivain, rue de Villejust, aujourd'hui rue Paul-Valéry, un an avant sa mort. Étrange visite, car, à cette époque, il avait dix-huit ans et n'imaginait pas qu'il écrirait. À la suite d'une lettre qu'il lui avait écrite, le poète l'avait convié chez lui. Commence alors un étrange dialogue : « "Je viens de renoncer, lui dis-je, faraud, à l'agrégation d'histoire." Il se leva, me prit dans ses bras, me regarda droit dans les yeux et me dit : "Comme vous avez raison ! L'histoire ne sert à rien. Elle ne nous apprend rien sur un avenir plus important que le passé et qui ne le répète jamais. Et que faites-vous maintenant ?" Avec une orgueilleuse modestie qui pouvait enfin s'exprimer, je lui dis : "Je prépare l'agrégation de philosophie." Le vieil écrivain, accablé, s'effondre dans son fauteuil et s'exclame : "Mais c'est pire. — Alors, quelle discipline ? demande le jeune Jean, interloqué. — Les mathématiques", répond sans hésiter le vieil écrivain. »

Le dialogue s'arrête là. Pourtant c'est un nom qu'il évoque souvent. Il admire chez l'écrivain la perfection d'un style, et une pensée qui place l'intelligence au sommet. Partage-t-il ses vues sur le roman ? Genre pour lequel Valéry n'a ni goût ni véritable compréhension. On sent qu'il n'en comprend pas l'utilité. Ce qui lui vaudra la remarque ironique de Julien Gracq : « Valéry est par rapport au roman comme un gymnasiarque qui étudierait les mouvements du coït et se plaindrait de la dispersion d'énergie. Il se plaint des conséquences d'une action dont il ne veut pas comprendre les causes. » Jean, sans partager cette répugnance, est cependant sceptique sur l'avenir du roman et même sur son présent : très peu d'œuvres romanesques trouvent grâce à ses yeux en dehors de Proust, d'Isaac Singer. Il cite souvent Valéry : « La mort nous parle d'une voix profonde pour ne rien dire », ou sa fameuse phrase ironique sur l'Académie : « L'Académie est composée des plus habiles des gens sans talent et des plus naïfs des hommes de talent », ou : « Dieu a créé le monde avec rien. Le rien perce », ou : « Dieu créa l'homme et, ne le trouvant pas assez seul, il lui donna une compagne pour lui faire mieux sentir sa solitude. »

Veil, Simone

Ce que Jean d'O illustrait dans le bonheur, elle l'incarnait dans le malheur : une de ces grandes figures dont la société a besoin car ils la font échapper à un quotidien médiocre. Grâce à Simone Veil, le capital de l'esprit s'est enrichi. Aussi rien n'était plus légitime que son entrée à l'Académie française, puis plus tard la translation de ses cendres au Panthéon. Il est passionnant de s'interroger sur la signification profonde qu'a revêtue pour les Français cette forme de béatification laïque. Ce n'est pas seulement parce qu'elle a incarné les grandes vicissitudes et les tragédies du siècle, de l'horreur absolue des camps de la mort jusqu'à des combats politiques de première importance, de la pire des conditions de déportés jusqu'aux honneurs de la République, que son image est chère au cœur des Français. De la plus grande abjection à la consécration ministérielle et académique. On n'atteint pas à une telle gloire qui touche à ce point la fibre populaire sans que celle-ci ait un sens. Elle plonge ses racines en profondeur dans l'inconscient français et dans le surmoi d'un peuple.

Les Français avaient besoin de Simone Veil comme à une autre époque ils ont eu besoin de De Gaulle pour exorciser un passé qui les hante et les humilie. Cette culpabilité de Vichy qui pour eux reste une brûlure, une douloureuse tunique de Nessus, puisqu'elle contredit ce qu'ils sont, ce qu'ils ont toujours voulu être : le peuple des droits de l'homme et de la liberté. Jamais ils ne se sont remis des lois raciales de septembre 1940 qui ont replongé leur pays éclairé par les Lumières dans l'obscurantisme moyenâgeux. Simone Veil a tout fait pour échapper à elle-même, à ce qui eût pu l'accabler, se libérant de la haine, de la rancœur, de l'amertume, pour dépasser l'horreur et en faire le moteur d'une action positive, politique, humaine. Elle a mis ses souffrances, ses humiliations, ses deuils, au service d'une magnifique mission : la réconciliation. Ce travail de soi sur soi pour se hisser au-dessus des passions basses qui enferment l'humanité dans le cercle infernal des représailles, c'est ce qu'a salué Jean d'O en la recevant à l'Académie.

> En m'adressant à vous, Madame, dans cette circonstance un peu solennelle, je pense avec émotion à tous ceux et à toutes celles qui ont connu l'horreur des camps de concentration et d'extermination. Leur souvenir à tous entre ici avec vous. Beaucoup ont péri, comme votre père et votre mère. Ceux qui ont survécu ont éprouvé des souffrances que je me sens à peine le droit d'évoquer. La déportation n'est pas seulement une épreuve physique ; c'est la plus cruelle des épreuves morales. Revivre après être passé par le royaume de l'abjection est presque au-dessus des forces humaines. Vous qui aimiez tant une vie qui aurait dû tout vous donner, vous n'osez plus être heureuse. Pendant plusieurs semaines, vous êtes incapable de coucher dans un lit. Vous dormez par terre. Les relations avec les autres vous sont difficiles. Être touchée et même regardée vous est

insupportable. Dès qu'il y a plus de deux ou trois personnes, vous vous cachez derrière les rideaux, dans les embrasures des fenêtres. Au cours d'un dîner, un homme plutôt distingué vous demande si c'est votre numéro de vestiaire que vous avez tatoué sur votre bras.

À plusieurs reprises, dans des bouches modestes ou dans des bouches augustes, j'ai entendu parler de votre caractère. C'était toujours dit avec respect, avec affection, mais avec une certaine conviction : il paraît, Madame, que vous avez un caractère difficile. Difficile ! Je pense bien. On ne sort pas de la Shoah avec le sourire aux lèvres. Avec votre teint de lys, vos longs cheveux, vos yeux verts qui viraient parfois au noir, vous étiez une jeune fille non seulement très belle mais très douce, et peut-être plutôt rêveuse. Une armée de bourreaux, les crimes du national-socialisme et les deux mille cinq cents survivants sur soixante-seize mille Juifs français déportés, vous ont contrainte à vous durcir pour essayer de sauver votre mère et votre sœur, pour ne pas périr vous-même. Permettez-moi de vous le dire avec simplicité : pour quelqu'un qui a traversé vivante le feu de l'enfer et qui a été bien obligée de perdre beaucoup de ses illusions, vous me paraissez très peu cynique, très tendre et même enjouée et très gaie.

Ce qui vous a sauvée du désespoir, c'est le courage, l'intelligence, la force de caractère et d'âme. Et c'est l'amour : il succède à la haine.

[...] je m'interroge sur les sentiments que vous portent les Français. Vous avez été abreuvée d'insultes par une minorité, et une large majorité voue une sorte de culte à l'icône que vous êtes devenue.

La première réponse à la question posée par une popularité si constante et si exceptionnelle est liée à votre attitude face au malheur. Vous avez dominé ce malheur avec une fermeté d'âme exemplaire. Ce que vous êtes d'abord, c'est courageuse – les Français aiment le courage.

Vous avez des convictions, mais elles ne sont jamais partisanes. Vous les défendez avec force. Mais vous êtes loyale envers vos adversaires comme vous êtes loyale envers vos amis. Vous êtes un modèle d'indépendance. Plus d'une fois, vous trouvez le courage de vous opposer à ceux qui vous sont proches, et de prendre, parce que vous pensez qu'ils n'ont pas toujours tort, le parti de ceux qui sont plus éloignés de vous. C'est aussi pour cette raison que les Français vous aiment.

Avec une rigueur à toute épreuve, vous êtes, en vérité, une éternelle rebelle. Vous êtes féministe, vous défendez la cause des femmes avec une fermeté implacable, mais vous n'adhérez pas aux thèses de celles qui, à l'image de Simone de Beauvoir, nient les différences entre les sexes. Vous êtes du côté des plus faibles, mais vous refusez toute victimisation. Quand on vous propose la Légion d'honneur au titre d'ancienne déportée, vous déclarez avec calme et avec beaucoup d'audace qu'il ne suffit pas d'avoir été malheureuse dans un camp pour mériter d'être décorée.

La clé de votre popularité, il faut peut-être la chercher, en fin de compte, dans votre capacité à emporter l'adhésion des Français. Cette adhésion ne repose pas pour vous sur je ne sais quel consensus médiocre et boiteux entre les innombrables opinions qui ne cessent de diviser notre vieux pays. Elle repose sur des principes que vous affirmez, envers et contre tous, sans jamais hausser le ton, et qui finissent par convaincre. Disons-le sans affectation : au cœur de la vie politique, vous offrez une image républicaine et morale.

Il y a en vous comme un secret : vous êtes la tradition même et la modernité incarnée. Je vous regarde, Madame : vous me faites penser à ces grandes dames d'autrefois dont la dignité et l'allure imposaient le respect. Et puis, je considère votre parcours et je vous vois comme une de ces figures de proue en avance sur l'histoire.

Oui, il y a de l'énigme en vous : une énigme claire et umineuse jusqu'à la transparence. Elle inspire à ceux qui ont confiance en vous des sentiments qui les étonnent eux-mêmes. Vous le savez bien : ici, sous cette Coupole, nous avons un faible pour les coups d'encensoir dont se méfiait Pierre Messmer. L'admiration est très répandue parmi ceux qui se traitent eux-mêmes d'immortels. Nous nous détestons parfois, mais nous nous admirons presque toujours. Nous passons notre temps à nous asperger d'éloges plus ou moins bien mérités : nous sommes une société d'admiration mutuelle, que Voltaire déjà dénonçait en son temps. Cette admiration, vous la suscitez, bien sûr, vous-même. Mais dans votre cas, quelque chose d'autre s'y mêle : du respect, de l'affection, une sorte de fascination. Beaucoup, en France et au-delà, voudraient vous avoir, selon leur âge, pour confidente, pour amie, peut-être pour femme de leur vie. Ces rêves d'enfants, les membres de notre Compagnie les partagent à leur tour. Aussi ont-ils choisi de vous prendre à jamais comme consœur. Je baisse la voix, on pourrait nous entendre : comme l'immense majorité des Français, nous vous aimons, Madame. Soyez la bienvenue au fauteuil de Racine, qui parlait si bien de l'amour.

Il reviendra sur Simone Veil dans un article du *Figaro* : « Jetée dans le monde moderne, Simone Veil donne l'image d'une de ces femmes des temps anciens qui unissaient une sérénité au moins apparente à un caractère indomptable. Elle est une icône de notre époque, une de celles qui ont changé, sous des torrents d'injures, la condition des hommes – et des femmes. Elle a connu le fond de la souffrance humaine, et elle l'a dominée. L'élection d'une grande dame de notre temps honore l'Académie française et fait passer sur la vieille institution comme un souffle d'espérance. »

Venise

C'est la ville selon son cœur : belle, irréelle, littéraire jusqu'au bout de ses palli, pleine de fantômes, rayonnante au milieu de cette eau qui était son élément. Il en déguste avec délectation chaque canal, chaque fondamenta, chaque palais. L'histoire et le temps, ses compagnons de route favoris, l'accompagnent dans sa méditation. Il en ressent à travers les vieux palais tout à la fois la splendeur et la ruine, la richesse et la décadence. À Venise, l'histoire parle à palais ouverts. La Boca di Leone attend toujours ses délateurs ; Casanova est toujours présent dans la prison des Plombs au-dessus du palais des Doges enfermé dans sa légende. Car il y a deux Venise superposées, comme il y a deux Jérusalem, la réelle et la céleste. Jean parcourait inlassablement la Venise réelle, habitant tantôt Campo Santa Margherita, tantôt sur le Grand Canal près de l'Academia. Il se grisait aussi bien des virées à bord d'un motoscafo à travers les îles de la lagune, Torcello, San Francesco del Deserto, Burano, que des promenades à bord des populaires vaporettos, attendant le soir pour déguster un risotto à La Colomba à l'ombre du Rialto, ou dans de petites trattorias bruyantes et animées. Son périmètre préféré était le Dorsoduro et les promenades sur le quai des Zattere, face à l'île de la Giudecca.

Mais l'autre visage de Venise, c'était celui des écrivains : le casino de la Pruratesse, calle dei Bareteri, découvert par le grand journaliste Émile Henriot, une de ces longues moustaches qui hantaient le café Florian dégustant un chocolat chaud sous le Chinois, cette fresque inspirée des aventures de Marco Polo. Itinéraire qui conduisait immanquablement vers le palais Dario, sur le Grand Canal, ce ravissant palais qui, dit-on, porte malheur. Loué autrefois par Mme Bulteau et la comtesse de La Baume, il était le lieu privilégié où séjournait une autre longue moustache, Henri de Régnier, l'auteur de cette bible *L'Altana ou la vie vénitienne* que consultent tous les vrais amoureux de la Sérénissime. Et bien sûr à quelques centaines de mètres du palais Dario, l'église Santa Maria della Salute et surtout la Douane de mer. C'est sur cette embouchure du Grand Canal que Jean souhaitait voir ses cendres dispersées un jour. Ce lieu, il n'y a pas de hasard, est celui si longuement décrit par Chateaubriand dans un fameux chapitre de ses *Mémoires* quand, sur les traces de la duchesse de Berry, il fait halte à l'hôtel de l'Europe.

Simon, le héros de *Histoire du Juif errant*, est tout aussi ébloui par le spectacle qui s'offre à sa vue : « Tout à coup, sous ses yeux, s'avançant en forme d'étrave entre la Riva degli Schiavoni et l'Isola San Giorgio qui brillaient au soleil d'une lumière ocre et rose, au-delà de la Salute, devant l'auberge de l'Europe où était descendu Chateaubriand, en face de la Piazzetta avec ses deux colonnes et du palais des Doges, si massif, si léger, Simon aperçu la Douane de mer, couronnée d'un globe terrestre où tourne une girouette qui représente la Fortune… Siècle après siècle, le spectacle de ces églises, de ces palais, de ces tours, de ces coupoles avait nourri les rêves des voyageurs, des amants, des fêtards, des mystiques… Un des centres de l'univers devait se trouver quelque part dans le triangle enchanté que forment les deux lions derrière la place Saint-Marc, le campanile de San Giorgio et la pointe de la Salute. Il n'y avait pas d'endroit au monde plus chargé de passé et de sens. La lumière était si pure, l'air si léger que les pierres de Venise semblaient danser sur l'eau. Un mystère, presque une douleur, naissait de cet éblouissement. Tant de splendeur, distribuée avec tant de profusion et d'apparente négligence, enthousiasmait et décourageait en même temps. »

Mais Chateaubriand, orfèvre en palinodies, ne s'y livrait pas seulement en politique : il était tout aussi capable de se dédire en matière esthétique. Son premier jugement sur Venise, alors qu'il y vient pour la première fois en compagnie de Céleste, son épouse, avant de s'embarquer pour la Terre sainte, est totalement négatif. Il confie sa déception à son ami Louis Bertin, dont Ingres brossera un portrait immortel : « Cette Venise vous déplairait autant qu'à moi. C'est une ville contre nature. On n'y peut faire un pas sans être obligé de s'embarquer, ou bien on est réduit à tourner dans d'étroits passages plus semblables à des corridors qu'à des rues… L'architecture de Venise toute de Palladio est trop capricieuse et trop variée. Ce sont presque toujours deux, ou même trois palais bâtis les uns contre les autres. » Même les gondoles ne trouvent pas grâce à ses yeux : « Toutes noires, elles ont l'air de bateaux qui portent des cercueils. » Vingt ans plus tard, sans doute parce que ce commentaire avait fait scandale, il n'hésitait pas, avec un formidable et génial culot qui ravissait Jean, à faire opérer à son premier jugement un virage à cent quatre-vingts degrés. La déception laissait place à l'extase. L'éreintement au dithyrambe.

Se promenant sur la plage du Lido, il continue de méditer sur l'Enchanteur qui dit avoir tracé seize lettres sur le sable que la mer avait peu à peu effacées. Quel nom dissimulait ces mystérieuses seize lettres ? Jean nous entraîne au jeu des devinettes en passant en revue les amours de sa vie, avant de nous livrer la clé de cette transparente énigme : Juliette Récamier.

À Venise, Jean n'était pas seul : outre les fantômes des écrivains qu'il aimait, il retrouvait dans cette ville de légende Maurice Rheims qui y louait un appartement à l'année, ou Michel Mohrt qui, le pinceau à la main, parcourait la ville à la recherche de motifs pour ses aquarelles.

Que d'histoires sur Venise il aimait raconter : les mésaventures du doge Faliero, décapité pour avoir fomenté un coup d'État contre la République et dont le portrait a été effacé sur la cimaise du palais des Doges ; les aventures de la jeune et irrésistible Bianca Cappello, qui dut fuir la cité des Doges et dont le destin palpitant allait revêtir tous les aspects du succès et de la tragédie ; l'histoire d'amour de Byron au palais Mocenigo et de sa maîtresse La Fornarina ; les amours non moins tumultueuses de George Sand et de Musset à l'hôtel Danieli avant que n'intervienne le docteur Pagello ; et aussi la passion d'automne du vieil Hemingway, venu chasser le canard dans l'île de Torcello sur la lagune, et s'éprenant d'une toute jeune fille, Adriana Ivancich, qu'il immortalisera dans son roman *Au-delà du fleuve et sous les arbres*. Elle aussi se suicidera bien après la mort de Hemingway. Et bien sûr les folles aventures d'Aragon avec Nancy Cunard, quand le poète désespéré menaçait de se jeter dans le Grand Canal.

Si Jean a souhaité voir ses cendres dispersées à Venise, au pied de la Douane de mer, c'est peut-être pour se mêler et se confondre avec cette ville et ses légendes : la cité la plus littéraire du monde. Celle où se rencontrent tous les arts dans un magnifique syncrétisme entre l'Orient et l'Occident.

Vent du soir, Le

Après s'être colleté dans *Dieu, sa vie, son œuvre*, avec la gageure de réunir philosophie et roman, Jean d'O avec *Le Vent du soir*, premier volume d'une série qui en comprend trois, renoue avec la veine moins folle et moins risquée d'*Au plaisir de Dieu*. Rarement il s'est lancé dans le roman avec cette pétulance, cette virtuosité allègre, cette gaieté dans l'abondance, comme s'il se grisait à mesure de sa formidable construction qui brasse et embrasse les pays et les continents, les sociétés et les cœurs, les destins individuels et les grands mouvements collectifs. C'est un chant du monde, un grand roman polyphonique qui retrace la terrible orgie des passions où se mêlent et s'édifient les existences et les sociétés. Le premier volume commence par la fin, la mort de Pandora, que le narrateur apprend en Italie à San Miniato. Mais, très vite, nous entrons dans la sarabande des destins, des ambitions, des amours, des adultères, des coïncidences extraordinaires, des folles aventures qui, tout au long de la fin du XIXe siècle, ont tissé le destin de cette mystérieuse Pandora. Dans un grand galop romanesque, Jean d'O nous entraîne à travers le temps et l'espace, au Paraguay, avec Asunción, ex-Mado de Maubeuge, qui finira par épouser un dictateur et humiliera l'ambassadeur de Grande-Bretagne, mais aussi la famille russe des Wronski, avec Marie de Cossini, qui aura un destin époustouflant puisque, enlevée par le comte Wronski, et épousée à Venise, elle deviendra la maîtresse du compositeur Verdi.

Dans cette génération foisonnante de personnages s'organise une grande symphonie de la vie et bien sûr de l'amour : car c'est sur l'amour que s'acharne surtout le temps, comme s'il se plaisait à créer cette débauche d'efflorescence pour mieux la saccager. On y voit l'odyssée du jeune Juif Jérémie Finkelstein, fils de rabbin, jeune amant de la femme du chef de la police, « la Putiphar de Lublin », qui émigrera aux États-Unis et repoussera les avances de la richissime Mlle Vanderbilt. Mais aussi l'extraordinaire histoire d'amour qui finit dans la tragédie de Nicolas et de Nadia, la description de la fabuleuse famille irlandaise des Landsdown et des non moins folkloriques O'Shaughnessy, mais aussi Florinda, esclave noire de Bahia. Tous ces personnages jetés au hasard de l'histoire se retrouvent d'une manière ou d'une autre et constituent le riche humus romanesque et humain où vont fleurir les personnages principaux. Feu d'artifice romanesque qui se multiplie et ne diversifie ses effets que pour mieux les organiser dans un génie diabolique de l'intrigue, ce roman est un véritable chant du monde.

Avec ce cycle romanesque, il réunit en une seule œuvre tous les thèmes épars de ses livres et les organise dans une grande fête de l'imagination, une sorte de bacchanale sentimentale où, sous la pression de la vie, les personnages sont soudain pris de *furia* amoureuse, et comme si les étreintes des corps ne leur suffisaient plus, il leur faut aussi étreindre les continents. Roman foisonnant de la sensualité cosmopolite, du mondialisme sentimental, œuvre surtout d'un romancier grisé par ses pouvoirs et qui rêve d'une toile immense inspirée par le fantastique tableau de la vie, où se concentreraient toutes ses richesses, et qui serait aussi une œuvre d'art sans frontière. Cette tentative de ressourcer le roman ailleurs, en lui ouvrant de nouveaux horizons, c'était l'ambition d'un Malraux, d'un Morand. Mais la littérature française souvent frileuse se plaît aux dimensions hexagonales. Jean d'O décide dans ses livres de rompre avec les poisons français de l'hyperanalyse et de l'introspection, en déployant son imagination aux quatre coins du monde.

Jamais son talent n'a été moins bridé que dans ce fabuleux théâtre qui se joue à cœur et à corps perdu entre les méridiens, dans la grande rumeur de l'histoire qui se fait et du monde moderne qui naît dans le fracas de la Première Guerre mondiale. Ce que Jean d'O restitue, c'est ce rêve nostalgique, cher à Stendhal, des aristocraties imaginaires qui hantent ce dernier âge de l'art et de la culture que furent le XIXe siècle et les premières années du XXe.

Voiture

C'est son idée de la liberté. Il a aimé les belles voitures de sport chères à ses amis Hussards. Ses torpédos, il avait un faible pour les Mercedes 350 SL, étaient bourrées de livres jusqu'à la gueule. Ceux-ci s'empilaient sur le fauteuil passager.

Voir : Fugue.

Vous

Je le vouvoyais, il me tutoyait. C'était un peu bizarre, mais cela durait depuis si longtemps que nous avions fini par nous y habituer. Il me disait : « C'était la même chose avec Paul Morand : je lui disais vous, il me disait tu. » Je lui répondais : « Voilà une comparaison qui nous arrange tous les deux. » Il en convenait. Et il riait.

Y

Yourcenar, Marguerite

Il l'admirait, mais ce n'était pas précisément une amie. Même s'il était l'ami de ses livres. D'ailleurs elle se voulait lointaine socialement et topographiquement. Hiératique et froide comme une statue de marbre, elle semblait être née dans un musée. Et y avoir prospéré au milieu des marbres, des bas-reliefs et des sarcophages qui sont ses camarades de jeu favoris. Son regard lourd de mépris juge sans aménité le peuple qui l'entoure, chez lequel elle serait bien en peine de discerner ses semblables. La conscience de sa supériorité l'isole et l'empêche de descendre les marches de sa condescendance. Elle enfante des phrases qui lui ressemblent : majestueuses, marmoréennes, taillées au ciseau dans la pierre dure de son cœur. Sa froideur se réchauffe quand elle évoque son père ou quelques empereurs romains qu'elle tutoie : avec eux, il lui semble qu'elle règne au-dessus de la médiocrité de la tourbe humaine, cette engeance mal dégrossie à laquelle n'a pas été donnée la chance de parler le sanscrit, le grec, le latin, et qui n'est ni familière de l'hexamètre homérique ni des arcanes généalogiques des aristocraties nordiques.

C'est en défendant la candidature à l'Académie de cette statue de marbre au style impeccable que Jean s'est vu traiter de « Galopin » par André Chamson qui, en bon misogyne, ne voyait pas d'un bon œil l'entrée sous la Coupole d'une femme, fût-elle un écrivain génial. Ce combat fut l'un de ceux qui popularisèrent son nom et accrurent sa célébrité auprès du grand public. Il est difficile de se faire une idée des passions qui se déchaînèrent à cette occasion. « Je n'ai pas agi par féminisme, déclara Jean d'O. Même si je ne suis pas du tout un antiféministe. Comment m'est venue l'idée de proposer la candidature de Marguerite Yourcenar ? C'est tout simplement en lisant Marguerite Yourcenar. Je ne la connaissais pas. Je ne l'avais jamais vue, je ne l'avais jamais rencontrée, mais je l'avais lue. »

Valéry Giscard d'Estaing comprit vite l'importance de l'enjeu. Président de la République en exercice, il assista à sa réception par Jean d'O sous la Coupole. Dans son exorde, Jean d'O opposa d'abord le mouvement à la tradition :

Il y a pourtant quelque chose de plus important que la tradition : c'est la vie et son mouvement. Pourquoi les héros de roman passent-ils leur temps à se révolter ? Pour la même raison qui oblige les grands hommes à faire bouger l'histoire. À la splendeur du souvenir et de la fidélité répond l'ardeur de l'annonce, de l'attente, de la promesse. L'histoire est une continuité : elle est aussi une impatience. Elle regarde vers demain comme elle regarde vers hier. Tournées vers l'avenir autant que vers le passé, les traditions – comme les femmes – sont faites pour être à la fois respectées et bousculées. Elles sont faites pour que le souvenir ne soit que la préface de l'espérance. Chacun connaît la formule célèbre : la tradition est un progrès qui a réussi. La plus haute tâche de la tradition est de rendre au progrès la politesse qu'elle lui doit et de permettre au progrès de surgir de la tradition comme la tradition a surgi du progrès.

Ce sont, j'imagine, des réflexions de cet ordre qui vous ont incités, messieurs, à me permettre de prononcer devant vous sans que le ciel me tombe sur la tête, sans que s'écroule cette Coupole, sans que viennent m'arracher de mon fauteuil les ombres indignées de ceux qui nous ont précédés dans cette lignée conservatrice d'un patrimoine culturel, où, fidèles à l'étymologie, nos pères semblent s'être livrés depuis toujours et tout seuls à une espèce d'équivalent masculin et paradoxal de la parthénogenèse – un mot inouï et prodigieusement singulier : madame.

Et ce progrès, c'était bien sûr l'élection de Marguerite Yourcenar à l'Académie, ce temple de la tradition.

C'est une grande joie pour moi de vous souhaiter la bienvenue dans cette vieille et illustre maison où vous êtes, non pas certes le premier venu, mais enfin la première venue, une espèce d'apax du vocabulaire académique, une révolution pacifique et vivante et où vous constituez peut-être à vous toute seule un des événements les plus considérables d'une longue et glorieuse histoire. Ce n'est pas parce que vous êtes une femme que vous êtes ici aujourd'hui, mais parce que vous êtes un grand écrivain. Être une femme ne suffit toujours pas pour s'asseoir sous la Coupole. Mais être une femme ne suffit plus pour être empêchée de s'y asseoir. Nous vous aurions élue aussi – et peut-être je l'avoue plus aisément et plus vite – si vous étiez un homme. Plût au ciel que les hommes que nous avons choisis depuis trois cent cinquante ans eussent tous l'immense talent de la femme que vous êtes. Nous n'avons pas voulu nous plier à je ne sais quelle vogue ou vague du féminisme régnant. Nous avons simplement cherché à être fidèles à notre vocation traditionnelle qui est de trouver – si faire se peut – dans les lettres françaises ce qu'il y a de meilleur, de plus digne, de plus durable. Avec vous, madame, nous y avons réussi. Votre discours dans notre jargon porte le nom de remerciement. C'est plutôt à nous de vous remercier, non pas de l'accident de votre sexe, mais de la fermeté de votre écriture et de la hauteur de votre pensée. Vous êtes un écrivain et, comme quelques autres substantifs ou adjectifs de la langue française – ministre, sage-femme, mannequin qui, hier encore, n'avaient pas de masculin, cocu qui, en dépit de trop d'abus, n'a pas de féminin, ou grognon –, le mot écrivain ne connaît pas de distinction de genre : il ne connaît, hélas ! ou peut-être heureusement, que des différences de force, de talent ou de style.

Chacun sait que Proust est hanté par le temps, par le souvenir, par l'amour comme désespoir et comme torture réciproque ; que le surréalisme et le communisme se succèdent chez Aragon ; que la fidélité et la tradition, et l'intelligence du monde moderne se disputent Chateaubriand ; que Jules Romains se confond avec l'unanimisme ; que Paul Morand est fils du jazz, de la vitesse, des voyages autour du monde, du culte de l'image et du cabriolet ; que Claudel est l'explosion superbe et presque monstrueuse d'une force brute et sainte ; que Montherlant, c'est l'alternance, les taureaux, la chevalerie du néant, la Rome antique, le charme fier de l'enfance ; que l'intelligence nerveuse de Malraux s'établit à un carrefour où passent les statues khmères, le sourire de l'Ange de Reims, les révolutions d'Espagne ou de Chine, et la haute stature du général de Gaulle.

Mais vous, madame, où vous situez-vous ? Je ne suis pas tout à fait sûr que beaucoup de vos admirateurs eux-mêmes pourraient répondre à cette question. Malgré les prestiges de tant d'ouvrages, des romans, des nouvelles, des essais, des traductions, des pièces de théâtre, des poèmes ; malgré la radio et la télévision, malgré les meutes de journalistes et des interviews souvent remarquables mais qui renseignent plutôt sur les opinions de l'auteur et sur sa vie que sur son œuvre, malgré la diffusion de ses livres, et surtout des *Mémoires d'Hadrien*, Marguerite Yourcenar reste une espèce de mystère extrêmement célèbre, une sorte d'obscurité lumineuse. On sait que c'est très bien, que c'est beau, que l'auteur est quelqu'un d'exceptionnel. C'est tout. Vous êtes, madame, un mythe et un enjeu autour desquels, depuis des mois, beaucoup se sont battus qui vous avaient à peine lue. Le premier élément où se déploie votre œuvre, c'est l'histoire. On dirait que votre pensée, vos sentiments, vos passions, vos espérances, votre style sont inséparables de l'histoire des hommes. Et d'abord de ce creuset où, autour d'Hérodote, de Xénophon, de Thucydide, des premiers grands tragiques, se révèlent enfin à eux-mêmes l'œuvre des hommes en train de se faire et l'esprit des hommes en train de se penser : la Grèce.

Il faut aller encore plus loin. L'histoire des hommes ne vous suffit plus. Sublime interminable, mais en fin de compte dérisoire, il y a une anecdote humaine comme il y a des anecdotes de famille. Nous dégringolons malgré nous la pente qui nous ramène sans cesse à l'histoire des hommes. Ressaisissons-nous. L'humanisme n'est que la préface d'une histoire universelle autrement vaste et que votre voix chante avec splendeur : « Tournons avec la terre qui roule comme toujours inconsciente d'elle-même, belle planète au ciel. Le soleil chauffe la mince croûte vivante, fait éclater les bourgeons et fermenter les charognes, tire du sol une buée qu'ensuite il dissipe. Puis, de grands bancs de brume estompent les couleurs et étouffent les bruits, recouvrent les plaines terrestres et les houles de la mer d'une seule et épaisse nappe grise. La pluie leur succède, résonnant sur des milliards de feuilles, bue par la terre, sucée par les racines. »

Nous sortons ici de l'histoire pour accéder à quelque chose de plus noble et de plus haut, une réalité, un rêve, un désir infini qui se nourrit de l'histoire, mais qui la déborde de partout : l'universel. L'œuvre de Marguerite Yourcenar, si elle naît d'abord de l'histoire, se résout et culmine en une aspiration à l'universel. Depuis Sophie de Reval, dans *Le Coup de grâce*, pour qui, habituée à penser contre soi, l'élégance suprême est évidemment de donner raison à l'ennemi, jusqu'à Zénon et à Hadrien qui accepte avec calme les vicissitudes de la Rome éternelle, le monde de Yourcenar baigne dans l'universel. L'esprit grec dans l'Empire romain n'en est que l'illustration quotidienne et concrète.

L'universel, chez Marguerite Yourcenar, ne se limite pas à la société et à la communauté des hommes. Il n'est pas seulement horizontal ; il est aussi vertical : il établit un lien de cohérence et de continuité entre la matière inanimée et la transcendance, en passant par le tissu du monde, par tous les degrés de la vie, par vos chers animaux, par les sens, par le corps et par l'âme. À plusieurs reprises, l'âme apparaît comme un prolongement du corps.

Le lendemain de cette réception sous la Coupole, Jean insistait dans un article du *Figaro* : « C'est une victoire de la littérature, Il n'y a pas de polémique dans cette formule, mais une constatation : Marguerite Yourcenar met fin définitivement au mythe de la littérature féminine. C'est un écrivain plus qu'une femme qui entre sous la Coupole. En faisant honneur à Marguerite Yourcenar, l'Académie française s'est fait honneur à elle-même. »

Marguerite Yourcenar fut-elle sensible à cet honneur ? Elle y vit certainement un hommage à son œuvre, mais elle-même ne sembla pas porter beaucoup d'intérêt à la Compagnie qui l'avait accueillie. Car, du haut de son génie, elle ne manquait pas d'être méprisante. Elle regardait sans estime particulière ces vieux messieurs qui ne respiraient pas à sa hauteur. Après leur avoir accordé la faveur d'accepter leur invitation, elle ne remit plus les pieds sous la Coupole.

Voir : Académie.

Z

Zénon d'Élée

C'est un philosophe qui nie la réalité du mouvement. Donc le contraire de Jean, qui aime le mouvement dans ses jours et dans son œuvre, car ce mouvement est la vie même. En revanche, Jean l'introduit dans le dictionnaire des personnages d'*Au plaisir de Dieu* : « Zénon d'Élée : philosophe de l'immobilité. Ami de la famille. »

Table

Du même auteur

Aux éditions Grasset

La Fuite en Pologne, roman, 1974.
La Blessure de Georges Aslo, roman, 1975.
Les Feux du pouvoir, roman, 1977 – Prix Interallié.
Le Mythomane, roman, 1980.
Avant-Guerre, roman, 1983 – Prix Renaudot.
Ils ont choisi la nuit, 1985 – Prix de l'Essai de l'Académie française.
Le Cavalier blessé, roman, 1987.
La Femme de proie, roman, 1989.
Le Voleur de jeunesse, roman, 1990.
L'Invention de l'amour, roman, 1997.
La Noblesse des vaincus, 1998.
Discours de réception à l'Académie française, 2000.
Adieu à la France qui s'en va, 2003.
Mes fauves, 2005.
Devoir d'insolence, 2008.
Cette opposition qui s'appelle la vie, 2009.

Aux éditions Gallimard

Le Goût du malheur, roman, 1993.
Morny, un voluptueux au pouvoir, 1995.
Bernis, le cardinal des plaisirs, 1998.
Une jeunesse à l'ombre de la lumière, roman, 2000.
Une famille dans l'impressionnisme, 2001.
Nous ne savons pas aimer, roman, 2002.
Le Scandale, roman, 2006.
La Guerre amoureuse, roman, 2011.
Napoléon ou la Destinée, 2012.
Ne pars pas avant moi, roman, 2014.
Une jeunesse perdue, roman, 2017.
La Vérité sur la comtesse Berdaiev, roman, 2018.

Aux éditions Robert Laffont

Ces amis qui enchantent la vie, 2015.
Les Romans de l'amour et du pouvoir, romans, coll. « Bouquins », 2017.
Le Psychodrame français, 2017.

Aux éditions Desclée de Brouwer

Libertin et Chrétien, 2004.

Aux éditions De Fallois

Omar, la construction d'un coupable, 1994.

Dans la même collection

Ouvrages parus

Philippe Alexandre
Dictionnaire amoureux de la politique

Albert Algoud
Dictionnaire amoureux de Tintin

Claude Allègre
Dictionnaire amoureux de la science

Metin Arditi
Dictionnaire amoureux de la Suisse
Dictionnaire amoureux de l'esprit français

Pierre Assouline
Dictionnaire amoureux des écrivains et de la littérature

Jacques Attali
Dictionnaire amoureux du judaïsme

Alain Baraton
Dictionnaire amoureux des jardins

Christophe Barbier
Dictionnaire amoureux du théâtre

Jean-Baptiste Baronian
Dictionnaire amoureux de la Belgique

Alain Bauer
Dictionnaire amoureux de la franc-maçonnerie
Dictionnaire amoureux du crime

Olivier Bellamy
Dictionnaire amoureux du piano

Yves Berger
Dictionnaire amoureux de l'Amérique (épuisé)

Adam Biro
Dictionnaire amoureux de l'humour juif

Patrice BLANC-FRANCARD
Dictionnaire amoureux du jazz

Denise BOMBARDIER
Dictionnaire amoureux du Québec

Éric BOUHIER
Dictionnaire amoureux de San-Antonio

Hervé BOURGES
Dictionnaire amoureux de l'Afrique

Jean-Claude CARRIÈRE
Dictionnaire amoureux de l'Inde
Dictionnaire amoureux du Mexique

Jean DES CARS
Dictionnaire amoureux des trains

Michel DEL CASTILLO
Dictionnaire amoureux de l'Espagne

Antoine DE CAUNES
Dictionnaire amoureux du rock

Patrick CAUVIN
Dictionnaire amoureux des héros (épuisé)

Jacques CHANCEL
Dictionnaire amoureux de la télévision

Malek CHEBEL
Dictionnaire amoureux de l'Algérie
Dictionnaire amoureux de l'islam
Dictionnaire amoureux des Mille et Une Nuits

Jean-Loup CHIFLET
Dictionnaire amoureux de l'humour
Dictionnaire amoureux de la langue française

Catherine CLÉMENT
Dictionnaire amoureux des dieux et des déesses

Gérard DE CORTANZE
Dictionnaire amoureux des sixties

Xavier Darcos
Dictionnaire amoureux de la Rome antique
Dictionnaire amoureux de l'école

Bernard Debré
Dictionnaire amoureux de la médecine

Jean-Louis Debré
Dictionnaire amoureux de la République

Alain Decaux
Dictionnaire amoureux d'Alexandre Dumas

Didier Decoin
Dictionnaire amoureux de la Bible
Dictionnaire amoureux des faits divers

Jean François Deniau
Dictionnaire amoureux de la mer et de l'aventure

Bertrand Dicale
Dictionnaire amoureux de la chanson française

Alain Duault
Dictionnaire amoureux de l'opéra

Alain Ducasse
Dictionnaire amoureux de la cuisine

Jean-Paul et Raphaël Enthoven
Dictionnaire amoureux de Marcel Proust

Nicolas d'Estienne d'Orves
Dictionnaire amoureux de Paris

Vladimir Fédorovski
Dictionnaire amoureux de Saint-Pétersbourg

Dominique Fernandez
Dictionnaire amoureux de la Russie
Dictionnaire amoureux de l'Italie (deux volumes sous coffret)
Dictionnaire amoureux de Stendhal

Franck Ferrand
Dictionnaire amoureux de Versailles

Luc Ferry
Dictionnaire amoureux de la philosophie

Jean-Louis Fournier
Dictionnaire amoureux du Nord

José Frèches
Dictionnaire amoureux de la Chine

Max Gallo
Dictionnaire amoureux de l'histoire de France

René Guitton
Dictionnaire amoureux de l'Orient

Claude Hagège
Dictionnaire amoureux des langues

Daniel Herrero
Dictionnaire amoureux du rugby

Homeric
Dictionnaire amoureux du cheval

Gilles Jacob
Dictionnaire amoureux du Festival de Cannes

Serge July
Dictionnaire amoureux du journalisme

Alain Juppé
Dictionnaire amoureux de Bordeaux

Christian Laborde
Dictionnaire amoureux du Tour de France

Jacques Lacarrière
Dictionnaire amoureux de la Grèce
Dictionnaire amoureux de la mythologie (épuisé)

André-Jean Lafaurie
Dictionnaire amoureux du golf

Mathieu Laine
Dictionnaire amoureux de la liberté

Jack LANG
Dictionnaire amoureux de François Mitterrand

Gilles LAPOUGE
Dictionnaire amoureux du Brésil

François LAROQUE
Dictionnaire amoureux de Shakespeare

Michel LE BRIS
Dictionnaire amoureux des explorateurs

Bernard LECOMTE
Dictionnaire amoureux des papes

Nicole LE DOUARIN
Dictionnaire amoureux de la vie

Jean-Yves LELOUP
Dictionnaire amoureux de Jérusalem

Évelyne LEVER
Dictionnaire amoureux des reines

Paul LOMBARD
Dictionnaire amoureux de Marseille

Peter MAYLE
Dictionnaire amoureux de la Provence

Christian MILLAU
Dictionnaire amoureux de la gastronomie

Richard MILLET
Dictionnaire amoureux de la Méditerranée

Pierre NAHON
Dictionnaire amoureux de l'art moderne et contemporain

Alexandre NAJJAR
Dictionnaire amoureux du Liban

Henri PENA-RUIZ
Dictionnaire amoureux de la laïcité

Gilles PERRAULT
Dictionnaire amoureux de la Résistance

Jean-Christian PETITFILS
Dictionnaire amoureux de Jésus

Jean-Robert PITTE
Dictionnaire amoureux de la Bourgogne

Bernard PIVOT
Dictionnaire amoureux du vin

Gilles PUDLOWSKI
Dictionnaire amoureux de l'Alsace

Yann QUEFFÉLEC
Dictionnaire amoureux de la Bretagne
Dictionnaire amoureux de la mer

Christiane RANCÉ
Dictionnaire amoureux des saints

Alain REY
Dictionnaire amoureux des dictionnaires
Dictionnaire amoureux du diable

Pierre ROSENBERG
Dictionnaire amoureux du Louvre

Jean-Marie ROUART
Dictionnaire amoureux de Jean d'Ormesson

Élisabeth ROUDINESCO
Dictionnaire amoureux de la psychanalyse

Marcel RUFO
Dictionnaire amoureux de l'enfance et de l'adolescence

Ève RUGGIERI
Dictionnaire amoureux de Mozart

Danièle SALLENAVE
Dictionnaire amoureux de la Loire

Elias SANBAR
Dictionnaire amoureux de la Palestine

Jérôme Savary
Dictionnaire amoureux du spectacle (épuisé)

Jean-Noël Schifano
Dictionnaire amoureux de Naples

Alain Schifres
Dictionnaire amoureux des menus plaisirs (épuisé)
Dictionnaire amoureux du bonheur

Robert Solé
Dictionnaire amoureux de l'Égypte

Philippe Sollers
Dictionnaire amoureux de Venise

Michel Tauriac
Dictionnaire amoureux de De Gaulle

Frédéric Thiriez
Dictionnaire amoureux de la montagne

Denis Tillinac
Dictionnaire amoureux de la France
Dictionnaire amoureux du catholicisme

Trinh Xuan Thuan
Dictionnaire amoureux du ciel et des étoiles

André Tubeuf
Dictionnaire amoureux de la musique

Jean Tulard
Dictionnaire amoureux du cinéma
Dictionnaire amoureux de Napoléon

Mario Vargas Llosa
Dictionnaire amoureux de l'Amérique latine

Dominique Venner
Dictionnaire amoureux de la chasse

Jacques Vergès
Dictionnaire amoureux de la justice

Pascal Vernus
Dictionnaire amoureux de l'Égypte pharaonique

Frédéric Vitoux
Dictionnaire amoureux des chats

Jean-Michel Wilmotte
Dictionnaire amoureux de l'architecture

À paraître

Daniel Herrero
Dictionnaire amoureux de l'Ovalie

Serge July
Dictionnaire amoureux de New York

Pierre et Olivier de Lagarde
Dictionnaire amoureux du patrimoine

Olivier Weber
Dictionnaire amoureux de Joseph Kessel

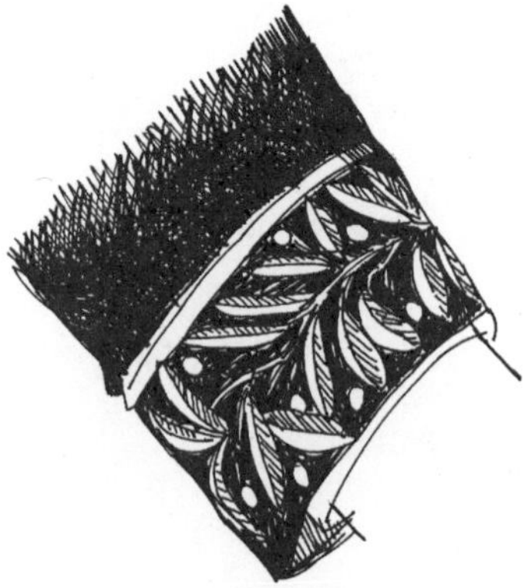

Achevé d'imprimer en mars 2019
par Normandie Roto Impression s.a.s.
61250 Lonrai
N° d'impression : 1901585

Imprimé en France